天下第一俠客

천하제일협객

천하제일협객 6

황규영 新무협 판타지 소설

초판 1쇄 찍은 날 § 2007년 4월 20일
초판 1쇄 펴낸 날 § 2007년 4월 27일

지은이 § 황규영
펴낸이 § 서경석

편집장 § 문혜영
편집책임 § 유경화
편집 § 이재권 · 유혜림

펴낸곳 § 도서출판 청어람
등록번호 § 제1081-1-89호
등록일자 § 1999. 5. 31
어람번호 § 제2-1179호

주소 § 경기도 부천시 원미구 심곡1동 350-1 남성B/D 3F (우) 420-011
전화 § 032-656-4452 팩스 § 032-656-4453
http://www.chungeoram.com
E-mail § eoram99@chollian.net

ⓒ 황규영, 2007

ISBN 978-89-251-0665-6 04810
ISBN 978-89-251-0495-9 (세트)

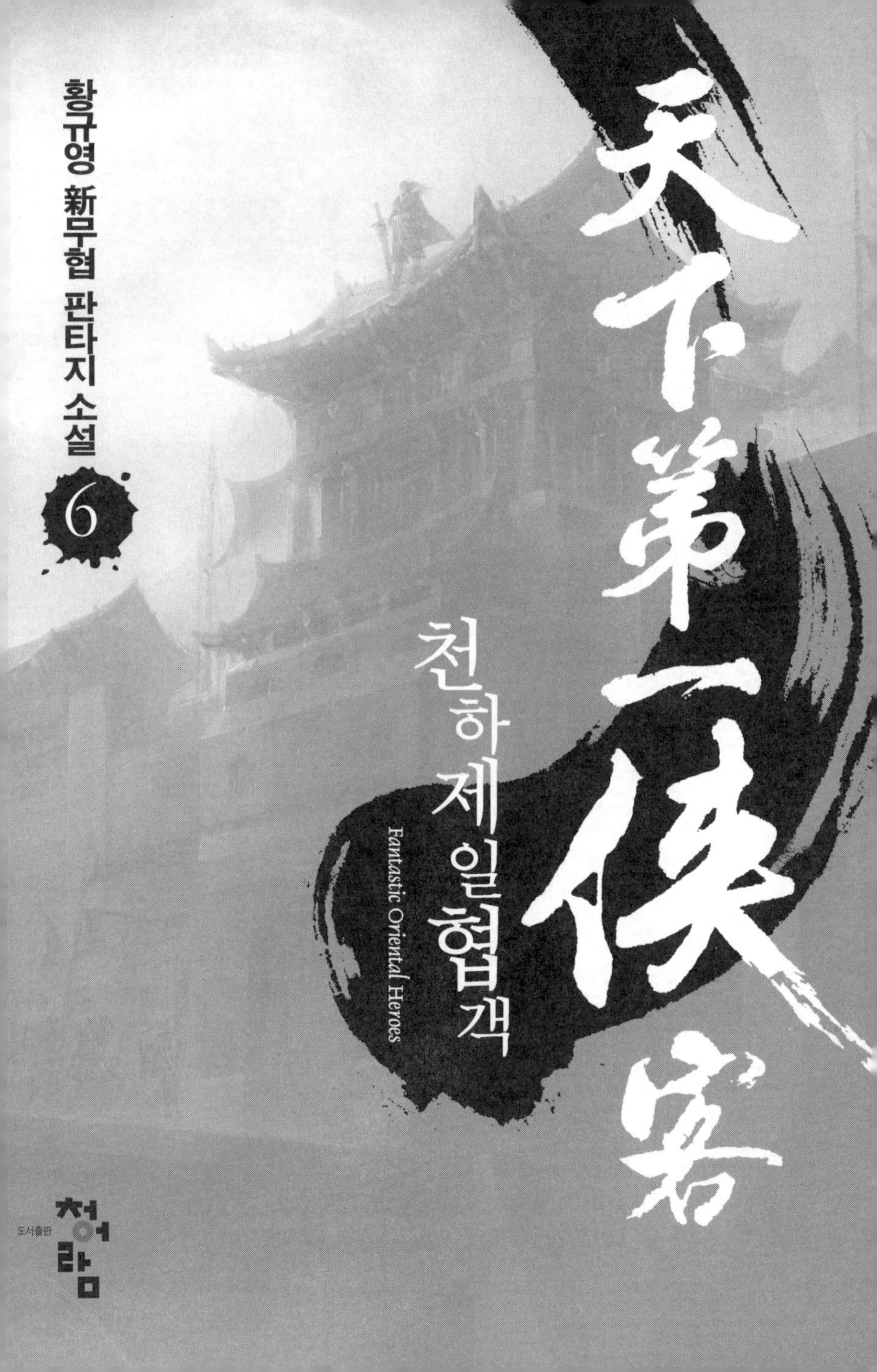

황규영 新무협 판타지 소설

6

天下第一侠客

천하제일협객

Fantastic Oriental Heroes

도서출판
청어람

목차

第一章

서흑수의 몸에서 뿜어져 나오는 살기가 주변을 뒤덮었다. 마교 장로들의 손이 저절로 칼자루를 잡았다.

하지만 북만극은 꿈쩍도 하지 않았다. 대신에 그의 칼날 위에 살이 베일 것 같은 싸늘한 검기가 흘렀다.

서흑수의 살기는 장내를 장악했다. 반면에 북만극의 검기는 그의 칼 위에 존재할 뿐이다. 어지간한 고수가 본다고 해도 서흑수가 훨씬 우세하다고 점칠 만한 상황이었다.

하지만 서흑수는 북만극이 얼마나 무서운 자인지 다시 한 번 깨달았다.

'마음이 움직이면 검기가 자연히 일어나는 경지. 굳이 운기하지 않아도 그가 잡은 철검은 어떠한 보검보다 강력해진다. 그는 그런 경지에 이르렀다. 역시 마교 교주.'

서흑수의 검이 북만극을 겨누었다. 그의 검에도 이질적인 기운이 흘렀다.

검기라기보다는 살기에 가까운 섬뜩한 기운이었다.

'마치 나의 검을 보는 듯.'

북만극도 서흑수의 검에 담긴 것을 알아보았다. 그는 조금 전까지 자신의 승리를 조금도 의심하지 않았다. 서흑수를 직접 뭉개주리라 다짐했었다.

아직도 그 생각은 변하지 않았다.

'대단하긴 하지만 나보다 낮은 경지.'

하지만 서흑수에 대한 호기심이 더 커졌다. 처음 서흑수의 편지를 받은 후 분노가 끓어올랐었다. 처음에는 마교의 힘을 동원해 서흑수를 잡아 죽이려고 했다. 하지만 그렇게 하지 않았다. 서흑수에게서 뭔가를 캐내야 한다는 필요성을 느꼈었다.

'놈의 정체가 뭘까?'

"젊은 놈이 제법이구나. 그 정도 살기를 검에 담는다는 것은 네 나이에 이루기 힘든 경지. 그것을 그렇게 자연스럽게 담다니……."

서흑수는 북만극과 조금이라도 더 대화를 하려고 했다.

'혹시 설득할 수 있을지 모르니까.'

"재수가 없었지."

“아니면 네가 정말 미쳤거나.”

“그것도 맞는 소리. 북만극, 당신을 죽이고 남을 정도로 확실히 미쳤어.”

북만극의 얼굴에 미소가 떠올랐다. 그의 칼 위에 검기가 짙어졌다.

“미친놈.”

서혹수는 북만극의 변화를 눈치 챘다. 바짝 긴장했다.

‘공격을 준비하는 거야.’

그의 눈이 주변을 훑었다. 마교의 난다 긴다 하는 고수들이 잔뜩 기대한 채 그들의 대결을 기다렸다.

‘나는 북만극을 죽일 거야. 하지만 북만극이 위험해지면 저들이 개입하겠지. 그럼 못 죽어. 먼저 내보내야 해. 어떻게? 공정한 결투를 위해서 내보내라고 하면 북만극은 거절하겠지. 다른 방법을 써야 해. 북만극이 스스로 내보내게 해야 해.’

머리가 빠르게 회전했다. 답이 나왔다.

서혹수가 장로들을 턱으로 가리키며 말했다.

“저들이 우리의 싸움을 판단해 줄 참관인인가?”

북만극의 검에서 흐르는 검기가 점점 진해졌다. 그의 얼굴에는 여전히 여유가 넘쳤다.

“참관? 굳이 참관인을 둘 이유가 있을까? 그저 시간이 남는 놈들이지.”

“하긴 당신이 가진 최고의 무공, 그걸 구경한다면 저들에게도 많은 도움이 되겠지."

북만극이 움직임을 멈췄다.

"호호호. 서흑수, 저들이 거슬리나? 내가 저들을 부려 네 뒤를 칠까 두렵나?"

서흑수는 그게 두려웠다. 자신이 승기를 잡았을 때 북만극이 말한 것처럼 저들이 뒤를 노릴까 두려웠다.

"상관없다."

북만극은 처음에는 자신이 여유있게 서흑수를 이길 수 있다고 판단했다. 하지만 서흑수의 몸에서 일어나는 기세, 그의 자세, 당당함 모두를 보고 생각을 바꿨다.

'어차피 내가 질 가능성은 없다. 하지만……'

"만에 하나의 가능성이지만, 너를 죽이기 위해서 내가 밑천을 드러내야 할지도 모르겠군. 그럼 저놈들 눈이 호강을 하겠지. 내 무공의 약점을 찾느라 눈이 시뻘게질 놈들이거든."

북만극이 장로들에게 호통을 쳤다.

"시간이 남아도나? 가서 전쟁 준비나 해라!"

몰려 있던 고수들의 얼굴에 아쉬움이 스쳐 지나갔다.

'만약 교주의 최고무공을 보게 된다면 내게 도움이 될 텐데.'

'교주가 경계하다니. 정말로 약점을 잡아낼 수 있는 건 아닐까? 하지만 이렇게까지 이야기하니 버틸 수가 없군.'

그들은 할 수 없이 대답했다.

“알겠습니다.”

서혹수는 장로들이 물러가는 모습을 보며 정말 아쉬워했다.

'내가 말을 던지면 북만극은 일단 생각부터 한다. 대화가 통하는 사람이다. 말만 잘못 잡아타지 않았다면 설득할 수 있었어.'

하지만 이제 싸울 수밖에 없었다.

북만극이 서혹수를 돌아보았다.

“네놈이 혹시라도 희망을 가질까 해서 미리 하는 말인데, 저놈들, 물러가라고 해도 갈 리가 없다. 담장 바깥에서 결과를 기다리겠지. 그 말은, 너는 절대로 살아서 빠져나갈 수 없다는 뜻이다.”

서혹수도 사람들이 가까운 거리에 몰려 있는 것을 느꼈다. 그 숫자는 점점 증가하고 있었다.

“나도 알아.”

북만극이 짧게 말했다.

“이제 시작하지.”

'지' 라는 말이 떨어짐과 동시에 북만극이 움직였다. 그의 몸이 몇 개로 분열되는 듯한 착각이 일어났다.

서혹수는 정신을 바짝 차렸다.

'진짜는 하나다!'

그의 몸이 팽이처럼 회전했다. 뒤쪽으로 검을 휘둘렀다.

북만극이 뒤쪽에서 검을 꽂아 넣고 있었다. 그들의 검이 정통으로 충돌했다.

카앙!

강력한 충격파가 발생했다. 땅바닥에서는 흙먼지가 둥근 원형으로 쫙 쓸려 나갔다.

북만극과 서혹수는 반탄력을 해소하기 위해서 급히 뒤로 물러섰다.

북만극은 한 걸음 물러서는 것으로 방금의 충격을 모두 해소했다. 하지만 서혹수는 세 걸음이나 물러섰다. 서로의 검에 얼마나 큰 위력 차이가 있었는지 한눈에 보여주는 결과였다.

북만극은 서혹수가 그렇게 쉽게 밀려날 거라고 생각하지 못했었다.

"이상하군. 네가 편지에 쓴 것처럼 그들을 죽인 것이 확실하다면, 이렇게 쉽게 밀릴 리가 없는데?"

서혹수도 격돌하기 전까지는 밀리지 않을 거라 생각했다. 하지만 지금은 밀렸다. 그리고 그는 자신에게 무슨 문제가 생겼는지 확실히 깨닫고 있었다.

'젠장. 북만극을 죽이고 싶은 마음이 들지 않아.'

그게 문제였다. 살기가 일어나기는 하지만 그 정도가 부족했다. 미친 듯이 일어나기를 바랐지만 그렇게 되지 않았다.

그는 그 이유를 너무 잘 알고 있었다.

'북만극, 이자는 살아야 해. 이자가 살아남아야 마교를 계속 누를 수 있어. 다른 자가 교주가 되면, 당장은 몰라도 나중

에 전쟁이 일어난다.'

그것을 알고 있었다. 살려야 한다는 것을 알기에 죽일 수 없었다. 죽일 수 없다는 것을 알기에 살기가 충분히 일어나지 않았다.

북만극이 의심스러운 눈초리로 질문했다.

"네가 그들을 죽인 것이 확실한가?"

서흑수가 북만극을 노려보았다.

"그것은 내가 저지른 죄."

"네가 이렇게 무력하다면, 네 짓이라고 장담할 수 없지. 나를 속인 죄의 대가는… 아니, 어차피 네놈은 죽을 놈이지. 나를 속였는지 여부는 상관없이."

서흑수에게는 상관이 있었다.

'나를 다른 놈으로 알면 곤란하다. 마교의 원한은 내가 다 받아야 하니까. 무림맹에까지 피해가 가게 할 순 없어. 내가 죽는 한이 있더라도.'

그는 공력을 끌어올렸다. 살기가 예상만큼 짙지 않았다. 하지만 지금 일어나는 살기만으로도 보통 사람쯤은 오줌을 지리게 하고 남았다.

'부족해. 아직 부족해. 왜 살기가 더 이상 일어나지 않지? 나는 미친놈인데? 내 아내를 죽일 정도로 미친놈인데? 지금은 왜 그때처럼 미치지 않지?'

고민만 하고 있을 수는 없었다. 북만극이 움직이려 했다.

서흑수가 먼저 전진했다.

"죽는 건 너야!"

서흑수는 북만극을 향해 검을 뻗었다. 칼끝이 작은 원을 그렸다. 원에는 공격과 방어의 수법이 모두 들어 있었다.

북만극은 경솔히 상대하지 않았다. 그는 가볍게 물러서는 것만으로 그 공격을 완벽하게 피했다.

북만극이 혀를 찼다.

"쯧쯧. 겨우 이런 위력이라니. 기대 이하야. 그나저나 원을 사용하는 검법이라… 무당태극검은 아니고… 하여간 옛날 기억을 떠오르게 하는 검법이군."

서흑수는 정신이 번쩍 들었다.

'이건 사부님의 검법. 놈이 알아본다면? 그리고 내가 실패한다면? 사부님에게까지 피해가 간다. 이건 쓸 수 없어. 다른 것들도 마찬가지. 사부님께서도 익히신 무공은 아무것도 쓸 수 없어.'

초조해졌다.

'이길 수 있을까? 북만극은 마교 교주. 내가 익힌 무공들을 쓰는 데 제약이 있다면 승산은 없어. 어떻게 해야 하지? 도대체 어떻게 해야 하지?'

북만극이 서흑수를 향해 다가왔다.

"더 이상 재주가 없다면 이제 네 목숨을 가져가마. 내 아들의 영혼을 위로하기 위해서!"

＊　　　＊　　　＊

남궁진미가 서류를 확 집어 던졌다.

"이제 지긋지긋해!"

매주련이 그것들을 주웠다.

"그래도 왕삼이 부탁한 거예요."

남궁진미가 매주련에게 짜증을 냈다.

"왕삼이 아니라 서흑수라니까요. 서흑수! 왕삼은 가명이에요!"

"내게는 왕삼이에요. 언제까지나."

"맘대로 해요. 어차피 서흑수도 가명일지 모르니까."

매주련이 서류를 남궁진미의 책상 위에 올려놓으며 말했다.

"자기 일은 자기가 끝내야죠?"

"쳇. 나도 알아요."

"그나저나."

매주련의 눈망울이 가늘게 떨렸다.

"왕삼은 잘하고 있을까요?"

남궁진미는 퉁명스럽게 대답했다.

"자기가 원해서 간 거, 자기가 알아서 해야죠."

"그래도 거기는 위험한데……."

남궁진미는 그가 아는 서흑수와 마교에 대해서 생각해 보았다. 어쩐지 서흑수라면 잘 해결할 것 같았다.

저절로 입술이 튀어나왔다.

"괜찮을 거예요. 다른 사람도 아니고 서 공자잖아요. 아마 이야기가 잘돼서 지금쯤 진귀한 요리라도 대접받고 있을 거예요. 우리만 고생하는 거죠 뭐."

*　　　*　　　*

북만극의 검이 서흑수의 목을 노렸다. 목을 노린 것만 세도 벌써 열두 번째였다.

서흑수는 마흔다섯 번째로 몸을 비틀고 검을 들어 올려 그 공격을 걷어냈다.

북만극의 검이 간발의 차이로 그의 목을 베지 못하고 지나갔다. 하지만 그 검의 궤도가 즉시 틀어졌다. 칼끝이 서흑수의 어깨를 스치고 지나갔다.

피가 튀었다. 일곱 번째 상처였다.

서흑수가 검을 빠르게 휘둘러 북만극을 물러서게 만들었다. 북만극은 서두르지 않았다. 느긋하게 물러섰다.

"너는 나를 속였다. 너는 절대로 그들을 그렇게 죽일 수 없다. 너 같이 중요한 놈을 사기꾼으로 써먹다니. 무림맹 놈들은 도대체 무슨 생각을 하는지 알 수가 없군."

서흑수는 초조했다.

‘놈이 의심하고 있다.’

즉시 소리쳤다.

“나도 내가 그들을 죽이지 않았기를 바란다! 하지만 이미 일어난 일을 바꿀 수는 없어!”

“그렇다면 실력으로 증명해 봐라. 이런 실력으로는 나를 죽일 수 없다. 나는 고사하고 내 아들……..”

북만극이 멈칫했다.

“내 아들도 죽일 수 없지. 넌 내 아들의 상대가 아니야. 그럼 이게 도대체 어떻게 된 일이지?”

서흑수의 얼굴이 환해졌다.

‘기회다.’

“북건곤을 죽인 것은 배교. 내가 아니야!”

북만극은 잠시 생각을 하느라 공격을 멈췄다. 서흑수는 긴장한 채 그의 반응을 기다렸다.

기다리는 서흑수의 몸에서 핏방울이 뚝뚝 떨어졌다. 여기저기 베인 상처가 출혈을 일으켰다.

북만극의 고민은 길지 않았다. 그가 다시 고개를 들었을 때, 서흑수는 일이 틀어졌음을 깨달았다.

북만극은 차가운 눈으로 서흑수를 보고 있었다.

“얕은 수작. 네놈이 실력을 숨기는 거겠지. 아니면 그때는 다른 계략을 썼거나. 역시 내 아들은 천라지망 때문에 약해진 걸까? 너는 약해진 내 아들을 습격한 거고.”

"왜 그렇게 나를 믿지 못하는 거지?"

"믿을 이유가 없으니까."

서흑수는 서서히 화가 나기 시작했다. 거기다 자신의 피 냄새까지 맡자 살기가 부글부글 끓어올랐다. 살기가 일어나야 한다고 생각하고 있었기에 마음이 그것을 제어하지 못했다. 눈이 붉어질 정도로 살기가 솟아올랐다.

서흑수의 목소리가 얼음장처럼 싸늘해졌다.

"그럼 믿게 해주지."

북만극이 코웃음을 치며 서흑수를 향해 검을 휘둘렀다. 그의 칼에서 검기가 비처럼 쏟아졌다.

서흑수가 붉은 눈으로 그 검기 다발을 노려보았다. 검기는 화살보다 빨랐다.

서흑수의 검이 움직였다. 그의 검에는 검기와 살기가 뒤섞여 있었다. 거대한 기세가 검을 타고 일어났다. 그것이 휘두르는 공간에 있는 모든 것이 소멸했다.

북만극의 검기가 거기 부딪쳐 사라졌다. 수십 가닥의 검기가 모조리 잡아먹혔다. 어느 하나도 서흑수의 몸까지 도착하지 못했다.

북만극은 자신의 공격이 실패했음에도 불구하고 크게 만족했다.

"그렇지. 그 정도는 되어야지. 하지만 아직 부족해. 그것만으로는 나를 꺾을 수 없어!"

북만극이 보법을 밟았다. 그의 몸이 몇 개로 갈라지는 듯한 현상이 일어났다. 그가 서흑수의 뒤를 잡았다. 그의 검에서 폭포수 같은 검기가 뿜어져 나왔다. 서흑수가 조금 보여준 것보다 더 강력한 기세였다.

서흑수는 본능적인 감각으로 반응했다. 즉시 뒤로 돌아섰다. 검을 뺐었다. 속에서 들끓는 살기를 아낌없이 퍼부었다.

마교 교주와 서흑수가 한껏 쏟아낸 기세가 정면으로 충돌했다.

콰아앙!

그 영역 전체가 폭발하는 듯했다. 바깥으로 나가 있던 장로들이 움찔거릴 정도였다.

싸움이 격렬해지자 마교의 다른 곳에서 일하던 여러 고수들이 모여들었다. 그들은 담장 너머에서 무슨 일이 일어나고 있는지 궁금해하며 결과를 기다렸다.

서흑수와 북만극이 뒤로 빠르게 물러났다. 두세 걸음 쿵쿵거리는 수준이 아니었다. 서로 확실한 거리를 벌리며 다음 공격을 준비했다.

선수를 친 것은 서흑수였다. 그가 땅을 박차며 북만극을 향해 달렸다. 달리면서 검으로 땅을 긁었다. 땅바닥에 깊은 고랑이 만들어졌다.

북만극은 검을 세우며 서흑수를 노려보았다.

'땅을 긁다니. 무슨 수를 쓰려고?'

서흑수가 공력을 끌어올린 후 검을 땅에 대고 떨쳤다. 땅바닥에서 폭발이 일어났다. 커다란 흙먼지구름이 주변을 빠르게 뒤덮었다.

북만극은 긴장했다.

'놈을 놓쳤다.'

서흑수가 북만극의 머리 위에서 떨어져 내렸다. 그의 검이 북만극을 두 조각 낼 듯이 아래로 폭사되었다.

북만극의 눈은 서흑수를 놓쳤다. 그러나 그의 감각은 공격해 오는 움직임을 확실히 감지했다.

북만극이 즉시 검을 위로 쳐올렸다. 두 자루의 검이 다시 격돌했다. 충격파가 흙먼지를 사방으로 쓸어냈다.

북만극의 다리가 굽혀졌다. 그는 위를 노려보았다.

서흑수는 위로 솟아올랐다가 다시 떨어지고 있었다. 서흑수의 등 뒤로 눈부신 해가 떠 있었다.

북만극은 눈이 부셨다. 해를 정면으로 쳐다보는 상황에서는 눈의 예민함을 유지하기 곤란했다. 공력을 돌려 눈을 보호했다. 그만큼 시야가 좁고 어두워졌다. 서흑수의 모습을 놓치지는 않았다.

갑자기 서흑수가 사라졌다. 북만극이 보던 윤곽은 그대로였다. 그러나 그것은 서흑수가 아니었다. 그가 입었던 옷이 펄럭이며 떨어져 내렸다.

'금선탈각. 어떻게 내 눈앞에서?

북만극이 급히 몸을 뒤로 날렸다. 검을 미친 듯이 휘둘러 여덟 방위에 검기를 날렸다. 검기를 튕겨내는 소리를 듣고 서흑수를 찾으려는 생각이었다.

어디서도 소리가 들리지 않았다. 북만극은 당황했다. 이번에는 열여섯 방향으로 검기를 날리려고 했다.

그러나 그렇게 하지 못했다. 등 뒤에서 오싹한 기운이 느껴졌다.

그는 급히 몸을 회전시켰다. 왼손에 강력한 장력을 일으켜 획 뿌렸다. 누가 맞더라도 몸이 터져 죽을 수밖에 없는 엄청난 위력이 뒤로 뻗어나갔다.

뒤에는 아무도 없었다.

'이런!'

강력한 충격이 그의 옆구리를 때렸다. 살기 섞인 내가진력이 몸속으로 파고들었다.

"크악!"

북만극의 몸이 옆으로 튕겨져 나갔다. 다시 검을 연달아 휘둘러 서흑수의 접근을 차단했다.

서흑수는 북만극을 쫓지 않았다. 북만극을 가만히 노려보기만 했다.

북만극은 서흑수의 상태를 살필 수 있었다.

'허리가 피에 젖어 있다. 이놈, 처음 날린 여덟 개의 검기 중 하나를 피하지 않았구나. 검기를 검으로 쳐내지 않은 대신

에 기척을 죽였어.'

"미친놈. 그걸 몸으로 받다니. 그 자리에서 두 조각이 날 수 있었다. 그건 너 정도 고수가 쓸 방법이 아냐!"

서흑수가 웃었다. 양 입꼬리가 귀밑까지 올라갔다.

"크흐흐흐."

북만극은 등골이 시렸다.

"진짜였구나. 이것이 너의 진짜 모습이구나. 네가 정말 그들을 죽였구나!"

서흑수가 한 걸음씩 다가왔다.

"크흐흐흐. 북만극. 죽인다."

북만극은 마교의 교주로 살아온 인간이다. 어떠한 적을 만나도 겁먹지 않는다. 그게 아니더라도, 무림 전체에서 손꼽히는 고수인 그가 미친놈을 상대로 겁먹을 이유는 없었다.

"천천히 고통을 주며 죽이려고 했으나 마음이 바뀌었다. 그만 끝내자꾸나."

북만극이 공력을 모았다. 그의 몸에서 검은 기류가 솟았다. 그것이 검에 모여 맹렬히 회전했다.

"네가 파천마검을 받을 수 있으리라 생각하지는 않는다."

북만극이 서흑수를 향해 검을 내뻗었다. 전신의 기류가 그 검끝에서 뿜어져 서흑수를 향해 날아갔다.

북만극은 온몸의 내공이 모두 빨려 나가는 듯한 착각이 일었다.

'역시 파천마검. 놈은 피하지 못해!'

뻗어나간 기류는 빠르고 강했다. 그리고 포함하는 범위가 지나치게 넓었다. 서흑수가 피할 수 있는 영역을 검은 기류가 뒤덮었다.

북만극이 내공이 빨려 나가는 고통을 참으며 소리를 질렀다.

"너를 시작으로 무림을 파괴해 내 아들의 영혼을 위로하겠다!"

그가 뿜어내는 기류는 서흑수가 있던 곳을 넘어서 그 뒤의 담벼락까지 날아가 충돌했다. 넓은 영역의 담벼락이 단숨에 터져 나갔다. 바깥에서 기다리던 사람들이 기겁을 하며 피하는 것이 보였다.

북만극은 서흑수의 죽음을 확신했다.

'이 안에서 살아남을 수 있는 인간은 없다.'

갑자기 그의 얼굴이 굳었다. 검은 기류의 폭풍 속에서 보지 말아야 할 것을 보았다.

'뭔가가 다가와?'

그림자 하나가 서서히 다가오고 있었다. 북만극은 그것이 뭔지 알 수 있었다.

"지독한!"

서흑수는 자신의 앞에 검을 수직으로 세웠다. 그 검에서 살기가 줄기줄기 솟아올랐다. 밀려드는 파천마검의 검풍은 그 살기를 만나자 쩍쩍 갈라졌다.

검풍의 파편이 서흑수의 전신을 긁었다. 여기저기가 찢어져 피가 뒤로 흩날렸다. 하지만 서흑수는 그 살기 가득한 웃음을 지으며 한 걸음씩 전진했다.

북만극은 전법을 바꿨다.

'파천마검으로는 죽일 수 없다. 공력 소모가 심한 이 수법 말고 다른 것을 쓰자.'

그는 즉시 공력을 전환했다. 손에 든 검을 빙글 돌리며 파천마검을 마무리했다. 검풍이 씻은 듯이 사라졌다.

서흑수의 눈이 핏빛 섬광을 뿜었다. 북만극이 자세를 바꿈과 동시에 앞으로 튀어나갔다. 위로 세웠던 검이 수평으로 뉘어지며 북만극의 심장을 노렸다.

파산검법이 펼쳐졌다. 북만극에게 보여주지 않으려 했으나 이미 그런 자제심은 사라져 버린 후였다.

입에서 의도하지 않은 괴성이 튀어나왔다.

"크아아아!"

북만극은 정말 놀랐다.

'파천마검의 검풍 속에 있던 자는 서 있기도 힘들 텐데. 오히려 기습 공격을 하다니. 이놈은 정말 괴물이란 말인가?

놀라고만 있을 수는 없었다. 급히 검을 휘둘러 서흑수의 공격을 쳐냈다. 갑자기 펼친 검법이지만 그 위력은 일류고수 몇 명의 목을 딸 수 있을 정도로 강력했다.

북만극의 검이 서흑수의 칼 옆을 때렸다. 북만극의 검이 팅

겨 나갔다. 그가 예상 못한 사태였다.

'놈의 검에 담긴 위력이 지금까지와 다르다.'

서흑수의 검은 여전히 그의 심장을 노렸다. 북만극은 자신이 아는 가장 빠른 보법을 펼쳐 뒤로 물러섰다. 하지만 이번에는 서흑수의 검이 조금 더 빨랐다.

북만극은 그 검에 담긴 기운이 심상치 않다는 것을 눈치 챘다.

'이대로는 당한다!'

북만극은 물러서는 상태에서 몸을 뒤로 뉘었다. 그의 등이 땅바닥을 긁었다.

뇌려타곤. 고수들은 체면이 깎일까 두려워 펼치지 않는다는 회피 초식이 마교 교주의 몸에서 펼쳐졌다.

서흑수의 검이 북만극의 가슴 위를 스치고 지나갔다. 명중하지 않았기에 파산검 특유의 귀를 찢는 폭음은 터지지 않았다.

아직 살기는 그를 완전히 잠식하지 못했다. 서흑수는 공력을 쏟아낸 직후 정신이 조금 들었다. 여전히 살기가 피를 원했지만 바로 눈앞에 뇌려타곤을 펼친 북만극이 크게 들어왔다.

가능하면 북만극을 죽여서는 안 된다는 것을 인지하고 있었다. 그리고 눈앞에 그 북만극이 드러누워 있었다. 죽이고 싶었다. 이를 악물었다.

'정신을 차려야 해!'

소용없었다. 다시 살기가 그를 지배했다.

북만극은 누운 상태로 왼손을 앞으로 쭉 뻗었다. 서혹수 역시 반사적으로 손을 내밀었다. 둘 다 갑작스럽게 펼친 일장이다.

서로의 일장이 충돌하기 직전, 북만극의 손이 빙글 회전했다. 그것이 서혹수의 손목을 잡기 위한 금나수법으로 바뀌었다.

살기에 물든 서혹수는 신경 쓰지 않았다. 손을 그대로 아래로 밀어붙였다.

북만극의 손이 서혹수의 팔뚝을 잡아챘다.

서혹수의 팔뚝에는 붕대가 감겨 있었다. 남궁진미가 그의 상처에 감아준 붕대였다. 남궁진미는 서혹수가 황금장을 떠나기 전까지 매일 붕대를 갈아주었다.

매끄럽고 질 좋으며 질긴 비단 붕대가 그의 팔에 감겨 있었다. 북만극이 잡은 곳은 그 바로 위였다.

팔을 잡히자 다시 살기가 이성을 마비시키기 시작했다.

어느새 왼팔이 마비되고 있었다. 꼼짝도 할 수 없는 고통이 팔을 타고 전해졌다. 그러나 서혹수는 그런 고통에도 이를 드러내었다. 오히려 힘을 쏟아 부어 왼팔을 아래로 밀어붙였다. 마비된 혈도에서 엄청난 고통이 밀려 올라와 그의 정신을 때렸다.

북만극의 강력한 손가락에 붕대가 쭉 찢겨 나갔다. 서혹수의 팔뚝 역시 큰 상처를 입었다.

서흑수의 호신기공도 만만치 않았다. 두 번이나 생강시에게 잡혀 깊게 긁힌 경험도 있었다. 거기에 붕대까지 더해지자 서흑수의 왼팔은 완전히 마비되지 않았다. 그는 고통을 무시하고 허리힘으로 팔을 밀어붙였다.

팔이 떨어져 나가는 것 같은 고통이 일어났다. 그 고통이 그의 정신을 순간적으로 깨웠다.

북만극은 당황했다. 그의 금나수법이 실패했다. 수법 자체는 완벽하게 걸렸으나 제압하는 힘이 부족했다. 예상 못한 일이다.

서흑수의 손바닥이 그의 가슴을 때렸다.

북만극이 작은 신음 소리를 냈다.

"컥!"

허리힘으로 밀어붙인 공격이라 파괴력이 많이 줄어들어 있었다. 하지만 땅에 드러누운 상태인 북만극은 그 충격을 회복시킬 방법이 없었다. 모든 충격을 고스란히 받아들였다.

둘 사이는 바짝 붙어 있었다. 북만극이 오른손을 움직였다. 손에 쥔 검으로 서흑수를 베려고 했다. 거리가 워낙 가까워 움직임이 자유롭지 않았다.

서흑수는 자기 손에 든 검을 놓아버렸다. 오른손으로 북만극의 목을 재빨리 움켜잡았다. 거리가 짧은 만큼 더 빨리 잡을 수 있었다.

하지만 북만극을 죽이지는 않았다. 팔이 잘게 썰리는 듯한 극심한 고통에 그의 정신이 잠깐이나마 돌아온 상태였다.

'살려야 해!'

북만극의 얼굴에 긴장한 빛이 감돌았다. 그는 검을 움직이지 못했다. 서흑수의 손끝에서 느껴지는 기운이 무엇인지 잘 알았다.

'돌이라도 관통할 만큼 강력한 지법. 내가 검을 쓰면 그전에 목이 꿰뚫린다.'

북만극은 자신의 패배를 깨달았다. 그가 중얼거렸다.

"허무하군. 처음부터 천마검법을 사용했다면 이겼을 것을. 방심하다 이런 식으로 지다니."

서흑수가 북만극의 목을 잡은 채 으르렁댔다.

"어쨌든 넌 졌어."

"그래. 중요한 건 그거지. 난 졌다. 하지만."

북만극이 서흑수를 노려보았다.

"너도 이긴 건 아니다. 너도 결국 죽을 테니까."

서흑수는 끓어오르는 살기를 가라앉히기 위해서 애썼다. 북만극의 목을 뚫어버리고 싶은 유혹이 가득했다.

'이자를 죽이면 마교는 내분에 싸인다. 내가 미친놈임을 알기에, 모든 원한은 나에게 돌아온다. 하지만 시간을 늦출 뿐. 언젠가 전쟁이 다시 시작되겠지.'

결론은 이미 나와 있었다.

‘북만극은 대화가 통하는 인간. 모험을 한다. 실패한다면, 이번에는 진짜로 폭주하겠지.’

그가 북만극의 목을 놓고 일어섰다.

“그만 합시다.”

서흑수가 뒤로 물러섰다.

북만극은 누운 채로 서흑수를 멍하니 쳐다보았다.

‘목숨을 아낄 놈이 아니라고 생각했는데?

의심이 들었다. 서흑수에게 목이 잡혔을 때를 생각했다.

‘그 손끝. 나를 죽이고 싶어서 안달하는 기운이었어. 이놈은 정말 나를 죽이려고 했다.’

북만극은 현실적인 인간이다. 살려준다는데 목을 내밀 생각은 조금도 없다.

북만극이 일어섰다. 몸에 묻은 흙까지 툭툭 터는 여유를 부렸다. 서흑수에게 맞은 곳에 내기를 운용해 보았다.

“별 부상은 아니군. 손에 사정을 두었나?”

사정을 둔 것이 아니다.

‘정말 죽이려고 했지만 팔이 마비되어 충분한 힘을 쓸 수 없었다.’

대답하지는 않았다.

무너진 담장 밖에 있던 마교 고수들이 움직였다. 북만극의 경호무사들이 즉시 달려와 그를 감쌌다. 마교의 장로들은 서흑수를 가리키며 부하들에게 여러 가지 명령을 내렸다. 고수들이 새까맣게 몰려들어 서흑수를 포위했다.

서흑수는 긴장했다.

'내가 잘한 것일까? 교주를 죽여서 전쟁을 멈추게 했어야 할까? 나중의 전쟁은 내가 죽은 후 누군가 해결하기를 기대했어야 할까?'

고민해 봐야 이미 늦었다. 북만극은 확실한 안전을 확보했고, 그는 완벽하게 포위당했다. 그를 둘러싼 자들 중에는 이름만 들어도 알 수 있는 마두들이 득실거렸다.

'주사위는 던져졌다. 만약 북만극이 마음을 돌리지 않으면 끝장을 보는 수밖에 없다. 어쩔 수 없어. 그것이 세상을 구하는 길이야.'

살기가 몸을 자극했다. 지금 다시 싸움을 시작한다면 폭주할 것만 같았다. 그는 그 후가 두려웠다. 만에 하나 살아남더라도 자신을 잃을 것이 걱정이었다.

'최악의 경우 완전히 미치겠지. 다시는 정상이 되지 못하겠지.'

저도 모르게 웃음이 나왔다.

'후후. 쓸데없는 걱정. 어차피 그렇게 되면 마교 손에 죽겠지. 혼자서 마교를 전부 상대할 수는 없으니까.'

그를 포위한 고수들이 살기를 뿌려댔다. 당장이라도 서흑수를 조각낼 듯한 기세였다.

서흑수는 죽음을 각오했다. 그의 눈에서 다시 짙은 살기가 흘러나왔다.

'적어도 이 자리에 있는 놈들은 다 죽일 수 있을 거야. 여기 있는 놈들이 마교의 수뇌 절반은 되겠지. 지휘부가 날아가면 마교는 혼란에 빠져. 그것도 나쁘지 않겠어.'

서흑수의 살기에 마교 교수들이 반응했다. 그들의 움직임이 빨라졌다.

마교 고수들 역시 서흑수를 만만하게 보지 않았다.

'교주를 이긴 놈이다.'

'어설프게 상대하다가는 거꾸로 당한다.'

모두 바짝 긴장했다. 여기저기서 침 삼키는 소리가 들렸다. 누가 명령을 내리더라도 즉시 달려들 것처럼 움찔거렸다.

서흑수는 다시 검을 들었다. 그냥 죽어줄 생각은 없었다.

'미안, 소미야.'

북만극이 고함을 질렀다.

"그만!"

그의 고함 소리가 주변을 쩌렁쩌렁 울렸다. 그의 고함에는 사람들의 정신을 깨우는 효능이 있었다. 소림사의 사자후나 항마후 못지않았다.

고수들의 움찔거림이 딱 멎었다. 몇 명이 힐끗거리며 북만극의 눈치를 살폈다.

북만극이 불쾌한 얼굴로 손을 휘저었다.

"물러들 가라. 이자와 이야기를 하겠다."

장로 복양소가 소리쳤다.

"교주님, 위험합니다!"

장로 한천양도 반대했다.

"자객의 실력이 예상 이상으로 뛰어납니다. 아랫것들이 처리하게 두십시오!"

북만극이 고수들에게 재빨리 명령했다.

"뭣들 하느냐? 교주님을 노린 자객이다. 당장 목을 쳐서 위험을 제거하라!"

고수들이 북만극의 눈치를 보며 검을 세우고 공력을 끌어올렸다.

북만극은 짜증이 났다.

'젊은 놈에게 진 것도 쪽팔리는데.'

그가 소리를 꽥 질렀다.

"물러가라고 했잖아!"

고수들은 깜짝 놀랐다. 들어 올린 검을 다시 내렸다.

장로들도 긴장했다.

'교주님은 진심이다.'

'그래, 내가 있는 곳에서 손을 쓰는 것보다 나중에 전투 부대 몇 개 보내서 처리하는 게 낫겠다.'

'이렇게 나오면 곤란한데……'

장로들이 입을 다물고 있자 고수들이 뒤로 주춤주춤 물러섰다. 하지면 여전히 서흑수를 노려보았다.

서흑수도 검에서 손을 놓았다.

'북만극에게 기대해도 될까?'

대부분의 고수들이 물러갔다. 이제는 장로들과 경호무사들만이 남았다. 특히 경호무사들은 북만극의 곁을 철저히 지켰다. 그들은 서흑수를 뚫어져라 노려보고 있었다.

대충 주변 정리가 끝나자 북만극이 말했다.

"내가 명색이 교주인데 말이야. 이거 정말 면목이 서지 않는군. 너처럼 새파란 놈에게 지다니."

서흑수의 어투는 다시 처음으로 돌아갔다.

"운이 좋았습니다."

"운? 내 실력이 겨우 운 따위로 어떻게 될 정도로 보잘것없다는 건가?"

"실력에 운이 더해졌습니다."

"내 체면을 살려주려는 건가 보군."

"생각하시기 나름입니다."

"너. 처음부터 끝까지 여유를 잃지 않아."

북만극이 서흑수를 똑바로 쳐다보며 말했다.

"역시 광마다워."

第二章

서혹수는 그 부분을 정정했다.

"저는 광마가 아닙니다."

북만극은 어이가 없었다.

'나에게 그런 전서를 보내놓고, 이제 와서 아니라고 헛소리를 하다니?'

"나를 놀리는 건가?"

"광마가 누구인지도 모릅니다."

북만극이 서혹수를 물끄러미 쳐다보았다.

"그 지독한 살기나 실력을 보면 맞는 것 같은데? 그건 광마의 특징이거든."

“아닙니다.”

북만극은 일이 어떻게 돌아가는지 깨달았다.

‘이놈은 광마야. 하지만 자기가 어떻게 불리는지 모르는 군. 하긴, 광마라고 하는 호칭은 무림의 윗대가리 몇 명만 아는 것. 이놈은 그걸 모를 수도 있지.’

서흑수가 장로들을 돌아보았다. 그들은 광마라는 말에 조금 충격을 받은 얼굴이었다.

‘미친놈이 온다고만 말해두기를 잘했어. 이거 써먹을 수 있겠어. 그럼 어떻게 이 사실을 숨긴다?’

노련한 북만극의 얼굴에 웃음이 떠올랐다. 그는 장로들 들으라는 듯이 말했다.

“그렇군. 너는 광마가 아니군. 네 실력을 보고 내가 잠시 착각했다.”

서흑수는 협객이 되고 싶었다. 마두로 불릴 생각은 없다.

‘어쩌면 나에게 가장 어울리는 별명일지도.’

“아닙니다.”

장로들의 얼굴이 비로소 풀어졌다.

‘그럼 그렇지. 이렇게 젊은 놈이…….’

‘깜짝 놀랐군.’

북만극은 장로들을 확실히 속이기로 했다. 장로들 들으라고 일부러 서흑수에게 설명했다.

“광마는 꽤 유명한 마두야. 하지만 그를 본 자는 모두 죽었

다. 당연히 우리는 광마의 얼굴을 몰라. 자네 솜씨를 보고 그
를 생각했을 뿐이야. 하지만 내 착각이었어. 광마였다면, 나
를 살려줄 리 없지.”

북만극의 말은 교묘했다. 서흑수는 그것이 자신의 이야기
라고는 생각하지 못했다.

‘그놈을 본 자가 모두 죽었다고? 나와는 달리 그런 짓을 한
두 번 한 놈이 아니라는 소리군. 역시 세상에 없애야 할 마두
는 많구나.’

“그런 마두의 이야기는 지금 중요하지 않습니다. 지금은
배교를 잡는 일이 더 중요합니다. 마교의 소교주, 소마 북건
곤을 죽인 배교입니다.”

북만극의 평온해지던 마음이 갑자기 타올랐다.

‘이놈은 전쟁을 막으려고 하고 있어. 내 아들을 죽이면 전
쟁이 일어나는 것도 예상할 수 있는 놈이야. 이놈은 범인이
아니야. 누군가 또 있어.’

눈에 불꽃이 튀었다.

“그래, 내 아들을 죽인 놈. 그놈을 잡는 게 가장 중요하지.
그게 무림맹이건, 배교건, 그 누구라도 용서하지 않아. 갈아
마셔 버리겠다!”

서흑수는 북만극을 안정시키고 싶었다.

‘흥분하면 일이 틀어진다.’

“누구의 짓인지는 차근차근 조사하십시오. 범인을 조금 더

살려두는 건 중요하지 않습니다. 확실한 범인을 잡아서 처리하는 것이 더 중요합니다."

"그렇지. 맞는 말이야. 만에 하나라도 실수해서 원수를 놓친다면 큰일이지."

"필요하면 무림맹에 자료를 요청하십시오. 상당히 도움이 될 겁니다."

"흐흐흐. 무림맹 놈들의 자료? 좋아. 받지. 얼마나 믿을 수 있는지는 모르겠지만 일단 받아주지. 하지만 왕삼, 난 무림맹을 믿지 않아."

서흑수가 맞장구를 쳤다.

"저도 완전히 믿지는 않습니다."

북만극은 서흑수의 말이 진심임을 깨달았다.

'정말 믿지 않는군. 아까 그 이야기를 할 때는 나를 설득하기 위한 거짓말이라고 생각했는데.'

그가 서흑수를 자세히 살폈다.

'내가 방심했다지만 저렇게 젊은 나이에 나를 꺾었어. 그런 무공을 가진 녀석. 나중에 얼마나 강해질지 아무도 몰라. 아무래도 폭주하면 광마가 되는 것 같지만 그런 것에 대한 치료는 우리 교가 최고지. 어지간한 병은 낫게 할 수 있을 거야.'

이번에는 자신의 처지를 생각했다.

'건곤이는 완벽한 후계자. 다음 대 교주가 되는 걸 누구도 의심하지 못했어. 그것이 바로 나의 권력이 약해지지 않은 원

인 중 하나. 건곤이가 없는 지금 누군가 대안이 필요해.'

다시 서흑수를 돌아보았다.

'이놈은 나를 막으러 온 놈. 내 후계자로 삼았다가 잘못하면 뒤통수를 맞겠지. 하지만 후계자가 아니라면? 이놈이 내 새 후계자를 곁에서 도와준다면? 다른 놈들이 함부로 수작질을 못하겠지. 내게는 반드시 필요한 놈이다.'

그가 입맛을 다셨다.

'정말 탐나는 놈이군.'

서흑수에게 질문했다.

"처음에 한 말, 무림맹이 이 일의 배후라고 밝혀진다면 왕삼 네가 우리 교의 선두에 서서 싸우겠다고 한 말. 그 말 아직도 유효한가?"

서흑수가 이를 드러냈다. 완전히 가라앉지 않은 살기가 송곳니를 타고 새어 나왔다. 간담이 작은 자들은 몸을 떨 정도로 섬뜩한 모습이었다.

"물론입니다. 설사 하늘이라고 해도 용서하지 않습니다."

장로 한천양이 교주의 눈치를 보다가 말했다.

"교주님, 그의 말을 믿을 수 없습니다. 그는 무림맹에서 온 자가 틀림없습니다."

장로 복양소도 맞장구를 쳤다.

"그렇습니다. 그는 지금 살아나기 위해서 거짓말을 하고 있습니다."

북만극은 만족했다.

'한천양과 복양소. 나 다음으로 강한 세력을 거느린 자들. 이들이 왕삼을 경계하고 있어.'

오랜만에 기분이 좋아졌다.

"나는 왕삼을 믿는다."

복양소가 아쉬워했다.

"왜 일개 자객을 믿으십니까?"

북만극이 피식 웃었다.

"자객? 이런 능력을 가진 놈을 겨우 자객으로 쓴다고?"

"실력이 뛰어난 것은 사실입니다. 하지만 교주님의 가치는 높고도 높습니다. 이런 자 백 명을 희생해서라도 교주님을 해할 수 있다면 결코 손해가 아닙니다."

"왕삼의 나이와 무공을 생각해 봐라. 아무리 운이 좋았다고는 하지만 이 나이에 나를 꺾을 무공을 가졌다. 무림맹에서 이런 고수를 겨우 자객으로 쓸 리가 없다."

"그렇다고 하나……."

"무슨 소리인지 이해를 못하는군. 왕삼이 나중에 얼마나 강해지겠나? 무림맹의 미래는 왕삼에게 달렸다고 해도 과언이 아니다. 그들이 우리에게 짓밟힌 후 재기를 위해 마련할 수 있는 최고의 안배가 바로 왕삼이다."

복양소가 입을 다물었다.

북만극이 서흑수를 돌아보며 히죽 웃었다.

“물론 그건 왕삼 네가 무림맹 사람일 때의 이야기다. 너는 무림맹의 사람이냐?”

서흑수는 여전히 이를 드러내고 있었다.

“배교를 쫓는 목적이 같아 함께 움직이고 있을 뿐입니다.”

“장로들도 들었지? 왕삼은 무림맹과 상관이 없다.”

“그래도 무림맹과 같이 움직인다면 지금은 그놈들 편 아닙니까?”

“배교는 우리도 싫어하지. 더구나 놈들이 범인이라면, 나는 그놈들을 잡기 위해서 전력을 기울이겠다. 왕삼 입장에서는 우리와 일하는 것도 나쁘지 않아.”

복양소는 물러나지 않았다.

“하지만 그는 우리를 막기 위해서 이곳에 왔습니다. 무림맹을 위해서입니다. 그건 명백한 사실입니다.”

북만극이 서흑수를 가리키며 외쳤다.

“바로 그거야! 왕삼은 전쟁을 막으려고 여기 왔다. 만약 나를 죽이고 도망쳤다면? 이 전쟁은 몇 년이라도 늦출 수 있었어.”

“말도 안 됩니다. 우리는 교주님의 복수를 위해 즉시 무림맹을 공격했을 겁니다.”

“거짓말. 다 알고 있는데 그러지 마라. 누가 교주가 될지에 대해서 경쟁하느라 전쟁은 관심도 없어졌겠지.”

장로들이 입을 다물었다. 틀린 말은 아니다.

북만극이 다시 서흑수를 돌아보았다.

“하지만 이놈은 나를 죽이지 않았지. 도망치지도 않았어. 오히려 협상을 하고 있어. 이 일의 배후를 캐내라고 제안하고 있어. 자기 목숨을 걸었어. 이런 상황에서 믿지 말라고? 난 바보가 아니야.”

복양소가 다시 말렸다.

“그것까지도 계략인지 모릅니다. 무림맹 놈들의 계략은 기기묘묘하기로 이름 높습니다.”

북만극이 웃었다. 북건곤이 죽었다는 소리를 듣고 난 후 지은 웃음은 모두 잔혹한 살기가 스며들어 있었다. 처음으로 유쾌하게 웃었다.

“크하하하! 계략? 왕삼의 목숨이 걸린 계략이라면 속아줄 가치가 있어. 그래 봐야 우리는 전투 준비를 더 착실히 갖출 뿐이니까. 속전의 효과는 사라지지만, 대신에 준비를 완벽히 갖춰서 철저히 짓밟아줄 테니까.”

북만극이 서흑수를 보고 말했다.

“어때? 왕삼, 그러면 만족하겠나?”

서흑수는 최악의 경우가 뭔지를 점검해 보았다.

‘마교가 끝내 오해를 풀지 못한다면? 아니야. 배교 놈들은 이미 힘을 감추지 않고 있어. 곧 정체가 드러나.’

다른 경우도 있었다.

‘최악의 경우, 정말로 배후가 무림맹일 수 있어. 그럼 내가 용서치 않아. 마교를 끌고 가서 전멸시켜 버리겠어.’

결론을 내린 서흑수가 교주에게 고개를 가볍게 숙였다.

"그러시든지요."

북만극이 얼굴을 찌푸렸다.

"왕삼, 너는 우연으로나마 나를 이긴 자. 너무 쉽게 고개를 숙이는군."

북만극은 계속 자신의 패배가 우연이었다고 주장했다. 서흑수가 속으로 피식 웃었다.

"그건 제가 결정합니다."

"그래, 네가 결정해야지. 맞아. 누가 너를 마음대로 다룰 수 있을까?"

그가 장로들을 돌아보았다.

"그렇게 결론이 났으니 전쟁 준비는 좀 더 착실히 갖춰라. 서두르지 말고 완벽한 준비를 해야 한다. 그사이에 우리의 모든 정보망을 동원해서 이 일의 진실을 알아내라."

"알겠습니다!"

"그리고 잔치를 준비해라."

한천양이 질문했다.

"잔치라니요? 무슨 잔치 말이십니까?"

북만극이 웃었다.

"흐흐흐. 왕삼을 환영해야지. 어쩌면 우리는 최고의 선봉장을 얻은 건지도 모른다. 하늘이 나를 불쌍히 여겨 왕삼을 내려주었지 않느냐?"

서흑수는 그런 사태가 오지 않기를 진심으로 바랐다.

'무림맹이 범인으로 밝혀진다면, 나는 마교와 함께 싸운다. 그럼 다시는 정파무림과 같이 움직일 수 없어. 북만극, 내가 결국 자기 수하가 될 거라고 생각하는군. 하지만 틀렸어. 그때가 와도 나는 마교를 이용할 뿐이야.'

그가 단호하게 말했다.

"즉시 돌아가야 합니다."

북만극이 인상을 썼다.

"돌아가다니? 지금 내 호의를 무시하겠다는 건가?"

"배교 놈들을 추격하던 중에 이곳에 왔습니다. 돌아가서 계속 쫓아야 합니다."

"그렇군. 지금은 그 일이 가장 중요하지. 그래도 하룻밤은 쉴 수 있지 않은가? 네게 최고의 여자를 선물하지."

북만극의 꿍꿍이는 서흑수의 짐작보다 단수가 높았다.

'이놈은 유래가 없을 정도로 강하다. 보통 압력으로는 굽히지 않을 정신력도 있어. 하지만 지금은 나에게 아쉬운 것이 있어. 전쟁을 막아야 하니까. 이게 기회지.'

그는 서흑수의 생김새를 다시 확인하고 기분이 좋아졌다.

'잘생겼군. 오늘 밤에 내 딸을 보내주자. 내 딸임은 밝히지 않고 보내주는 거야. 그리고 책임지라고 하면? 거절 못해. 나를 모욕하면 곧바로 전쟁이니까. 이놈이 내 사위가 된다면, 모든 무림인은 왕삼이 내 사람이라고 생각할 거야. 나는 최고

의 칼을 가지게 되는 거지.'

서흑수는 꿈쩍도 하지 않았다.

'여기서 놀 시간은 없어. 난 소미를 구해야 해.'

"즉시 돌아가야 합니다."

"하룻밤만 쉬어라."

"죄송합니다."

북만극은 입맛을 다셨다.

'왕삼, 내 미인계를 눈치 챈 건가? 시작할 기회를 안 주는 군. 대단한 놈. 어차피 오늘만 날이 아니지. 같이 일하다 보면 기회는 많이 생겨. 그럼 지금은 이것으로 만족하기로 할까?'

"알았다. 상황이 그렇다면 할 수 없지. 대신에 내가 선물을 하나 주지."

서흑수는 기동력을 저하시키고 싶지 않았다.

'한혈보마의 체력이 떨어지고 있어.'

"짐을 싣고 갈 여유가 없습니다."

"무거운 건 아니라네. 그리고 이런 선물까지 거절한다면 내가 화를 내겠다."

서흑수는 거절할 수 없었다.

'뭔가 곤란한 걸 줄 것 같군. 하지만 적절한 핑계가 없어. 명분이 없으면 거절해서는 안 돼. 이 협상은 도자기 같은 것. 언제든지 깨질 수 있어.'

"감사히 받겠습니다."

‘칼이라도 한 자루 주려나 보군. 대단한 보검이겠지.’

북만극은 자신의 의자로 돌아가서 그 옆에 놓인 함을 열었다. 그 안을 뒤적거리던 그가 녹색 옥으로 된 패를 하나 꺼내 서흑수에게 던졌다.

“받아라.”

패가 날아올 때, 그 위에 새겨진 글씨를 읽은 서흑수의 안색이 변했다.

‘호법?’

그는 패를 잡아챘다. 안 받을 수가 없었다.

패에는 복잡한 문양이 새겨져 있었다. 그리고 한가운데에 선명하게 호법이라고 새겨져 있었다. 붉은 보석을 박아 만든 글씨가 햇빛에 반짝거렸다.

북만극이 재미있다는 듯이 설명했다.

“우리 교에는 좌우호법이 있지. 그 지위는 막중하다.”

서흑수도 그걸 알고 있다. 그래서 더 혼란스러웠다.

“알고 있습니다. 하지만 이미 주인이 있는 자리입니다.”

“왕삼 자네가 들고 있는 것이 주인 없는 호법 자리다.”

서흑수는 난처했다.

‘마교에 두 명의 호법 외에 호법이 또 있었나? 그게 중요한 게 아니지.’

“아직 이번 일의 범인이 누구인지 밝혀지기 전입니다. 무림맹이 이 일에 개입한 것이 확인되지 않는 한, 마교의 호법이 될 수는 없습니다."

북만극은 느긋했다.

"교의 호법은 막중한 자리. 그걸 갑자기 나타난 너에게 맡길 수는 없다."

"그럼 이건 무슨 뜻입니까?"

북만극이 웃었다.

"그건 우리 교의 준호법이다."

"준호법?"

"호법이되 호법이 아닌 자."

"설명이 필요합니다."

"호법이기는 하지만 그 권위는 내가 내리는 것. 지위는 기존의 호법 못지않아. 단, 내가 그 권위를 회수하기 전까지는."

"한시적으로 주어지는 임시 호법이라는 뜻입니까?"

"맞다. 하지만 흔히 주어지는 자리는 아니다. 전례가 흔치는 않아. 마지막 준호법은 이십삼 년 전에 임명됐지. 그는 삼년간 준호법의 일을 했다. 바로 배교를 사냥하기 위해서였지. 그러니 너도 준호법이 되어 배교를 사냥해라."

서흑수는 마음이 불편했다.

"꼭 받아야만 합니까?"

"받아야지. 건곤이를 죽인 놈들을 잡는 데 우리 교의 힘을 이용해라. 그 패의 권위를 무시할 수 있는 놈은 별로 없으니까. 대충 장로급과 맞먹는다고 보면 된다."

서흑수는 고민했다.

'이걸 받게 되면 반쯤 마교에 발을 걸치게 되는 꼴. 앞으로 그 누구도 나를 협객이라고 생각해 주지 않을 거야. 천하제일 협객이 꿈이던 내가 그래도 될까?'

받기 싫었다. 하지만 그는 생각을 바꾸었다.

'아니야. 어차피 내 꿈은 이루지 못해. 더구나 나는 이미 죄 많은 미친놈. 욕쯤이야 실컷 먹어주자. 소미를 구하기 위해서라면 그까짓 것 받아주겠어.'

결론을 내린 그가 패를 받아 품에 넣었다.

"잘 쓰고, 이 일이 끝나면 돌려 드리겠습니다."

북만극은 만족했다.

'역시 꽉 막힌 놈이 아니야.'

"그래야겠지. 원래 준호법이란 그런 자리니까."

서흑수는 마교 교주가 딴소리하기 전에 한혈보마를 불렀다. 한쪽 구석에서 떨고 있던 한혈보마가 즉시 달려왔다.

'오래 남아 있으면 어떤 수작을 부려 나를 구속하려 들 거야.'

말 위에 올라타서 말했다.

"그럼 저는 돌아가겠습니다. 전쟁을 멈추는 일은 교주님만 믿겠습니다."

북만극이 선언했다.

"내가 바로 북만극이다. 약속은 지킨다. 이 일의 진상을 알아낼 때까지 전쟁은 중지한다. 다만 전쟁 준비는 멈추지 않는다. 오히려 더 철저히 하겠다."

서흑수는 만족했다.

"그 정도면 충분합니다."

서흑수는 곧바로 말을 타고 달려갔다. 뒤도 돌아보지 않았다. 한시라도 빨리 소미를 구하러 가고 싶었다.

한혈보마는 그의 마음을 아는 듯 바람처럼 달렸다.

한천양이 다가왔다. 서흑수의 뒷모습을 보며 인상을 썼다. 북만극에게 항의했다.

"교주님, 준호법이라니요. 왜 처음 보는 그에게 그렇게 큰 것을 주셨습니까?"

"뭐가 어때서? 어차피 마음만 먹으면 언제든지 회수할 수 있는 자리야. 내가 손해 볼 건 없어."

"그래도 그는 처음 보는 놈입니다. 저걸 어떻게 악용할지 알 수 없습니다."

"좋은 놈이야. 이용하긴 하겠지만 악용하진 않을 거야."

"좋은 놈인지는 어떻게 아십니까?"

북만극이 웃었다.

"후후후. 장로들로서는 이해할 수 없겠지."

"설명해 주십시오."

북만극이 서흑수의 뒷모습을 보며 중얼거렸다.

"저 나이에 나를 이길 정도로 무공이 높은 놈이야. 그만한 능력이 있다면 세상이 어떻게 변해도 부귀영화를 누릴 수 있어. 하지만 자기 목숨을 걸고 전쟁을 막으러 왔어. 아무리 고수라도 목숨은 하나뿐이야. 좋은 놈이 아니라면 그런 손해 보는 짓을 할 리가 없지."

한천양은 그 이야기를 듣고 얼굴을 조금 붉혔다. 그것을 감추기 위해서 새로운 문제점을 들고 나왔다.

"그렇다고 하더라도 보상이 과하셨습니다."

북만극이 다시 웃었다.

"흐흐흐. 과해? 정말 그렇게 생각하나? 한 장로, 그렇게 안 봤는데 수가 얕아."

"수의 문제가 아니잖습니까? 우리 교의 준호법이 되면 무림의 누구도 무시하지 못합니다. 그렇게 큰 자리를 보상으로 주셨습니다."

"준호법이라. 당연히 누구도 무시하지 못하지. 그리고 모두 기억하겠지. 왕삼이 마교의 준호법이라고. 바로 나 북만극의 사람이라고."

한천양은 뒤통수를 맞는 느낌이었다.

"헛!"

북만극은 유쾌했다. 오늘처럼 유쾌한 날이 얼마 만인지 기억도 나지 않았다.

"난 조금 전에 왕삼에게 침 발라놓은 거야. 누가 감히 우리 교의 준호법을 자기네 편으로 끌어들이려고 들겠나?"

“역시 교주님이십니다.”

“그리고 한 장로.”

“예, 교주님.”

북만극의 눈이 빛났다.

“왕삼에 대해서 조사 좀 해봐. 정체가 뭔지 알아야겠어.”

＊　　　　＊　　　　＊

서흑수가 마교 총단을 떠난 지 며칠이 지났다. 슬슬 한계를 느꼈다.

“쉬어야 할 땐가?”

이미 한혈보마의 속도는 절반으로 떨어져 있었다. 서흑수 역시 내공의 힘으로 버티고 있었지만 몸 상태가 평소보다는 못했다. 그는 너무 오랫동안 잠을 자지도, 그렇다고 제대로 쉬어보지도 못했다.

“지존은 나를 노리고 함정을 팔지도 몰라. 몸 상태가 이래서는 곤란해. 최고의 상태를 유지해야 해.”

그는 결국 더 이상 달리는 것을 포기했다.

“사부님이 언제나 말씀하셨지. 서두르지 말라고.”

마침 눈에 익은 마교 지부가 보였다. 서흑수가 한혈보마의 목을 쓰다듬었다.

“너도 수고했다. 오늘 밤은 쉬자.”

말이 기쁜 듯 콧김을 뿜었다. 아무리 달리기 좋아하는 한혈보마라지만 이미 한계를 넘었다.

히힝!

그는 마교 지부 정문으로 다가갔다. 문을 지키던 무사들이 그를 알아보았다. 즉시 소리를 질렀다.

"사기꾼이 나타났다!"

"가짜 순찰사자다! 그놈이 돌아왔다!"

반응은 빨랐다. 마교 지부에서 많은 수의 무사들이 우르르 몰려나왔다.

그중에는 지부장 공삼호도 있었다. 공삼호가 서흑수를 보더니 크게 웃었다.

"으하하하! 이 미친놈. 감히 여기로 돌아오다니."

서흑수가 손을 들어주었다.

"여어, 지부장. 오랜만이군."

"여어? 간이 배 밖으로 나온 놈 같으니라고. 네 이놈! 살아 돌아온 것을 보니 감히 교로 가지는 않았나 보구나. 하긴, 네 깟 사기꾼 놈이 무슨 배짱이 있어서 그곳까지 갈까? 나에게 사기 치려고 한 소리겠지."

서흑수는 쉬겠다고 마음을 먹은 후부터 참을 수 없을 만큼 피곤했다. 사천에서 출발한 이후로 잠이라고는 자본 적이 없다. 이곳에 머물렀던 것이 가장 오래 쉰 것이다.

"지부장, 나 피곤하다. 들어가서 좀 쉬자."

공삼호가 소리를 버럭 질렀다.

“이 사기꾼 놈아! 네놈의 사기가 아직도 통할 줄 아느냐!”

“시끄럽군.”

공삼호가 분노를 참지 못하고 부들부들 떨었다.

“뭐? 시끄러워? 이런 미친놈.”

그는 부하들에게 호통을 쳤다.

“뭣들 하느냐? 당장 저 사기꾼 놈을 잡아서 내 앞에 무릎을 꿇려라! 내가 직접 저 주둥이를 찢어주겠다!”

지부의 무사들이 서흑수에게 검을 겨누고 다가갔다. 지난번에 객잔에서의 일로 서흑수의 무공이 높다는 것을 알기에 함부로 덤비지는 않았다.

서흑수가 품에 손을 집어넣었다. 공삼호가 그걸 보고 소리를 질렀다.

“놈이 암기를 쓰려고 한다!”

서흑수가 손을 꺼냈다. 그의 손에는 녹색 패 하나가 들려 있었다. 그는 그것을 공삼호에게 툭 던졌다.

공삼호는 급히 몸을 비틀었다. 보법을 밟아 뒤로 몇 걸음이나 물러섰다.

“암기닷!”

서흑수가 던진 패는 공삼호의 발치에 툭 떨어졌다.

공삼호는 그것이 암기 공격이 아님을 깨닫고 안도의 한숨을 쉬었다.

"휴우. 이놈. 놀랐다. 그런데 이게 뭐냐?"

"뭐 같냐?"

공삼호가 칼끝으로 패를 들춰보았다.

"이게 뭐든 상관없다. 네놈은 오늘 여기서 뼈를……."

공삼호가 입을 다물었다.

그는 명색이 마교의 지부장이다. 근처 열두 개 현이 그의 관할 구역이다. 이 패가 무엇인지 정도는 잘 알고 있다.

"허억! 호법패!"

공삼호는 전서구를 통해 전달받은 긴급 지령이 생각났다.

'새로 임명됐다는 준호법!'

고개를 들어 서흑수를 보았다. 그리고 바닥의 패를 확인했다. 명확했다.

'난 죽었다!'

하지만 그는 삶을 포기하지 않았다. 재빨리 패를 주웠다.

그리고는 서흑수 앞으로 다가갔다. 손을 바르르 떨면서 패를 내밀었다.

"공삼호가 왕삼 준호법님을 뵙습니다."

그는 긴장한 채 서흑수의 눈치만 살폈다.

'교주님이 직접 임명하신 준호법이다. 그걸 임명되자마자 사기꾼이라고 욕을 하다니. 호법 모독죄로 걸고 들어오면 난 끝장이다.'

서흑수는 패를 받아 들었다.

“졸립다.”

공삼호가 즉시 부하들에게 소리쳤다.

“왕삼 준호법님께서 졸리시단다. 뭣들 하느냐? 당장 가장 좋은 방… 아니, 내 방을 내드려라!”

그의 부하들이 허둥지둥 움직였다.

서흑수가 말에서 내리며 한마디 더 던졌다.

“이 말이 먹을 걸 좀 가려.”

공삼호가 소리를 질렀다.

“내 밥을 말에게 바쳐… 가장 좋은 말먹이를 가져와라!”

서흑수가 일어난 것은 다음날 해가 뜨고도 한참이 지난 후였다.

바깥으로 나온 서흑수는 하늘을 보고 시간을 가늠했다.

‘내가 많이 피곤했나 보군. 정오? 오시인 건 확실한데……’

사천에서 마교 총단에 갔다가 돌아온 것은 몸이 강철로 만들어졌어도 버티지 못할 강행군이다. 그전에 황금장에서 밤을 새운 기간을 포함한다면 버틴 것이 기적이다.

강철보다 강한 의지와 깊은 내공의 힘이 아니었다면 벌써 피를 토하고 죽었어도 이상하지 않았다.

서흑수가 기지개를 크게 켰다.

“으다다다! 그럼 다시 가볼까?”

대기하던 공삼호가 서흑수가 낸 소리를 듣고 달려왔다.

"왕삼 준호법님, 기침하셨습니까?"

"나 간다."

공삼호가 화들짝 놀랐다.

"헛! 무슨 말씀이십니까? 왕삼 준호법님을 위해 잔치를 준비했습니다."

"음식? 사람들 나눠줘."

"근처의 명망 높은 무림인들이 준호법님의 존안을 뵙고자 모여 있습니다."

"마교의 호법을 보러 와? 마두를 왜 봐? 뭐 얻어먹을 게 있다고? 돌아가서 발 닦고 잠이나 자라 그래."

"예?"

"명령이다."

"예, 옛!"

"그리고 가는 길에 먹을 마른 식량이라도 좀 마련해 줬으면 하는데."

"당장 최고의 재료로 만들어 드리겠습니다."

"만들 시간 없다. 원래 여기서 쓰는 게 있을 거 아냐? 그거나 몇 근 챙겨줘."

공삼호는 어떻게든 서흑수를 붙들어놓고 싶었다.

'접대를 화려하게 하고 돈도 좀 먹여야 어젯밤의 실수가 무마될 텐데.'

"그런 것들은 거칠어 입에 맞지 않으실 겁니다. 준호법님께서 드실 것이니 최고로 준비……."

서흑수가 그의 말을 끊었다.

"난 일각 후에 출발할 거다. 그때까지 챙겨주지 않으면 난 지부장 때문에 굶게 되겠지."

공삼호는 더 이상 저항하지 못했다.

"알겠습니다. 즉시 준비하겠습니다."

서흑수는 사람들의 안내를 받아 마구간으로 갔다. 하룻밤 쉰 한혈보마 역시 기운차 보였다. 말은 서흑수를 보자마자 꼬리를 흔들었다.

서흑수가 말을 쓰다듬으며 말했다.

"넌 정말 보통 녀석이 아니구나."

'하지만 내 것이 아니지.'

말이 서흑수를 핥으려고 했다. 덩치는 컸지만 하는 짓은 영락없이 개였다.

서흑수는 말의 침으로 얼굴을 씻을 생각이 없었다. 그는 말의 혀를 피해 안장 위에 올라탔다.

"가자. 며칠만 더 고생해다오."

그가 마구간을 나서자 공삼호가 달려왔다. 그의 손에는 식량 주머니와 물주머니가 들려 있었다.

"왕삼 준호법님, 여기 말씀하신 것들을 가져왔습니다."

서흑수는 조금도 미안해하지 않고 그것을 받았다.

공삼호는 두 개의 주머니 사이에 작은 주머니를 하나 끼워 넣었다. 돈주머니였다.

서흑수는 그것도 거절하지 않았다.

'소미를 찾다 보면 돈이 필요할지도 모르니까.'

서흑수가 돈을 받자 공삼호의 얼굴이 환해졌다.

'뇌물을 받았다!'

서흑수는 필요한 짐을 모두 챙긴 후 말에게 말했다.

"가자."

허리를 발로 찰 필요도 없었다. 말이 그의 말을 알아듣고 즉시 달렸다.

뒤에 남은 공삼호가 허리를 직각으로 꺾으며 인사했다.

"또 오십시오!"

서흑수가 사라지고 나자 총관이 다가왔다. 공삼호에게 아부 삼아 불평했다.

"지부장님께서 이렇게 애쓰셨는데 수고했다는 말 한마디 없군요. 저렇게 젊은 나이에 임시직이라지만 호법이 됐으니 보이는 것이 없나 봅니다."

공삼호는 조금 불안했다.

"그래도 돈을 받아 챙겼잖은가?"

"답례의 인사가 없으니 그냥 꿀꺽하고 말지 모릅니다."

"아니야. 답례 같은 것이 뭐 그리 대단한가?"

말은 그렇게 하지만 그도 찜찜했다. 그 기색을 눈치 챈 총관이 계속 떠들었다.

"지부장님께서 사람들을 모으고 잔치 준비하느라 얼마나 고생하셨습니까? 그걸 받아먹었어야 좋은 인상을……."

공삼호가 고개를 격렬히 흔들었다.

"우리가 한 짓이 있잖아. 좋은 인상? 후환만 없으면 돼. 두고 보자는 말을 안 들은 게 어딘가? 수고했다는 말을 들었다면 최고였겠지만 욕을 안 먹었으니 된 거야."

총관은 공삼호의 눈치를 살피다 말을 바꿨다.

"하긴, 지난번에 왔을 때도 우리가 습격하려고 했었습니다. 어젯밤에는 지부장님께서 직접 입을 찢어놓겠다고……."

"커험. 이 사람, 그런 건 좀 잊게."

"저야 물론 잊지요. 하지만 왕삼 준호법은 그걸 마음에 품고 있을지도 모릅니다. 사실 지부장님 잘못이 아닙니다. 누가 그렇게 중요한 사람인 줄 알았습니까? 소교주님 암살 사건과 관계된 놈인 줄만 알았죠."

"이번에 다시 습격하려고 했으니 보통 마인이라면 앙심을 단단히 품었을 거야. 돈주머니로는 부족했어. 은자를 궤짝에 담아서 줬어야 하는 건데 시간이 없었어. 그래서 불안해."

서흑수는 공삼호를 생각하며 중얼거렸다.

"마두에게 잠자리에, 식량에, 돈까지 받다니. 확실히 난 협객이 되기는 글렀어."

　　　　　*　　　　　*　　　　　*

　마교는 무림맹으로 전서구를 날렸다. 무림맹 수뇌부 중에 그걸 가장 먼저 보고받은 제갈관우는 입을 떡 벌렸다.
　"이, 이럴 수가……."
　전서 담당자가 쪽지 몇 장을 더 내밀었다.
　"그쪽 방면에 침투해 있는 첩자들이 보낸 것입니다. 대지급으로 날아왔습니다."
　군사 제갈관우는 서류들을 재빨리 훑었다.
　"믿어지지 않는군."
　즉시 수뇌부가 모여 있는 회의실로 달렸다.

　다들 머리를 싸매고 있었다. 전쟁 준비를 하면 할수록 패배는 점점 더 확실해졌다. 양측의 전력 차이는 너무 커서 단기간에 좁힐 수 없었다.
　무림맹주 혁천세는 좌절했다.
　"나에게 능력이 이것밖에 없다니……."
　그때 회의실 문이 벌컥 열리며 제갈관우가 뛰어들어 왔다.
　"마교에서 전서가 왔습니다."
　혁천세는 바짝 긴장했다. 다른 장로들도 마찬가지였다.
　"벌써 쳐들어온 건가?"
　제갈관우의 얼굴은 밝았다.

"아닙니다. 전쟁을 일시 중단한다는 통보입니다!"

"뭣이? 그게 무슨 소리인가?"

"현재 마교는 즉시 쳐들어오려는 계획에서 사건을 재조사하는 것으로 방침을 바꾸었다고 합니다."

"화, 확실한가?"

"여러 가지 첩보들을 검토했습니다. 확실합니다."

혁천세의 얼굴이 환해졌다.

"어허허, 이거, 이거 정말 다행이군."

장로들도 가슴을 쓸어내렸다.

"정말 끝장나는 줄 알았습니다."

"재조사한다면 당연히 우리 짓이 아님이 밝혀지겠지요."

"이제 전쟁은 없군요."

조금 전까지 암울하던 분위기가 화기애애해졌다. 혁천세는 문득 의문이 들었다.

"그런데 군사, 그들이 왜 갑자기 방침을 바꿨지?"

"서흑수 덕분입니다."

혁천세가 벌떡 일어섰다.

"뭣이! 그가 정말로 성공했다는 뜻인가? 확실한가?"

제갈관우가 종이쪽지들을 늘어놓으며 설명했다.

"마교 총단에 왕삼이라는 자가 나타났습니다. 그와 교주 사이에 어떤 대화가 오갔는지는 아직 알려지지 않았습니다. 그걸 알아내는 데는 시간이 필요합니다."

“그런데?”

“그 후에 마교 교주 북만극은 즉시 전쟁을 일으키려던 계획을 바꾸었습니다. 따라서 왕삼과 북만극 사이에 모종의 협의가 있었던 것 같습니다.”

“왕삼이라. 서흑수는 바로 신비협객 왕삼. 그곳에 나타난 것이 서흑수임이 틀림없겠지?”

“사천조사단에서 서흑수가 출발한 상황이나 여러 정황, 그리고 마교에서 입수된 정보를 정리하면 명확한 결론이 나옵니다. 마교에 나타난 왕삼과 사천에서 출발한 서흑수는 동일 인물임에 틀림없습니다.”

혁천세가 웃었다.

“하하. 역시 신비협객. 정말 큰 공을 세웠군. 그가 무림을 구했어. 대단해.”

다른 장로들도 서흑수에 대한 칭찬을 하느라 입이 아플 지경이었다.

제갈관우는 장로들이 충분히 즐기도록 놔둔 후 한마디 던졌다.

“대신에 새로운 문제가 생겼습니다.”

장로들이 즉시 입을 다물었다. 혁천세가 질문했다.

“새로운 문제?”

“마교는 놀고 있지 않습니다. 준비 시간이 늘어나자 착실히 전쟁 준비를 하고 있습니다.”

“문제가 되겠군.”

“예전처럼 성급하게 진격해 오면 그만큼 허점이 늘어납니다. 우리에게 운이 따른다면 그런 것을 노려볼 수 있었습니다. 하지만 준비가 확실해질수록 허점은 줄어듭니다. 우리의 승산도 그만큼 줄어듭니다.”

혁천세는 다시 골치가 아파왔다.

“시간을 번 대신에 위험이 더 커졌다는 뜻이군. 이게 좋은 일인가? 나쁜 일인가?”

“좋은 일입니다. 마교 교주는 이번 일에 대한 진상 조사를 명령했습니다. 우리 무림맹에 배교에 대한 자료 제공도 요청했습니다. 누구 짓인지는 결국 밝혀질 겁니다.”

혁천세가 무릎을 쳤다.

“그래. 그거야. 결국은 배교의 짓임이 밝혀지겠지. 그러면 마교의 화살은 배교를 향할 테고.”

장로 하나가 말했다.

“하지만 놈들의 무사들이 무림을 휘젓고 다닐 겁니다.”

혁천세가 웃었다.

“그래도 전쟁보다는 낫지.”

“우리 영역에서 북건곤이 죽었습니다. 막대한 배상금을 요구할 겁니다.”

“그것도 전쟁보다는 나아.”

“이 기회에 전쟁을 일으키려고 할지 모릅니다. 그들은 마교입니다.”

“음… 그건 좀 문제가 되겠군.”

제갈관우가 끼어들었다.

“예전의 마교라면 이 기회를 놓치지 않을 겁니다. 하지만 현재의 마교 교주 북만극은 그럴 리가 없습니다. 그는 어떤 면에서는 우리들보다 더 전쟁을 싫어합니다.”

혁천세가 동의했다.

“맞는 말이야. 애초에 마교의 힘이 더 강한 데도 전쟁이 일어나지 않는 건 그가 그들을 누르고 있는 덕분이지.”

제갈관우가 계속 설명했다.

“하지만 모든 위험성이 해소된 건 아닙니다. 배교 놈들은 이미 우리를 완벽한 함정에 빠뜨렸었습니다. 만약 조사 과정에서 새로운 함정에 빠져 우리가 누명을 뒤집어쓴다면 무림은 끝장입니다. 그땐 정말 전쟁을 피할 수 없습니다.”

모든 사람의 마음이 무거워졌다.

혁천세가 말했다.

“그렇군. 조사단의 임무가 지금까지보다 더 중요해졌어.”

“물론입니다. 조사단에 힘을 실어줘야 합니다. 전쟁 준비에 시간을 벌었습니다. 조사단에 병력 보충을 해줘야 하며 더 많은 무림 인사들을 지원해 줘야 합니다.”

“우리의 모든 역량을 조사단에 퍼붓자는 소린가?”

“아닙니다. 우리는 만약을 대비해 전쟁 준비를 철저히 해

두어야 합니다. 하지만 조사단에 지금보다 많은 지원을 할 수
는 있습니다.”

“그렇지. 그래야지. 그럼 일단 조사단장 서흑수에게 최대
한 힘을 실어줘야겠군.”

제갈관우의 표정이 어두워졌다.

“거기에 약간의 문제가 있습니다.”

“문제라니?”

“그가 마교에서 준호법에 임명됐습니다.”

회의실의 모든 사람이 크게 놀랐다.

“뭣이!”

“그게 무슨 말도 안 되는 소리요!”

“그가 배신을 했다는 소리입니까?”

혁천세는 명색이 무림맹주다. 마교의 준호법이 어떤 가치
를 가지는 자리인지 잘 알고 있다.

그건 장로들도 마찬가지다. 장로들이 웅성거렸다.

“준호법이라고 하면 마교 교주가 진정 신뢰하는 사람에게
만 임명한다는 자리 아닙니까?”

“이건 그가 원래 마교의 사람이었단 소리야!”

“혹시 이번 일은 모두 마교의 음모일지도 모릅니다!”

“놈들의 계략이다!”

혁천세가 손을 휘저었다.

“다들 조용히 하시오. 이보게, 군사.”

"예, 맹주님."

"그가 원래 마교의 사람인가?"

"우리가 얻은 정보에 의하면 그럴 리가 없습니다."

"왜 그렇게 확신하지?"

"그가 북만극과 무슨 대화를 했는지는 아직 알지 못합니다. 하지만 북만극과 칼을 부딪치며 싸웠다는 사실은 알아냈습니다."

혁천세가 크게 놀랐다.

"뭐? 이런 낭패가 있나. 서흑수는 어떻게 됐지? 목숨은 건졌는가?"

"죽었다면 준호법에 임명될 수 없습니다."

"아아, 그렇지. 그가 북만극의 손에서 살아남았군."

"그게 또 그렇지 않습니다."

혁천세는 제갈관우의 말을 이해할 수 없었다.

"죽었다면 준호법이 될 수 없다며? 그럼 북만극의 손에서 살아남았다는 뜻 아닌가? 아니면 그가 사경을 헤매고 있다는 소리인가? 그렇군. 살아도 산 것이 아닌 상태로군. 안타까운 일이야."

제갈관우가 망설이다가 말했다.

"북만극이 그의 손에서 살아남았습니다."

第三章

회의실에 정적이 감돌았다. 다들 아무 말도 하지 못했다.

혁천세도 믿어지지 않았다.

"군사, 농담이지?"

"저도 믿어지지 않습니다. 그리고 이건 아직 확실히 확인되지는 않은 첩보입니다."

혁천세가 비로소 납득했다.

"그럼 그렇지. 새파란 젊은이라고 들었는데 북만극을 꺾을 리가 없지."

"하지만 여러 통로로 접수되는 정보들을 분석해 볼 때, 아무래도 사실 같습니다.”

“아니야. 말이 되지 않아. 뱃속에서부터 무공을 익혔어도 불가능해.”

“그가 나타나기 전에는 불가능한 일이었습니다. 하지만 누군가 가능하게 했다면, 그건 더 이상 불가능한 일이 아닙니다.”

“하지만 어떻게 그런…….”

“믿으시는 것이 좋습니다.”

한참 동안이나 침묵이 흘렀다. 모두 지금까지 믿어오던 상식이 파괴된 것에 충격을 받았다.

개방 출신 장로 검걸개가 질문했다.

“하지만 제갈 군사, 그가 북만극을 이겼다면 어떻게 준호법에 임명될 수 있소?”

“북만극이 그의 가치를 깨달았겠지요.”

“가치? 다행히 성공했기에 망정이지 그가 쓴 방법은 바보짓이오. 협상 상대를 이기는 방법으로 전쟁을 늦추다니. 일반적으로 협상을 하려면 적당히 져주는 것이 낫지. 그건 어린애도 아는 일!”

“어차피 그는 우리 상식으로 판단할 수 있는 인물이 아닙니다.”

“그래도 이건 너무 수상해. 말도 안 되고 수상한 구석이 너무 많잖소.”

“검걸개 장로님, 이상하지 않습니다. 마교 교주의 성품을 생각해 볼 때, 충분히 일어날 수 있는 일입니다. 지금 문제는 그게 아닙니다.”

“그럼 도대체 뭐가 문제란 말이오?”

“교주가 준호법을 제의하는 건 있을 수 있습니다. 무공만 생각해도 탐나는 인재였겠지요.”

“그건 그렇지만…….”

“서흑수가 그걸 받아들였습니다. 그 의미는 결코 간단하지 않습니다.”

다들 다시 입을 다물었다. 모두의 마음이 무거워졌다.

혁천세가 동의했다.

“맞는 말이야. 그런 큰 권력을 얻을 기회가 오면 누구든 마음이 흔들리게 되지.”

“그렇습니다. 아무리 대단한 사람도 마교의 준호법 자리를 제안받으면 갈등하지 않을 수 없습니다. 그가 소림사의 금원대사쯤 되는 수양을 쌓았다면 또 모르겠습니다. 하지만 그의 나이에 그런 수양을 쌓았을 리는 없습니다. 아마 그는 그걸 받아들이는 문제로 꽤나 갈등했을 겁니다.”

“눈 딱 감으면 엄청난 권력이 생기니까.”

제갈관우의 눈빛이 더 어두워졌다.

“아니면 갈등하지 않았을 수도 있습니다.”

“그건 또 무슨 소리인가?”

"우리는 그의 정체를 모릅니다. 그가 정말 정파의 인물인지조차 알지 못합니다. 그가 이 일에 개입한 것은 개인적인 이해관계 때문이었습니다."

"그렇지. 어쩌면 제안받자마자 기쁘게 받아들였을지도 모르겠군. 만약 그런 생각으로 준호법이 된 거라면 이제 완전히 마교의 사람이 된 걸지도 모르지."

"그렇습니다. 그래서 그를 과연 계속 조사단장 자리에 놔둬야 하는지에 대해 논의해 봐야 합니다."

"하지만 조사단장으로는 그가 최적인데……."

"북만극이 그런 큰 자리를 주면서 반대급부를 요구하지 않았을까요? 우리는 알 수 없습니다."

"뭔가 음모가 끼어들 거란 건가?"

"이번 일이 마교에 유리해지도록 뭔가 조종할지 모릅니다."

"하지만 마교 교주에게는 자기 아들을 죽인 범인을 찾는 것이 제일 급한데?"

"그 일은 분명히 정상적으로 조사될 겁니다. 하지만 거기에 잘못된 정보를 슬쩍 끼워 넣을 수 있습니다."

"이를테면?"

"그 일은 배교가 했다고 결론이 나겠지요. 하지만 정보가 조작되어 우리 무림맹의 책임도 상당히 있다고 알려진다면?"

혁천세가 관자놀이를 눌렀다. 골치가 아팠다.

“불가능한 일은 아니지.”

“그렇게 되면 우리는 예상하는 것보다 훨씬 더 막대한 배상을 해야 합니다. 우리의 기반이 흔들릴지도 모릅니다.”

“하지만 다른 사람도 아니고 북만극이 과연 그렇게까지 할까? 그는 소림사 출신이 아니냐고까지 이야기되는 사람인데?”

사람들의 얼굴에 혼란이 가득했다. 제갈관우가 단호하게 말했다.

“그는 마교 교주입니다. 그가 온건해 보이는 것은 기존의 마교 교주들에 비해서 그렇다는 것입니다. 결코 만만한 사람이 아닙니다.”

“그럼 어떻게 하는 것이 좋은가?”

“서흑수를 감시해야지요.”

“감시?”

“수작을 부리지 못하게 감시해야 합니다.”

“하긴, 조사단은 거의 다 우리 사람이지. 그중 믿을 만한 사람에게 서흑수를 감시하라고 지시하게.”

“이미 감시하고 있습니다.”

혁천세가 감탄했다.

“역시 군사는 손이 빠르군. 정말 빨라.”

*   *   *

교주 북만극이 서류들을 집어 던졌다. 그의 책상에 쌓인 수많은 보고서 중 일부였다.

"이게 말이 돼?"

장로 한천양이 떨어진 서류들을 챙기며 대답했다.

"뭐라 드릴 말씀이 없습니다."

"조금 조사했는데도 배교 놈들에 대한 정보가 이렇게 많이 나왔어. 무림맹에서 보내준 정보를 빼고도 이렇게 많아. 이렇게 쉽게 알아낼 수 있는 걸 그동안 왜 버려뒀어?"

"아랫것들을 엄히 문책하겠습니다."

"그리고 그놈들이 사파 놈들을 돈으로 고용해서 부려먹은 거, 한두 건이 아닌데 그건 왜 그냥 넘어갔어?"

"그에 대한 중점 조사 의견이 여러 차례 올라왔습니다."

북만극이 책상을 탕탕 쳤다. 책상이 손바닥 모양으로 푹푹 파였다.

"나도 지금 읽어봐서 알아! 그런 건의가 여러 차례 있었는데 조사하지 않았잖아. 아니, 조사는 고사하고, 왜 나한테 보고조차 되지 않았어? 자잘한 건 실컷 보고해서 나를 바쁘게 하고, 정작 중요한 그건 왜 씹었는데?"

"죄송합니다."

북만극이 소리를 버럭 질렀다.

"죄송? 죄송하다고 해서 끝날 일 같아? 결국 내 아들이 죽었잖아!"

한천양이 어깨를 움츠렸다.

"아무래도……."

"아무래도 뭐?"

"아무래도 보고를 방해하는 자들이 있은 것 같습니다."

"방해?"

"왕삼이 한 말이 있잖습니까? 우리 교에 배교의 여섯 왕 중 하나가 있다고……."

북만극의 입술이 비틀렸다.

"그렇지. 우리 내부에 배신자가 있는 거야. 배교의 개."

"그렇습니다. 누군가가 배신하지 않고서야 이 의견들이 이렇게 버려질 수는 없습니다."

북만극이 장로 복양소를 돌아보았다.

"복 장로, 자네가 보기엔 어때?"

"저도 한 장로와 같은 생각입니다. 내부의 누군가가 배신하지 않고는 이런 일은 일어날 수 없습니다."

북만극이 턱을 긁었다.

"그래, 감히 우리 교에 들어와서 수작질을 벌인 놈. 도대체 누굴까?"

복양소가 즉시 대답했다.

"방해가 꽤 조직적으로 이루어져 있습니다. 이건 아랫것 한두 놈의 짓이 아닙니다. 배신자는 아마 상당한 고위층일 겁니다.”

“추적해 낼 수 있겠지?”

“물론입니다. 내부에서 일어난 일입니다. 며칠 내에 잡아 낼 수 있습니다.”

북만극의 눈에서 살기가 돌았다.

“좋아. 배신자 놈. 태어난 걸 후회하게 해주지. 그리고 그 놈을 통해서 이번 일의 진실을 밝혀낸다. 내 아들을 과연 누가 죽였는지.”

북만극이 장로들을 힐끗 보았다.

“그러니까 이건 정말 중요한 일이란 말이야. 그럼 이 일을 누구에게 맡겨야 할까?”

복양소와 한천양이 동시에 침을 꿀꺽 삼켰다. 서로의 눈빛이 부딪쳤다.

복양소가 선수를 쳤다.

“원래 이런 정보 계통의 업무는 한 장로가 주로 담당했습니다.”

북만극이 끄덕였다.

“맞아. 이런 건 원래 한 장로 담당이지. 그럼 역시 한 장로에게 맡기는 게 좋을까?”

한천양이 고개를 갸웃했다.

‘복 장로 이놈이 왜 내 편을 들지?’

복양소의 말은 아직 끝나지 않았다.

“하지만 한 장로가 관리하는 정보 조직이 배교 놈들의 손에 놀아났습니다. 정보가 제대로 보고되지 않은 건 명백히 한 장로의 책임입니다.”

한천양은 뒤통수를 한 대 맞은 기분이었다.

‘역시 복 장로. 내 정보 조직을 빼앗을 속셈이구나!’

복양소가 한천양을 힐끗 본 후 계속 말했다.

“따라서, 그에게 이번 일을 맡겨봤자 다시 농락당할 뿐입니다. 차라리 제가 객관적인 관점에서 조사하는 것이 낫습니다. 맡겨주신다면 철저히 조사하겠습니다.”

한천양도 할 말은 있었다.

“교주님! 우리 교의 속성상 정보 조직에는 여러 가문이 참여하고 있습니다. 어느 한 가문의 지위 높은 놈이 개입한다면 이번과 같은 일은 얼마든지 가능합니다.”

복양소가 시비를 걸었다.

“그것 보십시오. 한 장로는 지금 얼마든지 농락당할 수 있다고 말했습니다.”

한천양은 다급했다.

“그런 것이 아닙니다! 첩보 전문가인 제 부하들이 이번 일로 자존심이 많이 상해 있습니다. 그놈들은 자존심을 회복하기 위해서라도 목숨을 걸고 범인을 찾아낼 겁니다. 한 번 당한 녀석들이라 다시는 같은 수법에 당하지 않습니다.”

복양소가 코웃음을 쳤다.

“흥. 새는 바가지 막아봤자 또 샙니다. 바가지가 새면 아예 새 바가지를 써야 합니다.”

“복 장로는 비전문가입니다. 숟가락을 들고 와서 바가지라 며 물을 뜨는 꼴입니다!”

두 장로 사이의 공기가 급격히 냉랭해졌다.

북만극이 손을 흔들었다.

“그만!”

장로들이 북만극을 돌아보았다. 북만극이 선언했다.

“결정은 내가 한다.”

복양소와 한천양이 즉시 고개를 숙였다.

“교주님의 현명한 판단을 기대하겠습니다.”

북만극이 잠시 생각하다 질문했다.

“지난번 경호 부대 선발은 복 장로가 맡았지?”

복양소가 당황했다.

“그, 그렇습니다.”

“경호는 실패했잖아.”

“그건 배교 놈들의 농락으로…….”

“서로 한 번씩 실패했으니 조건은 마찬가지. 그리고 지난 번 일은 복 장로가 맡았으니…….”

한 장로의 얼굴이 환해졌다.

북만극이 한천양을 가리켰다.

“이번에는 한 장로가 해. 그리고 원래 정보 쪽은 한 장로가 전문이잖아."

한 장로가 허리를 숙였다.

"최단시간 내에 범인을 잡아내겠습니다. 저만 믿으십시오, 교주님."

가장 중요한 문제가 결정되었다. 그 후에 나머지 일 처리에 대한 회의가 약간 이어진 후 그들은 흩어졌다.

교주의 집무실을 나올 때, 한천양이 복양소에게 다가가서 따졌다.

"복 장로, 왜 남의 밥에 숟가락을 들이밀려고 하시오?"

복양소는 여전히 코웃음을 쳐댔다.

"흥. 미덥지 못해서 그랬소. 자기 조직 관리도 제대로 못하고 배교 놈들의 손에 놀아나다니."

한천양이 화를 냈다.

"놀아나? 지금 놀아난다고 했소?"

"됐소. 일이나 열심히 하시오."

복양소는 한천양을 무시한 채 걸어갔다. 한천양이 뒤에서 복양소의 뒤통수를 노려보았다.

'두고 보자, 복 장로. 지금은 네가 이렇게 나오지만, 곧 내게 엎드려 살려달라고 빌게 될 거다.'

*   *   *

고소미가 문을 쾅쾅 두드렸다.

"소라 데려와! 소라!"

밖에서 몸으로 문을 누르고 있던 무사가 신경질적으로 대답했다.

"시끄럽다. 이제 그만 좀 해!"

고소미가 문을 발로 걷어찼다. 특별히 만들어진 문짝은 꿈쩍도 하지 않았다. 하지만 가끔가다 한 번씩, 고소미의 발길질에 보통 이상의 힘이 담겼다. 그럴 때마다 문짝이 들썩거렸다.

"소라 어딨어!"

바깥쪽에서 문을 누르고 있는 무사는 세 명이었다. 그들은 행여 문짝이 떨어질까 걱정되어 힘을 아끼지 않았다.

무사 하나가 질린 얼굴로 동료에게 말했다.

"벌써 한 시진 동안 두드리는군. 무슨 여자가 지치지도 않아?"

"내 말이 그 말이다. 벌써 손발이 터져 피가 흘러도 이상하지 않은데 오히려 점점 더 기세가 세지니, 이거 원."

"여하튼 저 여자를 놓쳤다가는 우리 목이 열 개라도 살아남지 못해. 그저 못 나오게 꽉 틀어막고 있는 게 최고야."

"저년은 적풍 어르신 말고는 상대할 수 없으니 우리는 무조건 버티자고."

고소미는 계속해서 문을 걷어찼다. 하지만 특별히 만들어진 문은 너무 단단해서 부서지지 않았다.

악에 받쳐 걷어차고 있었지만 그녀의 체력도 무한한 것은 아니다. 마침내 기운이 빠진 고소미가 두 손으로 문을 짚었다. 지친 몸이 힘없이 무너져 내렸다. 그녀의 목소리가 조금씩 약해졌다.

"소라한테 이상한 거 먹이지 말란 말이야. 제발……."

*   *   *

교주 북만극은 장로 복양소와 함께 숲을 거닐었다. 거대한 마교 총단 내에 위치한 그 숲은 마교 교주에게만 허락된 곳이었다.

그는 복양소 한 명만을 거느리고 이 숲에 들어왔다.

말없이 걷기만 하던 북만극이 입을 열었다.

"복 장로, 자네가 보기에 어떤가?"

"뭘 말씀이십니까?"

"한 장로가 잘해낼 수 있을 것 같나?"

복 장로가 고개를 크게 가로저었다.

"못할 겁니다. 아니, 안 할지도 모릅니다. 애초에 교의 정보망에 가장 큰 영향력을 행사하는 인간이 한 장로입니다. 가장 범인의 가능성이 높은 것도 그입니다. 만에 하나 그가 배신자라면, 고양이에게 생선을 맡기는 꼴입니다.”

북만극이 끄덕였다.

“나도 그렇게 생각해.”

“그러시면서 왜 그에게 이 일을 맡기셨습니까? 저에게 맡기셨으면 확실히 마무리했을 텐데요?”

“나는 일단 한 장로를 믿고 싶거든. 그리고 그가 범인인지 확인하기 위해서라도 그 일을 맡겨야지.”

북만극의 앞뒤 맞지 않는 말을 들은 복양소는 회심의 미소를 지으며 질문했다.

‘믿는다면서 범인임을 확인한다고? 이미 한 장로를 범인이라고 생각하고 있군.’

“어떻게 확인하실 계획이십니까?”

“복 장로가 수고를 좀 해줘야겠어.”

“수고라니요. 모두 교와 교주님을 위한 일입니다. 말씀만 하십시오.”

북만극이 목소리를 낮췄다.

“만약 한 장로가 배신자라면, 그는 분명히 이번 일을 덮으려고 수작을 부릴 거야.”

“맞습니다. 한 장로는 이런 일에 전문가라서 시간을 주면 흔적을 모두 없앨 겁니다.”

“내가 노린 게 바로 그 순간이야. 이제부터 복 장로가 한 장로를 감시해.”

"감시라……."

"우리 교의 정보 조직에 복 장로 쪽 사람도 꽤 많이 들어가 있잖아. 그러니까 똑똑한 놈으로 몇 골라서 한 장로를 잘 살 피라 그래. 이상한 징후가 보이면 즉시 보고하고."

복양소가 웃었다.

"흐흐흐. 알겠습니다. 저만 믿어주십시오."

북만극이 복 장로의 어깨를 두드렸다.

"그래. 나는 이제부터 복 장로만 믿겠어. 내가 복 장로가 아니면 누구를 믿겠어?"

복양소가 허리를 숙이며 포권을 했다.

"확실히 처리하겠습니다."

복양소의 허리 숙임 덕분에, 그의 손은 북만극의 몸통에 닿을 듯이 가까워졌다.

북만극의 텅 빈 겨드랑이가 복 장로의 눈에 들어왔다.

'나를 완전히 믿고 있군.'

북만극의 손이 어깨를 두드리고 돌아가는 그 순간에 복 장로의 손 색깔이 변했다. 검게 변한 손바닥이 앞으로 쭉 뻗어 나갔다. 노리는 곳은 북만극의 텅 빈 겨드랑이였다.

'완벽해. 빗나갈 리가 없어.'

복 장로는 이 기습이 성공할 거라고 믿었다. 상대가 자신을 믿는 때에 기습하면 그 치명적인 위험은 마주 싸울 때보다 열 배는 높다.

‘이번 일은 너무 쉽군.’

그의 손이 허공을 때렸다. 장력이 뻗어나가는 곳에는 아무것도 없었다.

북만극의 몸은 이미 옆으로 이동한 후였다. 그는 복양소의 손이 움직이는 것과 동시에 보법을 밟았고, 공격을 완벽하게 피했다.

북만극은 복양소의 공격을 피한 후 몸을 뒤로 쭉 뺐다. 둘 사이의 거리가 삼 장이나 떨어졌다.

복 장로는 크게 놀랐다.

“헛!”

북만극은 손톱만큼도 놀라지 않았다. 오히려 느긋했다.

“후후. 복 장로, 내 옆구리는 왜 긁으려고 하는가? 간지럼이라도 태우려고 하는가?”

복양소는 북만극을 노려보았다.

“그 기습은 귀신이라고 해도 피할 수 없었어.”

“기습이라면 그렇지.”

“교주, 일부러 허점을 보였군. 내 어깨를 두드리며 겨드랑이를 열어준 건 내 공격을 유도하기 위해서였군.”

“허점을 보여 적의 공격을 유도하는 것은 겨룸에 있어 정말 흔히 써먹는 수법이지. 난 역시 대단해. 그런 간단한 수로 복 장로 정도 되는 고수를 속였으니까. 하긴, 대단한 게 당연하지. 내가 바로 교주 아닌가, 교주.”

복양소가 이를 갈았다.

"경호무사들이 없는 곳에서 비밀 이야기를 하자더니. 그것도 전부 함정이구나!"

"그렇지. 함정이 아니라면 내가 왜 자네를 이 숲으로 불러냈겠나? 여긴 본래 나 혼자 쉬는 공간이라고."

북만극이 손가락을 튕겼다. 딱 소리에 공력이 섞였다. 꽤 먼 곳까지 그 소리가 전해졌다.

복양소는 멀지 않은 곳에서 무사들이 달려오는 기척을 느꼈다. 하지만 먼저 움직이지 않았다.

북만극이 웃었다.

"현명하군, 복 장로. 정면 대결로 네가 내 상대가 될 리가 없으니까. 내 앞에서 도망칠 만한 경공도 없고. 잠깐이라도 더 살려면 순순히 항복해야지."

잠시 후에 십여 명의 무사가 숲에서 튀어나왔다.

복양소가 그들을 보고 인상을 썼다.

"교주의 경호무사들 중에서도 내 입김이 닿지 않는 자들. 그리고 너, 한천양."

장로 한천양이 경호무사들과 함께 나타났다.

"으하하하! 복 장로, 아까 나보고 일이나 열심히 하라고 했소? 나는 보다시피 열심히 하고 있소."

북만극이 설명했다.

"한 장로가 그러더군. 자신을 속이고 그런 일을 벌일 수 있는 힘이 있는 자는 복 장로 너뿐이라고. 그래서 너를 시험하기 위해서 작은 함정을 판 거지."

복양소가 질문했다.

"그 말이 그냥 믿어지던가? 나도 같은 장로인데?"

"왜 안 믿겠나? 나는 처음부터 너를 의심하고 있었으니까. 한 장로까지 같은 말을 해주니 시험할 가치는 충분했지."

한천양이 웃었다.

"크하하하. 복양소, 네가 네 무덤을 팠구나!"

그는 기분이 정말 좋았다.

'복양소에게 누명을 씌우려고 교주를 찾아갔는데, 정작 교주는 처음부터 그를 의심하고 있었지. 그리고 그가 진짜 배신자라니 이렇게 좋은 일이 또 있을까? 지루한 권력 싸움은 그만 끝낼 때가 됐다. 하늘이 나를 돕는구나.'

복양소가 이를 갈았다.

"교주, 그렇다면 나와 한 장로를 불러다 놓고 서류를 던진 것도 연극이었나?"

"당연하지. 그 서류는 네가 오기 직전에 이미 읽어본 것들. 네가 범인임을 더 확신할 수 있었다. 너 말고는 그런 조작을 할 수 없으니까."

"내 준비는 완벽했다. 어떻게 알았지?"

"정보 조직에 한 장로 다음으로 많은 인원을 투입한 곳이 바로 복 장로 너의 가문."

"그것만으로?"

"설마 그럴 리가 있는가? 경호 부대 편성은 복 장로가 책임졌잖은가? 특히 경호 부대 대장 모용귀는 자네가 직접 선택했지. 모용귀는 이번 일이 무림맹 짓이라고 보고했어. 그럼 배교의 여섯 왕 중 하나가 누구겠는가?"

"그건 모두 장로 중의 하나가 왕이라고 확신했을 때나 가능한 추측이다! 모용귀가 나마저 배신했을 수 있다. 그런데도 나를 의심하다니!"

북만극이 웃었다.

"후후후. 내가 누군가? 교주 아닌가? 내가 왕삼을 믿는 순간, 모든 그림이 그려지더군. 왕삼을 믿으려면 모용귀를 의심해야지. 그럼 결국 복 장로 너도 의심해야지. 안 그런가?"

복양소가 북만극을 노려보았다.

"교주, 결국 나를 가지고 놀았군."

북만극의 얼굴에서 여유가 사라졌다. 대신에 살기가 서서히 그의 얼굴을 채웠다.

"네가 장로씩이나 되는 놈이라서 증거가 필요했지. 장로를 죽이고 난 후에 다른 놈이 범인으로 밝혀지면 얼마나 큰 낭패인가? 그게 네 목숨을 며칠이나마 연장시킨 거다."

복양소가 아무 말 없이 주변을 둘러보았다. 그걸 보고 북만극이 말했다.

"너를 도와줄 놈은 없다."

한천양이 외쳤다.

"복양소! 어디 엎드려서 살려달라고 빌어보아라. 혹시 목숨만이라도 살려줄지 아느냐? 으하하하!"

복양소는 한천양을 무시했다. 주변 지형을 다시 한 번 확인한 그는 크게 웃었다.

"크하하하. 북만극, 역시 교주를 할 만해."

북만극이 인상을 썼다.

"네가 지금 웃을 처지냐?"

"웃지 않으면 울어야 할까?"

"울어야지. 넌 앞으로 죽지 못하는 고통 속에 평생을 살게 될 테니까. 죽여달라고 애원하게 될 테니까."

"하하하. 과연 그게 가능할까?"

북만극은 뭔가 찜찜했다.

'이놈이 뭘 믿고 이렇게 당당하지?'

"복 장로 네 무공은 나보다 떨어지지. 게다가 여기 있는 경호무사 녀석들은 네놈의 퇴로를 막을 거다. 이제 너는 여기서 도망칠 수 없다."

복양소가 억울한 듯이 말했다.

"그렇지. 내 무공이 교주 당신을 넘어서지는 못해. 교주만이 익히는 비전을 나는 배울 기회가 없었으니까. 특히 천마심법, 그것만 배웠다면 일이 이 지경이 되지는 않았겠지."

"여하튼 너는 그걸 못 배웠고 나는 익혔다. 그걸 아는 놈이 뭘 믿고 이리 뻗대?”

복양소가 주먹을 꽉 쥐었다.

“하지만 말이야. 내가, 이 복양소가 가진 힘이 겨우 그것밖에 없어 보이나?”

“네 힘? 네 지휘하의 부대들이 어디 있는지는 이미 다 파악하고 있어. 그들은 지금 나를 습격할 수 없어. 아니, 만에 하나 그게 성공한다고 해도 소용없어. 그들이 감히 나를 공격할 수는 없지.”

북만극이 당당하게 말했다.

“내가 바로 모든 교도의 교주니까.”

“호호호. 북만극, 자신만만하구나. 하지만 내게 힘이 그것밖에 없는 건 아니지. 네가 나를 이 숲에서 따로 만나자고 했을 때, 나도 이것을 최고의 기회라고 생각했다.”

“그래서?”

“이곳에서 네가 허점을 보였을 때 내가 왜 그렇게 쉽게 넘어갔을까? 장소가 여기가 아니었다면 넘어가지 않았을 거야. 하지만 나도 믿는 게 있었거든.”

북만극이 인상을 찌푸렸다.

“네 부하들은 아닐 테고…….”

그가 갑자기 호통을 쳤다.

“네 이놈! 감히 신성한 총단에 배교의 잔당을 끌어들였느냐?”

복양소가 조금씩 물러섰다. 경호무사들이 그의 움직임을 주시하며 위치를 바꾸었다.

복양소가 그들을 힐끗거리며 말했다.

"호호. 잔당? 생강시를 감히 잔당이라고 할 수 있을까? 그들은 힘의 중추란 말이다!"

천하의 북만극도 그 말에는 깜짝 놀랐다.

"뭣이!"

복 장로가 몸을 뒤로 빼며 품에서 패를 꺼냈다. 패의 숫자는 다섯 개였다. 그것을 높이 들고 소리쳤다.

"지존께서 내리신 명령이다. 저놈들을 전부 죽여. 특히 저자는 죽여!"

생강시 다섯이 그의 뒤쪽 숲에서 튀어나왔다.

복 장로가 신이 나서 외쳤다.

"으하하하! 교주, 나는 생강시를 미리 이 근처에 세워두었다. 생강시에게 기척을 죽이라 하면 교주조차 느끼지 못하게 되지. 당신은 나에게 당했어!"

경호무사들은 북만극의 명령을 듣기도 전에 생강시들에게 달려들었다. 그들의 검이 생강시들의 몸을 요란하게 때렸다.

쇳소리만 요란하게 터졌다.

생강시들은 꿈쩍도 하지 않았다. 즉시 반격에 나섰다.

여기 있는 경호무사들은 뽑히고 또 뽑힌 자들이다. 그들 하나하나의 실력이 예사롭지 않다. 생강시들의 반격에 쉽게 당하지 않았다.

한 명은 예외였다. 생강시 하나의 움직임은 경호무사들의 반응을 능가했다. 지급 생강시였다.

생강시의 손에 가슴이 뚫린 경호무사가 비명을 질렀다.

"으아악!"

그것이 시작이었다. 지급 생강시 하나가 경호무사들을 휩쓸었다. 경호무사들은 제대로 대응하지 못했다. 단 일격조차 막지 못했다.

나머지 생강시 넷도 놀고 있지는 않았다. 그들은 혼란에 빠진 경호무사들을 뒤에서 덮쳤다.

경호무사들은 앞뒤로 공격당했다. 그들이 익힌 마공은 아무 도움이 되지 못했다.

열 명의 경호무사가 전멸하는 데 걸린 시간은 냉수 한 잔 들이켤 시간밖에 되지 않았다.

북만극은 끼어들지 않았다.

그는 첫 희생자가 발생하는 순간, 생강시들의 전투력이 자신에게 위협이 될 정도라는 것을 눈치 챘다. 그는 부하들을 돕는 대신 생강시들의 움직임을 관찰했다.

충분히 관찰하기도 전에 그의 경호무사들은 전멸했다. 북만극은 자신이 직접 뽑은 경호무사들이 이렇게 빨리 전멸당할 줄 몰랐다.

"무섭군. 배교의 생강시는."

한천양에게도 생강시의 실력을 구분할 눈이 있었다. 그렇기에 아예 부들부들 떨었다.

"이, 이것이 생강시의 위력?"

한천양은 생강시의 위력을 보고 기가 죽었다. 조금 전의 당당함은 더 이상 없었다.

복양소가 북만극을 향해 웃어 보였다.

"후후. 교주, 어디 생강시 다섯을 상대로 한번 싸워보시오. 참고로 말하자면, 저것들 중 하나는 지급이오. 배교에서 지금까지 단 하나밖에 만들지 못한 생강시지."

북만극은 기가 죽지 않았다. 오히려 눈에서 시퍼런 불길을 뿜었다.

마교 교주 북만극이 소리를 버럭 질렀다.

"복양소! 감히 총단에 배교의 마물을 들여놓다니! 용서하지 않겠다!"

내공이 깃든 그 고함 소리에 마교의 숲이 떨었다.

복양소는 뜨끔했다. 그는 저도 모르게 몇 걸음 물러섰다. 다섯 개의 패를 내밀고 소리를 질렀다.

"저놈을 죽여! 반드시 죽여!"

생강시들이 반응했다. 그녀들이 마교 교주 북만극을 향해 일제히 달려들었다.

북만극은 내공을 끌어올리고 있었다. 그의 몸 주변으로 검은빛 아지랑이가 피어올랐다.

그의 입이 벌어지며 한소리 고함이 터져 나왔다.

"타하!"

두 팔이 떨쳐지며 흐릿한 손바닥 모양 장력 다섯 개가 뿜어져 나왔다. 하나하나의 손바닥 모양이 사람 머리통보다도 컸다.

손바닥 다섯 개가 달려드는 생강시 다섯의 몸통에 정통으로 명중했다. 다섯 번의 폭음이 거의 동시에 터졌다. 주변의 땅이 들썩거렸다.

다섯 명의 생강시는 뒤로 튕겨져 날아갔다. 접근조차 하지 못했다. 그녀들의 가슴 부위 옷이 커다란 손바닥 모양으로 타 들어갔다.

복양소가 크게 놀라 외쳤다.

"천마장법을 대성했구나! 깨달음이 막혀 진전이 없다는 것 역시 거짓말이었냐!"

북만극이 유쾌하게 웃었다.

"으하하하! 교에서 실력을 모두 드러내는 것만큼 바보짓이 또 있을까? 응?"

갑자기 북만극이 뒤로 빠르게 물러섰다. 그가 서 있던 자리에 생강시 하나가 긴 머리카락을 휘날리며 내리꽂혔다.

둔탁하고 깊은 울림과 함께 땅이 푹 파여 나갔다. 떨어진 생강시를 기준으로 일 장이나 되는 공간이 반구형으로 가라앉았다.

복양소는 그 모습을 보고 신이 나서 소리쳤다.

"으하하하! 천마장법 역시 지급 생강시 앞에서는 힘을 쓰지 못하는구나!"

다른 네 명의 생강시도 뒤늦게 다가오고 있었다. 그녀들이 북만극의 주변을 서서히 포위했다.

그리고 지급 생강시가 그를 직접 노렸다. 북만극은 눈살을 찌푸렸다.

'이거 교주 체면에 도망칠 수도 없고. 아쉬운 대로 한 장로라도……'

그는 주변을 힐끗거렸다. 한천양이 보였다.

"한 장로, 좀 도와보라고."

한천양이 침을 삼켰다.

"교주님, 하나쯤이라면 어떻게 해보겠지만……."

"그럼 그 하나라도 상대해."

"알겠습니다!"

한천양이 즉시 생강시 하나에게 달라붙어 검을 휘둘렀다.

그는 명색이 마교 한 파벌의 수장이다. 수장이 꼭 그 파벌의 최고수인 건 아니지만 자기 자리보전할 만큼의 실력은 있어야 한다. 그게 마교의 법칙이다.

한천양의 검이 생강시를 베었다. 쉿소리와 함께 생강시의 몸이 쭉 밀려났다.

생강시가 반응했다. 그 즉시 한천양에게 달려들었다.

한천양은 긴장하며 생강시와 싸우기 시작했다.

북만극은 압력이 조금 줄어들자 다시 공격을 준비했다.

그가 칼을 뽑자 칼날에서 검은 기류가 마치 살아 있는 것처럼 일렁였다.

'파천마검은 힘의 집중이 약해. 이것들에게는 천마검법이 적당하겠군. 특히 그 초식이 어울려.'

그가 그것을 지급 생강시에게 겨누며 말했다.

"배교가 우리 교보다 우위에 설 수는 없는 법. 네년들이 배교의 생강시라 하나 천마검법 아래에서도 버틸 리는 없다."

지급 생강시가 먼저 달려들었다. 북만극의 검이 움직였다. 검은빛 검기가 쭉 뻗어나갔다. 생강시의 몸을 두 조각 낼 듯 강렬하게 때렸다.

지급 생강시가 뒤로 쭉 밀려났다. 생강시의 가슴이 쩍 갈라졌다. 그곳에서 피가 튀었다.

다른 생강시 셋이 북만극에게 달려들었다. 북만극이 보법을 밟으며 그 공격을 피했다. 그의 도가 다시 움직였다. 검은 기류가 생강시 하나를 조각낼 듯 휩쓸었다.

카아앙!

생강시의 몸에서 불꽃이 튀는 듯한 착각이 일었다. 불꽃이 아니라 피가 튀었다. 생강시의 몸이 구겨지듯 꺾이며 날아갔다.

압도적인 위력이었다.

생강시는 천마검법 단 한 초식을 버티지 못했다.

이제 멀쩡한 생강시는 둘이 남았다.

복양소는 크게 놀랐다.

'아무리 천마검법이라지만 생강시가 저렇게 무력하게 당할 수는 없다. 이런 말도 안 되는 일이⋯⋯.'

북만극은 이 초식을 실전에 사용해 보기는 처음이다. 결함이 많은 초식이기에 그게 왜 천마검법상에 존재하는지 항상 궁금했었다. 이제야 그 이유를 깨달았다.

'오직 파괴력만을 극대화시킨 초식. 대신에 극도로 단조로운 초식. 천마검법을 써야 할 정도의 상대라면 손쉽게 피할 수 있다. 무용지물의 초식. 하지만 생강시는 달라. 이것들은 피하지 않으니까. 그래, 이건 생강시만을 상대하기 위해서 만들어진 초식이군.'

겉으로는 여유있는 얼굴이었다. 하지만 그의 속은 그다지 편치 않았다.

'하지만 이 초식은 불완전해. 그리고 너무 강해. 내 몸이 버티지 못한다. 공력 소모 역시 너무 극심하다. 단전이 순식간에 허전해지는군.'

그가 쓴 것은 천마검법의 초식들 중 가장 강한 파괴력을 가진 것이다. 오직 생강시만을 상대하기 위해서 오백 년 전에 추가된 초식이다.

그리고 불완전한 초식이기도 했다. 공력의 낭비가 너무 심했다. 어지간한 고수는 단 한 번을 펼치지 못하고 공력이 말라 쓰러진다. 북만극이기에 연속으로 두 번이나 펼치는 것이 가능했다.

무리한 공력 운용을 하도록 만들어진 초식이기에 시전자의 몸에 심각한 부담을 주었다. 그래서 그는 이걸 익혀두기만 하고 사용한 적이 없다.

복양소는 그걸 모른다. 불안해진 그는 싸움터를 재빨리 훑었다.

지금 생강시가 몸을 일으켜서 다시 북만극에게 달려드는 것이 보였다. 다른 생강시 둘도 마찬가지였다. 하지만 천마검법에 정통으로 맞은 생강시 하나는 일어나지 못했다.

그리고 하나의 생강시가 한천양과 싸우고 있었다. 복양소는 속이 터졌다.

'한 손이 아쉬운 판에!'

그는 즉시 한천양에게 달려들며 검을 휘둘렀다.

"한천양! 네 상대는 나다!"

한천양은 죽을 맛이었다.

'생강시 하나만 해도 버거운데, 복양소 저놈까지 덤비다니. 이래서는 살아날 방법이 없다.'

그는 뒤로 빠르게 물러서기 시작했다. 검을 힘껏 휘둘러 생강시를 떨어뜨리더니 뒤도 돌아보지 않고 도망쳤다.

"교주님! 제가 사람들을 불러오겠습니다!"

북만극은 어이가 없었다.

'교의 무사들은 이미 이 싸움 소리를 들었을 거다. 알아서 달려오겠지. 한 장로, 이 자식. 나를 놔두고 도망치는구나!'

한천양과 싸우던 생강시는 도망치는 그를 쫓으려고 했다. 복양소가 그 생강시에게 명령을 내렸다.

"교주부터 죽여!"

생강시의 몸이 튕기듯이 뒤돌아섰다. 곧바로 북만극을 향해 손가락을 갈퀴처럼 내밀며 달려들었다.

그 짧은 시간에 두 명의 생강시가 더 재기불능의 손상을 입었다. 하지만 북만극은 그녀들을 처리한 후 공력의 흐름에 심각한 장애를 느꼈다.

'내게도 무리였군. 정말 지독한 초식이다.'

지금 생강시가 그 틈을 놓치지 않았다. 그녀는 어느새 북만극의 뒤를 잡았다.

깜짝 놀란 북만극이 몸을 뒤로 돌리려고 했다. 그러나 공력이 손상된 혈도를 흐르다 한번 멈칫했다. 몸의 회전도 그만큼 늦어졌다. 그 시간은 극히 짧았다. 하지만 지금의 북만극에게는 치명적이었다.

생강시의 손이 북만극의 허벅지를 잡았다. 북만극은 몸을 마저 회전시키며 왼손을 뻗었다. 근거리에서 작렬한 천마장법이 생강시의 몸을 뒤로 날려 버렸다.

날아가는 생강시의 손에는 북만극의 허벅지가 한 움큼 뜯겨 쥐어져 있었다.

북만극이 비틀거렸다. 허벅지에서 피가 뿜어졌다.

"큭. 제법이군."

그 순간에 하나 남은 인급 생강시가 뒤에서 달려들었다. 한천양과 싸우던 생강시였다.

생강시의 움직임은 기존과 완전히 달라져 있었다. 가진 바 최고의 속도로 북만극을 공격했다. 생강시가 가지고 있는 생존 본능이 북만극이 어려운 상대임을 인식했기 때문이다.

북만극이 보법을 밟았다. 그러나 허벅지의 부상이 방해가 되었다. 충분히 회피하지 못했다. 다시 검을 휘둘렀다. 천마검법이 다시 뿜어졌다. 단전이 찢어지는 것처럼 고통스러웠다.

검에 담긴 위력은 아직도 파멸적이었다.

시커먼 기운이 생강시의 몸에 작렬했다. 그녀의 가슴이 쩍 갈라졌다. 피가 뿜어졌다. 하지만 완전하지 않았다.

'내공의 흐름이 나빠. 충분한 위력이 나지 않아.'

생각할 것도 없이 장법이 뒤따랐다. 검에서 나온 것과 비슷한 기운이 손에서 뿜어져 그녀의 몸을 때렸다.

생강시의 몸이 뒤로 구겨지며 날아갔다. 십 장 이상 날아간 그녀의 몸은 땅바닥에 내팽개쳐졌다. 팔다리가 경련을 일으켰으나 더 이상 일어나지는 못했다.

북만극이 가슴을 잡았다.

"큭. 역시 무리인가……."

이미 생강시 넷을 죽였다. 그러기 위해서 결함있는 초식을 너무 많이 사용했다. 몸속의 혈도가 터질 듯 부풀어 올랐고 심장은 미친 듯이 뛰었다.

그리고 단전이 칼이라도 맞은 것처럼 아팠다. 북만극은 그것이 무슨 의미인지 잘 알았다.

'공력이 엉켰군.'

단전에서 내공을 끌어내는 것 자체가 원활하지 않았다. 검에 깃든 시커먼 기운이 점점 작아졌다.

지금 생강시가 그에게 다가왔다. 북만극은 후회했다.

'왕삼에게 진 후에도 나는 오만함을 버리지 못했어. 더 철저히 준비했어야 하는 건데. 아니, 최소한 생강시를 직접 상대하지 않고 몸을 피했어야 하는 건데.'

후회는 늦었다. 마지막 생강시가 그에게 덤벼들었다. 그녀의 움직임은 눈에 제대로 보이지 않을 정도로 빨랐다.

북만극이 소리를 질렀다.

"하지만 이게 마지막 생강시!"

그의 검에서 시커먼 기운이 활활 타올랐다. 단전이 부서지는 고통을 상관하지 않았다. 그는 그 검을 생강시를 향해 쭉 뻗었다.

검이 생강시의 몸과 충돌했다. 검에 깃든 기운이 그녀의 몸을 뚫지 못하고 파편이 되어 비산되었다.

북만극이 이를 악물었다.

'지금은 단전을 보호할 때가 아니다.'

이를 악물고 공력을 끌어냈다. 한도 끝도 없이 내공을 잡아먹는 초식에게 자신이 평생 익힌 공력을 바쳤다.

검에서 시커먼 기운이 계속 뿜어져 나왔다. 그것이 파편이 되어 날아가 주변을 황폐화시켰다.

지금 생강시 역시 물러서지 않았다. 검이 그녀의 몸을 조금씩 파고들었다. 그러나 그녀는 밀려나지 않았다. 북만극을 잡기 위해서 두 손을 앞으로 쭉 내밀었다.

대치는 짧았다. 그 짧은 시간에 주변은 폐허가 되었다.

푹!

북만극의 검이 마침내 생강시의 몸을 꿰뚫었다. 완전히 관통했다. 북만극의 얼굴이 환해졌다.

"끝났다!"

생강시의 몸이 앞으로 쭉 밀려왔다. 그의 검이 손잡이까지 그녀의 몸에 틀어박혔다.

그리고 그녀의 손이 북만극의 가슴을 파고들었다.

북만극의 눈이 커졌다. 아래쪽을 내려보았다. 생강시의 손이 그의 심장을 뚫고 있었다.

이미 심장은 파괴되었다. 북만극은 그 사실을 깨달았다.

그럼에도 불구하고 의식을 잃지 않은 건 그가 그만큼 고강한 무공을 가졌기 때문이다.

그러나 버틸 수 있는 시간은 짧았다. 몸속에 남은 내공이 빠르게 흩어지고 있었다.

북만극의 시야가 어두워졌다. 그가 허탈한 듯 중얼거렸다.

"대비할… 기회가… 있었는데……."

그의 몸이 스르르 무너졌다.

복양소는 북만극의 싸움을 지켜보았다. 그가 손을 바지춤에 대었다. 손 떨림이 멈춰지지 않았다. 그것을 극복하려고 주먹을 꽉 움켜쥐었다.

"역시 북만극."

죽어버린 시체를 보고도 두려웠다.

"생강시 다섯을, 그것도 지급까지 포함된 생강시 다섯을 상대로… 다 죽이고 지급마저 저 지경으로 만들었어."

생강시는 이미 넷이 죽었다. 하나 남은 지급 생강시는 사람이라면 몇 번은 죽었을 만큼 다쳤다.

복양소는 생강시가 얼마나 강력한지 잘 안다. 그리고 지급 생강시의 차원이 다른 강함도 잘 안다.

그래서 죽은 북만극이 더 두려웠다.

시체를 두려워하기만 하기에는 그의 지위가 너무 높았다. 그는 마교의 일곱 가문 중 하나의 수장이다.

억지로 용기를 쥐어짰다.

"그래, 그런 대단한 교주도 결국 생강시의 손에 죽었어. 더구나 지급은 아직 살아 있잖아. 내 마음대로 조종되는 지급이 아직 살아 있어."

갑자기 웃음이 나왔다. 조금 전까지 떨고 있었지만 이제는 웃음이 나왔다.

"크흐흐흐. 이제 북만극은 없어. 북건곤도 없어. 온 천하가 두려워하는 마교가 이제 곧 내 손에 들어올 거야. 드디어 우리 복 가문이 마교의 지배자가 되는 거야. 크하하하."

복양소가 웃음과 함께 숲 속으로 녹아들어 갔다. 하나 남은 지급 생강시가 그의 뒤를 따랐다.

第四章

싸움이 벌어진 소리를 듣고 마교 무사들이 달려왔다. 복양소가 사라지고 나서 거의 곧바로였다.

그들은 눈앞에 펼쳐진 결과에 경악했다.

"허억! 교주님!"

무사들이 북만극의 시체에 달려들었다. 시체의 혈을 자극하고 공력을 불어넣었다. 하지만 그런다고 해서 죽은 사람이 살아나지는 못한다.

무사들은 어찌할 줄 몰랐다. 이런 사태는 아무도 상상한 적이 없었고, 그렇기에 모두 당황해서 우왕좌왕하기만 했다.

그들의 혼란이 극에 달했을 때, 복양소가 그곳에 나타났다.

그는 숨까지 헐떡이고 있었다. 마치 먼 곳에서부터 달려온 듯한 모습이었다.

그는 북만극의 시체를 보고 소리를 질렀다.

"이, 이게 무슨 일이냐! 교주님! 교주니임!"

얼굴 표정은 마치 통곡이라도 할 것 같았다.

'젠장. 너무 좋아서 눈물이 나오지 않는군. 쥐어짤 수도 없고.'

울지 못한다면 다른 방법이 있다. 그는 표정을 분노로 바꾸었다. 무사들에게 소리쳤다.

"어떻게 된 일인지 보고해라!"

무사들이 머뭇거렸다.

"저희들이 왔을 때는 이미 교주님께서 돌아가신 후였습니다."

성질 괄괄한 마두 하나가 복양소를 의심스러운 눈초리로 쳐다보며 말했다.

"교주님과 같이 숲에 들어가신 분은 복 장로님 아니십니까? 복 장로님께서 저희들에게 말씀을 해주셔야겠습니다."

복양소는 다른 무사들이 의심할 시간을 주지 않았다. 즉시 크게 분노하는 척했다.

"한 장로가 배신했다! 그놈이 갑자기 교주님을 기습했다!"

마두는 멈칫했다. 그도 아는 것이 없었다. 하지만 한천양의 무공이 북만극보다 몇 단계는 떨어진다는 것을 안다.

“이게 한 장로님의 짓이란 말입니까? 믿어지지 않습니다.”

복양소는 모든 준비를 해두고 있었다. 그의 답변은 막힘이 없었다.

“아니, 그의 습격은 당연히 실패했다. 곧바로 도망쳤지. 교주님께서 나보고 그놈을 잡으라고 하셨다. 나는 그놈을 추격하다가 이곳에서 싸움이 벌어지는 소리를 듣고 급히 돌아온 것이다. 그랬더니……”

복양소가 머리를 쥐어뜯었다. 많지도 않은 머리가 한 움큼 뜯겨 나갔다.

“이건 내 잘못이다. 내가 한 장로의 유인에 말려든 것 때문이야. 내가 없는 사이에 교주님이 습격당하신 거야!”

달려온 무사들 중에는 복양소 계파의 사람들도 있다. 그들 중 하나가 얼른 편을 들었다.

“복 장로님, 장로님 잘못이 아닙니다. 교주님의 명령을 따르신 것뿐이잖습니까?”

같은 계파의 다른 무사도 맞장구를 쳤다.

“그렇습니다. 애초에 우리 교의 한복판에서 이런 일이 벌어질 거라고 누가 예상이나 했겠습니까?”

복양소가 죄스러운 듯이 말했다.

“그래도 내가 한 장로를 추격하지만 않았으면 교주님은 이 꼴이 되지 않으셨을 거다. 교주님께서 뭐라고 하시든 나는 곁을 지켰어야 했다.”

복 장로는 자기 잘못이라고 주장했다. 하지만 그것은 그야말로 말뿐이었다.

그의 말은 결국 이번 일의 책임이 한 장로와 북만극에게 있다는 것이다. 하지만 명목상이나마 자기 잘못을 인정하자 머리보다 힘쓰는 것을 즐기는 무인 몇이 그의 말에 작은 감동을 받았다.

"복 장로님은 잘못이 없습니다."

"그렇습니다. 그 상황에서는 저라도 그렇게 했을 겁니다."

그리고 머리 좋은 몇 명은 빠르게 계산을 끝냈다.

'교주님과 소교주님이 죽었다. 진실이야 어쨌든 한 장로는 일단 배신자가 됐다. 교의 권력 구도가 개편된다. 현재 최고 실세는? 바로 복양소다!'

계산을 마치자마자 즉시 복양소의 편을 들었다.

"모든 것은 배신자 한 장로 때문입니다."

"복 장로님께서 무사하셔서 다행입니다."

"그렇습니다. 이런 위기 상황에서 복 장로님까지 안 계셨다면 우리가 누구를 의지하겠습니까?"

"우리를 이끌어주소서!"

그들은 기본적으로 마인이다. 정의보다는 힘이 우선이고, 법보다는 칼을 선호한다. 그들에게 있어서 죄인은 죽은 놈이고, 옳은 자는 산 사람이다.

그들에게도 진실이 가지는 무게는 있다. 하지만 그것은 권력의 달콤함에 비하면 보잘것없다.

그것이 바로 마교다.

복양소가 힘을 낸 듯 고개를 들었다.

"알았다. 모두 그렇게 이야기하니 내가 교주님의 복수를 책임지겠다. 모두 내 명령을 따르라!"

무사들이 즉시 고개를 숙였다.

"명령하십시오!"

복양소가 바닥에 쓰러진 여자들의 시체를 가리켰다.

"저것들은 분명히 배교의 생강시다!"

배교 이야기는 마교에서도 기밀에 속한다. 아는 자가 없는 것은 아니지만 모르는 자가 훨씬 더 많다. 무사들 대부분은 배교의 등장에 놀랐다.

"허억! 배교가 나타나다니!"

배교의 등장을 알았던 소수는 생강시의 존재에 놀랐다.

"저, 저것이 바로 생강시!"

"교주님께서 당하시지 못한 것도 이해가 가는군."

복양소는 무사들의 마음에 공포를 심어주었다. 그리고 즉시 명령을 내렸다.

"따라서 상황은 명확하다. 한 장로, 한천양이 배교와 손을 잡고 교주님을 습격해서 살해했다. 배교 놈들은 소교주님 역시 살해했다. 이를 참는다면 어찌 사내라 하겠나!"

무사들이 일제히 소리를 질렀다.

“참지 못합니다!”

“우선 한천양부터 잡는다. 그놈을 잡으면 배후의 배교도 자연히 드러난다. 그러니 한천양을 잡아라!”

무사들 대부분이 눈을 빛냈다. 하지만 일부는 예외였다. 한천양 계열의 무사들이 어찌할 바를 몰랐다.

복양소가 그들을 가리키며 외쳤다.

“한천양이 무슨 짓을 저지를지 모른다. 그놈의 부하들을 데리고 반란을 일으킬 수도 있다. 그러니 우선 놈이 교주님을 시해하고 도망쳤다는 것을 교 전체에 알려라. 그리고 놈의 명령을 받는 부대들을 무장해제시켜라!”

“즉시 명령을 수행하겠습니다!”

무사들이 무기를 꺼냈다. 한천양 계열 무사들을 겨누었다.

그들은 반항하지 않았다. 지금은 전력 차이가 너무 컸다. 즉시 무기를 던지고 항복했다.

“우리는 아무것도 몰랐습니다.”

“항복합니다!”

복양소는 만족했다.

“좋다. 저들이 무슨 큰 죄가 있겠느냐? 그들은 한천양이 무슨 짓을 했는지 알았을 리 없다.”

“그렇습니다. 우리는 몰랐습니다!”

“그러니 그들을 죽이지는 마라. 우리끼리 내분이 일어난다면 가장 좋아할 놈들은 바로 배교다!”

복양소가 손을 크게 휙 저었다.

"즉시 명령을 수행하라!"

"명령을 수행하겠습니다!"

무사들이 뿔뿔이 흩어졌다. 현장을 보존하기 위해 하급무사 몇 명만이 남았다.

복양소는 뛰어가는 무사들을 보며 저도 모르게 웃음을 머금었다.

'호호. 교주는 힘이 있는 자가 하는 것. 힘만 있다면 얼마든지 반란을 일으켜도 돼. 그 대신에 반란이 실패하면 철저히 응징당하지. 따라서 한천양의 밑에 있던 전투 부대들이 순순히 무장해제당할 리는 없다. 칼을 놓으면 언제 죽을지 모르니까.'

그는 그 상황이 일어나기만을 바랐다.

'실패한 반란이라고 알려지면 어떻게 해서든 한천양과 상관없다고 주장하려 하겠지. 그러려면 누군가의 밑으로 들어가야 해. 누구에게 머리를 숙일까? 지금은 내가 가장 유리하지. 그들을 받아들이면 다른 장로들보다 압도적으로 강력한 힘을 보유하게 되지. 이제 내가 새로운 교주가 되는 거야.'

그가 주변을 둘러보았다. 하급무사 몇 명이 경호무사들의 시체를 추스르고 있었다.

복양소는 입을 꼭 다물었다. 입을 벌리면 웃음이 터져 나올 것만 같았다.

‘이 일은 오래전부터 준비된 것. 마교라고 해도 빠져나갈 수 없다!’

마교에는 교주가 직접 거느리는 세력 외에 일곱 개의 가문이 있다. 그들 가문은 군소 세력을 끌어 모아 일곱 개의 계파를 만들었다.

그중에서 복양소 파와 한천양 파의 세력이 다른 다섯 개 계파보다 더 강하다.

그리고 한천양 파의 수장인 한천양이 마교 교주 암살의 혐의를 뒤집어썼다.

한천양이 정말로 그런 일을 저질렀다고 해도 그 후에 권력을 장악했으면 아무런 문제가 되지 않는다. 하지만 그는 그러지 못했다. 어느 조직에서건 실패한 반란에 대해서는 철저한 응징이 들어간다.

한천양은 이 일에 대해서 아무런 준비를 하지 못했다. 하지만 복양소는 모든 준비를 마쳐 두었다.

그는 자기 계파의 힘, 그리고 그동안 축적해 놓은 세력을 총동원해서 여론을 조성했다.

“한 장로가 배신했다. 교주를 시해했으며 배교를 끌어들였다. 용서할 수 없다!”

한천양은 나타나지 않았다. 나타나서 변명해야 했지만 지금 그러면 죽는다는 것을 알았다.

하지만 한천양의 계파는 복양소의 것과 맞먹는 힘을 가지고 있었다. 그들은 순순히 죽어주지 않았다. 몸을 웅크리고 최대한 힘을 모았다. 그리고 주장했다.

"증거는 있나? 증거가 없다! 우리는 억울하다! 그리고 설사 사실이라고 하더라도, 우리는 아무것도 몰랐다. 모든 것은 한천양 혼자 한 일이다!"

나머지 계파들은 섣불리 한천양의 세력을 공격하지 않았다. 그들도 나름의 계산이 있었다.

'지금 잘못하면 복양소 좋은 일만 시켜줄 위험이 있다.'

'조심해야지. 자칫 잘못하다 한천양의 계파가 모조리 복양소에게 넘어가면 뒷감당을 할 수 없다.'

'방심하면 복양소를 새로운 교주로 모시게 될지도 몰라.'

복양소는 그에 대한 해결법도 가지고 있었다.

한천양을 제외한 여섯 계파의 수장, 여섯 장로가 모였다.

한참의 침묵이 흐른 후, 복양소가 제안했다.

"갈라 먹읍시다."

모두 무슨 소리인지 단번에 알아들었다. 나머지 다섯 명이 군침을 삼켰다.

'한천양의 세력을 혼자 먹지 않겠다고?'

'갈라 먹는다면… 나의 힘이 먹은 만큼 강해지겠군.'

장로 교소양이 입술을 핥으며 질문했다.

"소화가 잘될까요?"

복양소는 자신만만했다.

"우리가 뭐든 소화를 못 시키겠습니까? 더구나 지금 한천양은 대죄를 짓고 도망친 상태입니다. 그의 부하들을 그것으로 압박하면 됩니다."

나머지 장로들은 복 장로의 말을 반만 동의했다. 그들은 일반 무사들이 아니다. 이미 다각도로 조사가 이루어진 후다.

'범인의 가능성은 복 장로도 똑같이 가지고 있지.'

'우리는 지금 복 장로의 말만 믿고 한천양을 배신자로 선언한 거지. 범인이 바뀌었을 수 있어.'

그러나 그들에게는 그게 중요한 것이 아니다. 어차피 그들은 한 계파의 수장들이다. 교주에게 진심으로 충성을 바친 자는 많지 않다.

'어차피 교주는 죽고 없다. 지금은 누가 범인인지보다 앞으로 누가 살아남느냐가 더 중요하지.'

'현재 대세를 이끄는 건 복 장로. 복 장로에게 붙는 것이 이익일까? 아니야. 이자는 상황에 맞춰 한시적으로 힘을 얻었을 뿐이야. 차라리 독자 노선을 걸을까?'

'어차피 우리 교는 힘있는 자가 수장이 되는 곳. 교주가 죽었다면 그가 힘이 부족했다는 소리다. 독할 때 독한 것도 힘이니까. 교주는 교의 인물치고는 너무 착했어. 그래 봐야 남들이 보기에는 대마두거늘.'

'설사 복 장로가 범인이라도 상관없어. 그렇다면 그가 배

교와 손을 잡았다는 뜻. 그걸 밝혀내면 제거할 수 있어. 경쟁자가 하나 더 줄어드는 거지.'

'나라고 교주 한번 하지 말라는 법은 없으니까.'

누구도 복수를 논하지는 않았다. 서로 눈알만 굴리며 상대의 의중을 살폈다. 머릿속으로는 이익 계산으로 여념이 없었다.

복양소는 그들의 모습을 보고 만족했다.

"그동안 우리는 천하에서 가장 강한 힘을 가지고 있으면서도 무림에서 이놈저놈 설치는 것을 구경만 했습니다. 그게 누구 때문이겠습니까? 다 죽은 교주 때문입니다. 교주는 무공과 세력은 강했지만 마음이 물러 터진 자였습니다."

교소양이 동의했다.

"그건 그렇습니다. 말이 나와서 하는 말인데, 교주는 좀 심약했지요."

복양소가 씩 웃으며 말했다.

"그 교주가 죽었습니다. 우리가 이제 뭘 해야 하겠습니까?"

장로 군유극이 한마디 흘렸다.

"전쟁?"

복 장로가 웃었다.

"흐흐흐. 우리 중에 누가 전쟁을 싫어합니까? 전쟁 후에 돌아올 그 달콤한 꿀을 생각해 보십시오."

군유극이 망설였다.

"그래도 전쟁을 그렇게 반대하던 교주가 죽자마자……."

복양소보다 먼저 교소양이 탁자를 쳤다.

"교주는 이미 죽은 사람입니다. 죽은 사람의 소원을 들어줄 필요는 없습니다."

다른 장로들도 동의했다.

"한 장로가 무슨 배짱으로 그런 일을 저질렀겠습니까? 무림맹이나 배교가 배후에 있을 겁니다."

"무림맹. 그렇지! 현재 천하에 교주를 암살할 수 있는 무력을 가진 곳이 어디겠습니까? 무림맹뿐입니다. 무림맹이 배교의 짓인 것처럼 위장한 겁니다."

마두들에게는 원래 진실은 그리 중요하지 않다. 뭐가 그럴싸하면서 이익이 되느냐가 더 중요하다.

복 장로는 일이 예상대로 굴러가자 기분이 좋아졌다.

'하지만 충분치 않아.'

그는 장로들에게 새로운 미끼를 내밀었다.

'미끼인 줄 알고도 삼키지 않을 수 없을 거다.'

"그래서 그전에, 우리는 먼저 아무렇게나 굴러다니는 힘을 나눠먹어야 합니다."

"그 말씀은?"

"일단 한천양의 계파가 있습니다. 그걸 우리끼리 여섯 조각으로 나눠먹으면 무림제패에 큰 도움이 될 겁니다."

"호오. 그거야 당연히 해야 할 일. 이미 그러자고 하셨잖습니까?"

복양소가 목소리를 낮췄다.

"그리고 교주가 거느리던 부대들이 있습니다. 지금은 주인이 없지요."

다른 장로들이 침을 꿀꺽 삼켰다.

'한천양의 계파보다 훨씬 큰 먹이.'

'소교주마저 죽었으니 현재 교주의 계파는 실질적인 후계자가 전무한 상황.'

'쉽지 않겠지만 불가능한 것도 아니야.'

복양소가 말했다.

"교주는 부실한 부대들은 우리에게 나눠주고, 알짜배기는 자기가 챙겼습니다. 그가 거느린 부대의 수는 적지만, 그 실력은 최고입니다. 그것들도 나눠가져야 합니다. 이건 모두 우리 교를 위해서입니다. 사사로운 마음은 눈곱만큼도 없습니다."

장로들이 모두 고개를 끄덕이며 납득했다. 뜻이 옳아서가 아니라 그 일의 결과가 마음에 들어서였다.

군유극도 입맛을 다시며 질문했다.

"교주의 부대야 갈 곳이 없어졌으니 잘만 손을 쓰면 가능할 테고. 한천양의 세력도 마찬가지. 그런데 어떻게 갈라 먹어야 할까요?"

그것은 정말 큰 문제다. 힘을 나눠 갖는 것은 쉬운 일이 아니다. 욕심은 양보를 모르게 한다.

장로들이 난처해했다.

"자칫 잘못하다가는 우리끼리 싸우게 될 텐데."

"배교까지 나타난 이런 때에 내부에서 피를 보면 자칫 남 좋은 일이 될 수도 있습니다."

"쉬운 일이 없군요."

복양소는 모든 준비를 미리 해두었다. 각 장로들의 성향을 철저히 파악했으며 그들이 모두 만족할 답변을 가지고 있었다.

"각개격파를 해야지요."

군유극이 인상을 썼다.

"각개격파?"

"우선 우리끼리 차지할 부대들을 나눕시다."

"그 나누는 것 자체가 쉬울 리 있겠습니까?"

"하지만 그 부대를 차지하고 말고는 각자 알아서 할 일로 합시다."

"각자 알아서? 그게 무슨 말씀이십니까?"

"자기에게 처음 할당된 부대를 알아서 회유해 끌어들이는 겁니다. 그래야 죽은 교주나 한천양의 계파와 직접적인 충돌을 피할 수 있습니다. 또한 우리끼리 할당할 때도 더 수월하겠지요. 할당받지 못한 부대를 차지할 기회가 아주 없는 게 아니니까.”

“나쁘지 않은 생각이기는 합니다. 하지만 끌어들이는 데 실패하는 곳은 어떻게 합니까?”

“기회를 줬는데도 못 가져갔으면 그분 잘못이지요. 그럼 그 후에는 아무나 먼저 먹는 분이 임자가 되는 걸로 합시다. 할당된다고 해서 먹는다는 보장이 없으면 굳이 피를 볼 필요는 없잖습니까? 이게 가장 평화적인 방법입니다.”

장로들은 상황을 이해하자마자 눈빛이 달라졌다.

‘여기서 잘만 하면 계파 간 서열이 달라진다.’

‘힘을 많이 모으면 교주도 꿈은 아니야.’

‘혼자 반대했다가는 지분이 줄어들지도 몰라. 그럴 순 없지.’

‘이거 오랜만에 투지가 솟는데?

장로들이 앞 다투어 말했다.

“찬성이오.”

“어서 자기 몫을 나누기나 합시다.”

“미리 말하지만 나는 흑호대는 꼭 가지고 싶소.”

“어허. 그 부대는 나도 탐내고 있거늘.”

“대신에 흑룡대를 포기하겠소.”

“이 사람들이 지금. 나는 보이지도 않소? 나는 흑호대와 흑룡대가 모두 탐나오!”

복양소가 그들을 보며 속으로 웃었다.

'흐흐흐. 오랫동안 장로들의 성격 분석을 하고 내놓은 제
안답게 확실히 먹혔군. 열심히 갈라 먹어라. 결국 모든 것은
내 수중에 들어올 것이다. 내가 세상을 지배하는 교주가 되면
너희들의 수고는 아무짝에도 쓸모가 없을 테니까.'

*　　　*　　　*

서흑수는 한혈보마를 괴롭히며 강행군을 했다. 달리고 달
린 끝에 드디어 사천에 도착했다.

제법 커다란 마을을 관통해 지나가던 그가 말을 세웠다. 한
혈보마의 목을 부드럽게 쓰다듬으며 말했다.

"이제 사천이구나. 조금만 쉬도록 할까?"

한혈보마는 적토마와 맞먹는 명마다. 천리마라고도 불린
다. 일반적인 말과 생김새는 똑같지만 그 능력은 전혀 다른
차원의 것이다.

하지만 그 한혈보마는 이미 한계를 넘어섰다. 뛰기는 뛰지
만 그 움직임이 극도로 불안정했다.

'더 몰아쳤다가는 죽어버리고 말 거야.'

서흑수는 주머니를 만져 보았다.

'마교 지부장 공삼호에게 받은 돈.'

그 돈을 아낄 생각은 없다. 하지만 지금 눈앞에는 훨씬 간
단한 방법이 있었다.

‘나중에 무슨 일이 생길지 모르니 이건 비상금으로 아껴두
자. 지금은 공짜밥이 낫겠군.’

그의 눈앞에 장원이 하나 보였다. 장원의 정문 위에 패월문
이라는 세 글자가 새겨진 커다란 현판이 붙어 있었다.

서혹수는 패월문에 대해 들어보지 못했다. 어중간한 크기
의 문파였다.

하지만 그는 다른 것을 보고 이곳에서 쉴 결심을 했다. 패
월문은 그 현판 위에 마교의 ‘마(魔)’ 자가 새겨진 현판을 하
나 더 붙여놓고 있었다.

‘이곳이 마교의 영향력 아래에 있다는 뜻. 함부로 건드리
지 말라는 경고의 의미.’

마침 이것을 발견했기에 쉴 생각이 들었다.

‘마교나 한 번 더 털어먹자.’

그는 말을 몰아 패월문의 대문 앞으로 다가갔다. 그의 눈이
날카로워졌다.

‘분위기가 이상한데?

문앞에서 경비를 서는 무사들이 바짝 긴장하고 있었다. 담
너머에서도 사람들의 북적거리는 움직임이 느껴졌다.

서혹수가 경비무사들에게 질문했다.

“무슨 일이냐?”

경비무사들은 서혹수를 함부로 대하지 못했다.

‘요즘 같은 상황에서 말을 타고 와서 함부로 반말을 하는

자. 가벼운 신분이 아니겠지.’

“함부로 말씀드릴 일이 아니오나, 손님께서 누구신지 말씀해 주시면 안에 연락을 넣어드리겠습니다.”

서혹수는 패를 꺼내 툭 던졌다.

“옜다.”

경비무사 중 하나가 호법패를 얼른 받았다.

그들은 그것을 구분할 능력이 없었다. 마교 내에서 세 개밖에 존재하지 않는 호법패다. 그들 중 누구도 이전에 그것을 본 적이 없다.

더구나 그들은 글도 모른다. 호법패에 적힌 글씨를 읽을 수도 없다.

하지만 그들은 호법패에 적힌 글씨 중 하나를 읽어냈다. 너무나 확실히 알고 있는 글자였다.

‘마(魔).’

경비무사들은 크게 놀랐다.

‘마교의 높은 사람이 틀림없다.’

‘우리보단 높겠지.’

“잠시만 기다리십시오!”

무사 하나가 대문 안으로 뛰어들어 갔다. 서혹수가 그사이에 질문했다.

“무슨 일이냐?”

무사들은 긴장하며 고개를 숙였다. 그중 하나가 패를 공손히 내밀며 말했다.

"저희들의 눈이 썩어 높으신 분을 몰라보았습니다. 멍청한 저희들을 용서해 주십시오."

서흑수가 패를 받아 들고 다시 질문했다.

"그 이야기가 아냐. 여기 왜 이렇게 분주하냐?"

무사들이 의아한 얼굴로 고개를 들었다.

"예? 교에서 오셨으면서 그걸 왜 저희에게 물으십니까?"

서흑수는 뭔가 불길한 기분이 들었다.

'마교에 뭔가 문제가 생긴 걸까?'

"내가 여행하느라 소식을 접하지 못했다."

"아, 예. 그게… 교주님께서……."

서흑수의 눈꼬리가 올라갔다.

"무슨 일이 생겼냐?"

"교주님께서 돌아가셨습니다."

서흑수의 몸에서 강렬한 기세가 뿜어졌다.

"뭐얏!"

그 기운에 눌린 무사가 겁을 먹고 더듬거렸다.

"제, 제가 그런 것이 아닙니다."

그때 대문이 벌컥 열리며 중년 남자가 튀어나왔다. 그는 나오자마자 서흑수가 들고 있는 패부터 쳐다보았다.

이곳 역시 최근에 전서구로 준호법이 임명됐음을 통보받았다. 그는 패를 한눈에 알아보았다.

"허억! 호법패!"

그대로 넙죽 엎드렸다.

"방문기가 왕삼 준호법님을 뵙습니다!"

서흑수는 한가하게 인사받을 시간이 없었다.

"교주가……."

보는 눈이 있어 재빨리 말을 바꿨다.

"교주님께서 돌아가시다니. 그게 무슨 소리냐?"

"옛! 저희도 통보받은 지 얼마 되지 않았습니다."

"누가 감히 교주님을 해쳤단 말이냐?"

"한천양 장로가 범인이라고 들었습니다."

마교의 장로들은 무림에서 유명하다. 서흑수도 한천양이라는 이름을 알고 있다.

'한천양은 교주 아래 마교의 여러 세력 중에서도 특별히 강한 두 곳 중 하나의 수장. 마교의 서열 삼위를 복양소와 함께 다투는 인물. 놈이 적우였군!'

서흑수가 말에서 뛰어내렸다. 내리자마자 방문기에게 명령했다.

"이 녀석에게 가장 좋은 말먹이를 먹여라. 곧 출발해야 한다. 서둘러라."

"알겠습니다. 이 녀석들아. 뭐 하느냐? 준호법님의 말을 모셔야 할 것 아니냐! 에이, 둔한 놈들. 내가 직접 해야겠다."

서흑수가 방문기의 어깨를 잡았다.

"너는 나에게 이번 일에 대해서 설명을 좀 해야겠다."

"저는 아는 것이 별로……."

"네가 이번 일과 관련해서 전달받은 모든 문서를 가져와라. 그리고 네가 들은 모든 것, 네가 추측하는 모든 것을 이야기해라. 시간이 없다!"

"아, 알겠습니다. 이쪽으로 오십시오. 여기는 듣는 귀가 너무 많습니다."

서흑수가 가벼운 경공까지 쓰며 방문기를 끌어당겼다.

"서둘러라. 발이 느리구나."

방문기의 보고는 길지 않았다. 그도 일방적으로 통보를 받았을 뿐이다.

모든 이야기를 들은 후 서흑수는 고민에 빠졌다.

'전달된 이야기만 보면 한천양이 바로 적우야. 그런데 이번 일로 그가 얻은 이익이 너무 작아. 아니, 아예 없지. 오히려 쫓겨났으니까. 계획을 잘못 세워 실패한 걸까?'

서흑수의 눈썹이 모아졌다.

'냄새가 난다. 지금까지의 경험으로 볼 때 지존이 그렇게 일을 어수룩하게 처리할 리 없어. 한천양은 아니야.'

생각에 생각을 더하자 결론은 빠르게 나왔다.

'그럼 이번 일로 마교에서 누가 가장 큰 이익을 얻었지? 복양소! 경쟁자가 사라졌으니 그가 현재 마교 서열 일위. 그 자

리를 차지하기 위해서 모든 죄를 한천양에게 뒤집어씌웠을
까? 얼마든지 가능해. 그리고 그놈이 정말로 적우라면… 앞
으로 마교는 지존의 뜻대로 움직이겠지.'

서흑수가 크게 탄식했다.

"하아. 소미야, 미안하구나."

방문기는 서흑수가 누구를 부르는지 알 수 없어 눈만 끔뻑
였다.

서흑수는 속이 타 들어가는 듯했다.

'너를 구해야 하는데. 소미를 구해야 하는데. 하지만 이대
로 놔두면 마교가 지존의 손에 들어가. 너무나 간단히 들어
가. 그럼 무림은 끝장이야. 모두 다 죽어. 그리고, 지존을 막
을 수 없게 돼. 제기랄!'

흥분하자 몸속에서 통제되지 않은 기운이 솟아올랐다. 서
흑수는 기운을 참지 못하고 주먹으로 탁자를 후려쳤다. 강력
한 내력이 탁자를 때렸다.

단단한 통나무로 만든 탁자가 폭발했다. 날카로운 나뭇조
각들이 사방으로 비산했다.

방문기가 기겁을 하며 팔을 들어 얼굴을 보호했다.

"히익!"

파편 몇 개가 그의 몸을 때렸다. 하나하나가 주먹으로 때리
는 것 같았다.

방문기는 아픔을 참았다.

‘역시 준호법. 나뭇조각이 저렇게 많이 날아갔는데, 그 하나하나에 담긴 기운이 이토록 세다니.’

서흑수는 주먹으로 탁자의 부서진 부분을 꾹 누른 채 말이 없었다.

방문기는 서흑수의 눈치만 살폈다. 서흑수는 고개를 숙인 채 미동도 하지 않았다.

그렇게 한참을 앉아 있던 그가 몸을 일으켰다.

“전서구 키우지?”

방문기는 서흑수의 무공에 크게 감탄한 상태였다. 그가 즉시 머리를 땅에 박았다.

“죄송합니다. 직접 키우는 것은 없습니다. 하지만 옆 마을에 중원전서상회가 들어와 있습니다. 교의 전서도 모두 그곳을 통해 받습니다.”

“전통과 가는 붓, 전서용 종이를 가져와라.”

“알겠습니다!”

도구는 순식간에 준비되었다. 서흑수는 종이에 간단한 내용을 적어 전통에 넣은 후 그것을 방문기에게 넘겼다.

목소리가 곱게 나오지 않았다.

“이 내용이 유출된다면 패월문은 세상에서 사라질 것이다.”

방문기가 두 손으로 공손히 전통을 받았다.

"목숨을 걸고 지키겠습니다."

"이것을 황금장으로 보내라."

"예?"

"수취인은 황금장주다. 그리고 내가 이것을 황금장으로 보냈다는 사실도 숨겨라. 아무에게도 알리지 말고 네 손으로 직접 발송해라. 이것은 교의 비밀을 수행하는 일. 성공한다면 큰 상을 내리되 실패한다면 패월문이 소멸함은 물론 너도 가장 고통스럽게 죽을 것이다."

서흑수의 협박은 정통으로 먹혔다. 마교는 그런 일을 하고도 남았다. 방문기가 침을 꿀꺽 삼켰다.

'알고 보니 황금장도 교와 연관이 있구나. 이건 정말 잘못 떠들면 목이 달아나는 기밀 정보다.'

"목숨을 걸고 비밀을 지키겠습니다."

"내가 여기 왔었다는 것도 비밀로 해라. 네 부하들의 입단속을 철저히 시켜라. 이 기회를 잘 살리면 패월문은 교의 지원을 받아 크게 성장할 것이다."

방문기가 허리를 직각으로 꺾었다.

"믿어주십시오!"

"믿고 가겠다."

서흑수가 방문기의 어깨를 짚었다.

'확실히 마무리를 하자.'

"방 문주, 그런데 논 좀 있나?"

방문기의 얼굴이 기괴하게 변했다.

"도, 돈이라니요?"

"급히 돌아가야 하는데 여행 경비가 부족하다."

방문기는 무슨 소리인지 깨달았다.

'뇌물을 달라는 소리다! 오고 가는 뇌물 속에 신뢰가 쌓이는 법이지.'

그가 기쁜 얼굴로 말했다.

"잠시만 기다려 주시면 한 상자 단단히 준비하겠습니다."

"아니, 시간이 없다. 지금 가진 것이 없으면 그만두기로 하지."

방문기가 즉시 품에서 돈주머니를 꺼냈다.

"많지 않지만 여비에 보태 쓰시기 바랍니다."

서흑수가 주머니를 받으며 씩 웃었다.

"방 문주, 넌 행운을 잡은 거다."

"감사합니다!"

서흑수는 한혈보마에 올라탔다. 말에게서 피로한 기운이 잔뜩 느껴졌다. 문득 그는 아직도 말에게 이름을 지어주지 않은 것이 생각났다.

'너무 달리는 데만 집중했군.'

"너를 이제부터 번개라고 부르겠다. 가자, 번개."

한혈보마 번개가 콧김을 한번 힘차게 뿜고 땅을 박찼다.

방문기가 그 뒤에서 허리를 깊게 숙이며 외쳤다.

"살펴 가십시오, 왕삼 준호법님!"

패월문의 다른 무사들도 따라 외쳤다.

"살펴 가십시오, 왕삼 준호법님!"

서흑수는 뒤에서 들리는 소리에 찔끔했다.

'역시 다른 이름을 썼어야 했어. 재수없게 마교 놈들에게 저 이름을 불리다니. 그나저나 저놈, 내가 들렀음을 숨기라고 했는데 오히려 크게 떠들다니. 미치겠군.'

*　　　*　　　*

북궁엽이 남궁진미를 찾았다.

"남궁 소저, 일은 잘돼가는가?"

파김치가 된 남궁진미가 북궁엽을 보고 힘없이 웃었다.

"대충요."

"호오. 성과가 얼마나 있는가?"

"의심스러운 곳 열 군데를 찾아냈어요. 그중에 한군데쯤은 틀림없이 지존과 관계가 있을 거예요."

"대단하군. 어느새 그렇게 진척시켰는가?"

"다른 분들이 도와주셔서예요."

그녀의 옆에는 오뢰상단 상단주 매주련이 꼬질꼬질해진 상태로 졸고 있었다. 그 외에도 몇 명의 상인이 더 달라붙어 그녀의 일을 돕고 있었다.

"그래, 그럼 곧 찾을 수 있겠군?"

남궁진미가 불평했다.

"하지만 그 열 군데 모두 만만치 않은 곳이에요. 쉽게 건드릴 수 없고, 서로 간의 거리가 너무 멀어요. 좀 더 압축해야 하는데 자료가 너무 많아서 쉽지가 않네요. 이럴 때 서 공자가 있었다면 금방 해결했을 텐데……."

남궁진미는 스스로의 말에 깜짝 놀랐다.

'내가 왜 서 공자에게 의지하고 있지? 그를 인정하기는 하지만 이건 아니야.'

북궁엽이 웃으며 조그마한 전통을 내밀었다.

"이건 왕삼에게서 온 전서라네. 처음에 나에게 왔기에 읽어보니 첫 줄이 '진미 아가씨에게 전해주시오' 더군. 내 그 뒤는 읽지 않았다네. 정말이네."

남궁진미의 얼굴이 환해졌다.

"서 공자가 저한테요?"

졸고 있던 매주련도 정신이 번쩍 들었다.

"왕삼이 편지를 보냈어요? 제 건 없어요?"

남궁진미는 그런 매주련을 보자 기분이 조금 좋아졌다.

'당신은 과거의 인연. 지금은 관심없다 그거지. 반면에 나는… 호홋.'

기분 좋은 얼굴로 전통을 열어 전서를 펴본 그녀의 얼굴이 와락 일그러졌다.

"이, 이게 전부예요?"

곁에서 전서를 들여다본 매주련이 말했다.

"왕삼, 너무해라. 독촉하는 거네."

전서의 내용은 간단했다.

사태가 급박하게 흐르고 있음. 누설될 것을 염려하지 말고 최대한의 인원을 투입하여 조사할 것. 정보의 유출보다 시간을 아끼는 것이 더 중요함.

남궁진미의 입술이 튀어나왔다.

'고생한다 한마디 덧붙일 공간이 충분한데 이런 매정한 편지라니. 쳇. 역시 서 공자다워. 고생하는 사람이 내가 아니라 고소미였다면 이러지 않았겠지.'

*　　　*　　　*

한혈보마는 말이라고 부르기 어려울 정도의 능력을 보여주었다. 그렇게 강행군을 했음에도 불구하고 아직도 일반 말을 타는 것보다 훨씬 빨랐다.

하지만 그 한계가 없는 것은 아니다. 이미 예전과 같은 놀라운 속도는 내지 못했다.

하지만 서흑수는 계속 한혈보마를 모는 수밖에 없었다. 말을 매번 갈아타고 다닌다고 해서 더 빠르다는 보장이 없기도 하지만 다른 문제가 있었다.

'복양소가 배교의 적우일 가능성이 높아. 만약 방문기가 비밀을 지키지 못했다면 내가 돌아가고 있다는 것이 복양소에게 알려지겠지. 그럼 놈은 반드시 방해 작업을 편다.'

그가 한혈보마의 목을 쓰다듬었다.

"번개야, 미안하구나."

'그러니 마교의 힘을 동원해서 새로운 말을 확보할 수는 없어. 말을 돈으로 구입해도 곤란해. 어느 방법이든 마교의 감시망에 걸려들 위험이 있어. 만약을 대비해야 해. 마교로 가는 동안 최대한 놈들의 눈에 뜨이지 말아야 해. 놈들이 내 위치를 모르게 해야 해.'

하지만 말의 한계는 명확했다. 그는 방법을 바꿨다. 매일매일 일정 시간은 쉬어주었다. 객잔에 보통 여행객인 것처럼 천천히 다가가 말에게 먹을 것을 챙겨 먹이기도 했다. 하룻밤씩 쉬기도 했다.

강행군하는 것보다 그게 더 효율적이었다. 말의 체력은 조금씩 회복됐고 속도 역시 점점 빨라졌다.

어차피 돈은 충분했다. 그의 돈주머니는 작지만 묵직했다. 그 주머니는 금자와 은자, 보석으로 채워져 있었다. 마교의 공삼호와 방문기에게서 빼앗아온 것이다.

'그놈들은 이걸 뇌물이라고 생각하겠지. 나에게 뇌물을 주고 떡고물을 기다리겠지만…….'

서흑수가 중얼거렸다.

"나와 관계되어 있으면 떡고물은 고사하고 피나 안 보면 다행이지."

＊　　　＊　　　＊

군사 제갈관우는 미치도록 바빴다. 그래도 그는 하루의 일정 시간은 반드시 시간을 내서 차를 마셨다.

"역시 오후에 마시는 차 한 잔은 내 인생의 즐거움이지."

그에게 차를 따르는 사람은 젊은 여자였다. 가녀린 몸매에 청순한 아름다움을 가지고 있었다. 그녀는 제갈관우가 외부에서 직접 데려온 여자였다. 제갈관우가 그녀에게 말했다.

"물론 너 역시 내 인생의 즐거움이란다."

여자가 미소를 지었다.

"대인, 오늘따라 더 즐거워 보이십니다."

"힘든 하루였기에 휴식이 더 즐거운 거란다. 오늘은 정말 일이 많았어."

"조금 일찍 쉬심이 어떠신지요?"

말을 하는 그녀의 얼굴이 살짝 붉어졌다.

차를 마시던 제갈관우의 눈에 그녀의 하얀 목덜미가 들어왔다.

"그러고 싶지만 쉽지 않은 일이야. 너도 알지 않느냐?"

제갈관우가 그녀에게 다가갔다. 거친 손이 그녀의 목을 부드럽게 쓰다듬었다. 그녀가 눈을 살포시 감고 골골거렸다.

"대인……."

제갈관우의 집무실 문이 터질 듯이 벌컥 열렸다. 제갈관우는 어느새 자기 자리로 돌아가 앉아 있었다. 그녀만이 뒤늦게 상황을 파악하고 문을 열고 들어온 사람을 노려보았다. 그녀의 앵두 같은 입에서 날카로운 목소리가 터져 나왔다.

"기척을 낼 줄도 몰라욧!"

그 서슬 퍼런 기운에 뛰어들어 온 무사는 얼어붙어 버렸다.

제갈관우가 손을 흔들었다.

"연정아, 그는 자기 일을 하는 것뿐이니 너무 그렇게 대하지 말아라."

단연정이 즉시 고개를 숙였다.

"예, 대인."

제갈관우가 인자한 얼굴로 부드럽게 질문했다.

"그래, 무슨 일인데 그리 서두르는 것이냐?"

정신을 차린 무사가 소리를 질렀다.

"마교 교주가 죽었습니다!"

제갈관우가 자리를 박차고 일어나며 소리를 꽥 질렀다.

"뭐얏!"

　무림맹 수뇌부 회의실에 앉아 있는 사람들의 얼굴은 모두 심각했다.

　군사 제갈관우가 설명했다.

　"북만극의 사망으로 현재 마교는 극도의 혼란에 빠진 상태입니다."

　혁천세가 질문했다.

　"혼란?"

　"마교의 권력을 한 손에 쥐고 있던 사람이 바로 교주 북만극입니다. 그리고 그의 후계자는 일찌감치 결정되어 있었습니다. 소마 북건곤입니다."

　"그리고 이제 둘 다 죽었지."

　"그렇습니다. 북건곤은 너무나도 강력한 후계자였습니다. 마교 내에서는 그에 대한 도전 자체가 없었습니다. 그들이 죽어버린 지금 마교에는 준비된 후계자가 전혀 없는 상황입니다."

　"그래서 혼란에 빠졌군. 권력 싸움인가?"

　"그렇습니다. 이미 시작됐다는 보고입니다."

　"가장 유리한 자는?"

　제갈관우가 커다란 도표를 돌아보았다. 도표에는 마교의 세력 분포표가 복잡하게 그려져 있었다. 그리고 그 도표의 가장 위에 있는 두 명의 이름 위에는 붉은 선이 그어져 있었다.

북만극과 북건곤이었다.

제갈관우는 북건곤 아래에 있던 두 개의 이름 중 하나를 가리켰다.

"장로 복양소입니다. 교 내에서의 권력은 북만극과 북건곤이 가장 강했고, 그 다음으로 복양소와 한천양이 서열 삼위를 노리고 경쟁해 왔습니다."

혁천세가 탁자를 톡톡 두드리며 말했다.

"한천양이라. 그 한천양이 이번 일을 저질렀다고 했나?"

"일단은 그렇게 알려져 있습니다. 하지만 정확한 것은 파악하지 못했습니다. 정보가 너무 부족합니다."

"확실한 것은 뭐지?"

"한천양이 이번 일에 연루되어 도망치는 신세가 된 것은 틀림없습니다. 그리고 복양소가 이번 일을 조사하는 책임을 맡아 강력한 권력을 휘두르고 있습니다. 복양소는 원래의 세력에 새 권한까지 더해 현재 마교에서 가장 강력한 권력을 가진 자가 됐습니다."

혁천세가 인상을 쓰며 질문했다.

"군사, 정말 한천양이 그랬을까?"

제갈관우가 단정적으로 말했다.

"그건 중요하지 않습니다."

"응?"

"마교는 힘에 의해 움직이는 곳입니다. 북만극이 온건한

성향을 가지고도 마교를 장악할 수 있었던 것은 그의 힘이 가
장 강했기 때문입니다."

"그건 그렇지. 무공이 다른 자들보다 압도적으로 강했지.
마교 교주에게 딸린 세력 역시 충분히 강했어. 그는 자기 자
신에게 힘을 충분히 집중시켰어. 그 힘을 분산시키지 않기 위
해 북건곤 외에 다른 후계자 자체를 만들지 않은 것이 지금의
혼란을 불러왔군."

"맞습니다. 따라서 지금은 누가 범인이냐가 중요한 것이
아닙니다. 이제부터 누가 가장 강한 힘을 끌어 모으는지가 중
요합니다. 그자가 바로 다음 대 교주입니다."

"그럼 가장 가능성이 높은 자는 복양소겠군?"

"그렇습니다. 원래부터 강한 세력을 가지고 있었고, 유일
한 경쟁자는 도망치고 있습니다. 더구나 이번 일을 주관하는
위치에 있습니다. 그가 교주가 될 가능성은 오 할 이상입니
다."

혁천세의 얼굴이 어두워졌다.

"그렇게 되면 우리에게 불리하겠지?"

"물론입니다. 그는 척살 서열 이위입니다. 소마 북건곤 바
로 다음입니다."

"복양소. 곤란한 놈이군."

"우리가 파악한 바에 의하면 그는 권력에 대한 욕심이 대
단히 많은 자입니다. 마교의 전투 부대들을 최대한 자기 아래

에 두기 위해서 엄청난 양의 뇌물을 뿌리고 다녔습니다. 그것이 효과가 있어 이십 년 전에만 해도 상대적으로 약했던 그의 세력이 이제는 일곱 계파 중 가장 강한 곳이 됐습니다.”

“권력에 미친 놈이 교주가 되면 당연히 무림을 지배하려고 들겠군. 그래도 어떻게 대화로 해결할 방법은 없을까?”

제갈관우가 고개를 가로저었다.

“죽은 북만극은 마교 교주답지 않게 온건한 자였습니다. 하지만 지금 우리와 마교의 세력비율로 판단한다면, 새 교주가 누가 되든 그는 무림에 욕심을 부릴 겁니다. 그것이 복양소라면 말할 것도 없습니다.”

“그래도 혹시 모르잖은가?”

“만약 우리의 힘이 마교의 한 배 반이라면 어떻겠습니까? 여기 계신 분들 중에서도 마를 멸하고 정을 세우자며 전쟁을 주장할 분들이 계실 겁니다.”

사람들의 얼굴이 어두워졌다. 입장 바꿔놓고 생각해 보니 그 말이 와 닿았다.

“북건곤이라면 피를 얼마나 보든 상관없이 우리 정파를 완전히 멸절시키려고 들었을 겁니다. 복양소는 그 정도는 아니겠지만 명목상의 지배로 끝낼 사람도 아닙니다. 복양소는 욕심이 많은 자입니다. 그는 확실한 지배를 원하는 인간입니다.”

“그럼 이제 어떻게 해야 하겠는가?”

제갈관우가 굳은 얼굴로 선언했다.

"이제 마교와의 전쟁을 피할 수는 없습니다. 하지만 그들이 내부 문제를 해결하려면 어느 정도의 시간이 필요합니다. 우리는 그 시간 동안 최대한 힘을 모아 마교와 싸울 준비를 해야 합니다."

장로 한 명이 질문했다.

"하지만 우리의 전력은 마교보다 약하오. 그런다고 해서 이길 수 있을까 의심스럽소."

"기다리기만 하면 늦습니다."

"그게 무슨 소리요?"

제갈관우의 눈 깊은 곳에서 불길이 올라왔다. 그의 목소리가 낮아졌다.

"힘이 모아지면, 우리가 선제공격해야 합니다."

장로들이 기겁을 했다.

"뭐, 뭣이?"

"마교가 내분을 오래 겪도록 최대한 공작을 펼치겠습니다. 그 틈에 우리는 힘을 집중합니다. 그리고 그들의 힘이 충분히 분산되고 우리의 힘이 하나로 모였을 때, 선제공격합니다."

혁천세가 긴장했다.

"구, 군사, 전쟁을 우리가 일으키자는 소리인가?"

"그러지 않으면 우린 다 죽습니다."

사람들이 심각해졌다. 다들 뭐라고 말을 하고 싶었지만 입을 열지 못했다.

　한참 후에 혁천세가 질문했다.

　"그렇게 한다고 이길 수 있을까?"

　제갈관우는 자신만만했다.

　"저에게 맡겨주신다면 최소한 지지 않게 할 수 있습니다."

　"정녕 많은 사람이 죽을 텐데……."

　"무림인의 절반 이상이 죽을지도 모릅니다."

　"허어, 그 정도로……."

　"하지만 우리가 완전히 소멸되고, 살아남은 무사들이 마교의 지배하에 들어가는 것보다는 낫습니다."

　"너무 많은 사람이 죽는 일이야."

　"그렇게 하지 않으면 무림의 구파일방과 오대세가, 그리고 다른 정파들의 현판 위에 '마(魔)' 자를 붙이는 날이 옵니다. 그런 날이 오기를 바라시는 겁니까?"

　모두 입을 다물었다. 장로들 중 누구도 그런 일을 바라지는 않았다.

　혁천세가 할 수 없다는 듯이 말했다.

　"우리 모두 이 일에 대해서 토의해 봅시다. 이는 무림의 운명이 걸린 일이오. 쉽게 결정할 수 없소."

第五章

마교에는 수많은 전투 부대가 있다. 그중 최고를 꼽으라
면 누구나 천마대를 말한다.

천마대를 구성하고 있는 무사 중에 고수 아닌 자가 없다.
그중에는 마두 소리를 듣는 자도 여럿이다. 다른 부대에 가면
충분히 부대장을 맡을 만한 고수다.

무림명이 없는 자도 있다. 그러나 그건 무림에서 활동한 경
우가 별로 없어서이지 무공이 모자라서가 아니다.

천마대가 그렇게 강력한 고수들로 이루어진 것은 북만극
이 그들을 필요로 했기 때문이다.

천마대는 교주 직속의 부대이다. 북만극은 천마대를 자신

의 칼 대신 사용하기를 원했다. 그러기에 최고만을 모았다.

그리고 그 천마대의 대장은 혈영검 방대원이다. 검법 하나만 놓고 본다면 마교 내에서도 손에 꼽힌다고 알려진 고수다.

장로 복양소가 방대원을 찾아갔다.

그들 사이에는 술잔이 놓여 있었다. 복양소가 가져간 술은 향기가 진동하는 명주였다. 그가 그것을 따라주었다.

방대원이 그 술을 쭉 들이켜고는 말했다.

"크으. 죽이는군요."

복양소는 방대원의 잔에 술을 채워주며 말했다.

"흑요주는 그 값을 금으로 따져야 하는 귀한 술이지. 하지만 돈 값을 충분히 하기에 안 마실 수도 없다네."

"복 장로님 덕분에 좋은 술을 맛보았습니다."

"원한다면 한 병 따로 챙겨주겠네."

방대원이 흑요주 술병을 힐끗 쳐다보았다. 그리고는 이내 크게 웃었다.

"하하하. 술은 좋아봐야 결국 술. 겨우 이런 술 한 병을 줘서 뭘 어쩌시겠다는 말씀입니까?"

복양소가 웃었다.

"후후후. 술 한 병이라……."

"어림도 없습니다. 이 방대원, 장로님의 마음만은 감사히 받겠습니다. 하지만 저는 쉽게 움직이는 남자가 아닙니다."

"흐흐. 나도 그렇게 생각하네. 방 대장을 겨우 술 한 병으로 회유할 수 있을 리가 없지. 그렇게 생각했다면 내가 방 대장을 무시한 거겠지."

"물론입니다. 교주님과 소교주님 모두 유명을 달리하셨지만, 우리는 남은 사람들끼리 힘을 뭉쳐 같이 나아가기로 결정했습니다."

"그래, 좋은 생각이야. 무인이라면 당연히 그리해야지."

"이해해 주시니 감사합니다."

복양소가 비아냥거렸다.

"그 계획에 실현 가능성이 전혀 없는 것이 유일한 문제랄까……."

복양소의 비아냥이 방대원의 마음을 불안하게 했다. 그는 복양소의 자신만만한 얼굴을 보고 고민했다.

'혹시 독이라도 탄 걸까? 아니야. 독기운은 없었어. 그리고 여기는 바로 교의 총단. 미치지 않은 다음에야 독으로 나를 협박할 리가 없어.'

자신이 불리할 것이 없다고 결론 내린 방대원이 기분 상한 기색을 대놓고 드러냈다.

"시기가 시기이다 보니 처리할 일이 많습니다. 충분히 드셨으면 그만 가시지요."

그가 아무리 마교 제일의 전투 부대 대장이라고 하나 복양소 같은 힘있는 장로에게 할 말은 아니었다. 현재의 마교 분위기는 그만큼 혼란스러웠다.

복양소는 오히려 웃음을 지으며 술을 쭉 들이켰다.

"술맛 참 좋았지?"

"역시 흑요주더군요."

"실컷 마시고 싶지 않나?"

방대원이 벌떡 일어섰다.

"겨우 술 몇 병으로 나를……."

"그 흑요주를 마음껏 마셔도 될 만큼 좋은 자리에 앉는다면 어떨까?"

방대원이 움직임을 멈췄다. 무공을 익히는 데 특화된 머리는 권모술수에 약했다. 하지만 지금 복양소의 말이 무슨 뜻인지 모를 정도로 미련하지는 않았다.

그가 조용히 자리에 앉았다.

"무슨 말씀이십니까?"

복양소가 히죽 웃었다.

"도망친 한천양 말이야. 그놈은 밀영각주 자리도 겸하고 있었거든."

방대원이 침을 꿀꺽 삼켰다.

'교의 정보 조직을 총괄하는 밀영각. 여러 각 중에서도 알짜배기다.'

그의 목소리가 조금 공손해졌다.

"밀영각주 자리는 이제 공석이 됐겠군요."

복양소가 몸을 의자에 파묻었다. 방대원을 보며 다리까지

꼬고 앉았다.

"그렇지. 그리고 방 대장 자네 말일세. 자네가 비록 천마대장이라고 하지만 그래 봐야 일개 전투 부대 대장. 장기판의 말과 같은 존재 아닌가? 그동안 세운 공이 있는데 그런 자리에서 썩으면 되겠나?"

"그럼……."

"나는 자네가 이제 각주 정도는 돼야 한다고 생각한다네. 마침 공석도 있고. 물론 그 자리는 교주만이 내릴 수 있는 것이라 아쉽기는 하네만……."

방대원이 안 돌아가는 머리를 억지로 굴렸다.

'우리끼리 뭉치겠다고 결의는 했지만 이미 산산이 부서지고 있는 상황. 설사 뭉치는 데 성공한다고 해도 난 여전히 전투 부대 대장. 교 내에서 분쟁이 일어나면 온몸에 피를 적시며 싸워야 하지만 내게 남는 것은 별로 없다. 하지만 밀영각주는 부하도 많고 영향력도 크다. 돈도 많이 생기지.'

방대원이 복양소를 쳐다보았다.

'더구나 이 사람은 현재 차기 교주로 가장 유력한 인물. 그가 교주가 된다면 밀영각은 내 거다.'

그는 간단히 결론을 내렸다.

'이건 고민할 가치도 없는 일.'

그는 마교의 인물이다. 명분보다는 이익을 좇는다. 즉시 복양소에게 머리를 숙였다.

“감사합니다. 복 장로님을 위해 이 한 몸 바치겠습니다.”

만족한 복양소가 확인 삼아 질문했다.

“그럼 이제 자네는 내 사람이 된 거라고 믿어도 되나?”

“물론입니다.”

경고도 했다.

“난 배신은 용납하지 않네.”

“흐흐. 복 장로님께서 교주가 되셔야 저에게 밀영각주 자리가 떨어지는 것 아니겠습니까? 저도 그 정도 계산은 할 줄 압니다. 절대로 배신하지 않습니다.”

“그렇지. 그리고 교주가 될 가능성이 가장 높은 나와 함께 하는 것이 자네에게 유리하다네.”

“지당하신 말씀입니다.”

복양소가 몸을 앞으로 숙였다.

“그래서 말인데… 내 자네에게 부탁이 하나 있네.”

방대원은 이제 꼬리라도 흔들 기세였다.

“부탁이라니요. 명령만 하십시오.”

“자네가 흑풍대장과 친하지?”

“그렇습니다. 제 친구입니다.”

“흑풍대가 원래 한천양 밑에 있던 부대였잖은가? 그런데 그 흑풍대장이 말이야, 아무래도 교 장로와 자주 만나고 있는 것 같아.”

방대원의 얼굴이 조금 굳었다.

“그 친구가 원래 교 장로와 친분이 꽤 있는 사이였습니다. 술자리에서 그런 이야기를 들은 적이 있습니다.”

“어차피 한천양의 세력은 분해될 수밖에 없는 처지라네. 한천양의 가문에 원래부터 소속된 자들이라면 모를까, 단지 그 밑으로 배속된 전투 부대들은 각자 살길을 찾는 중이지.”

“그 이야기도 들었습니다.”

복양소가 탄식을 했다.

“허어. 이 친구, 바보같이 그걸 듣고만 있었나?”

“그, 그때는 복 장로님과 함께하기 전이라…….”

“하긴, 그건 내 사람이 되기 전이니 그럴 수도 있지. 하지만 이젠 달라졌지 않은가?”

“물론입니다.”

“흑풍대는 서열 십이위의 전투 부대라네. 그걸 교 장로에게 그냥 넘길 수는 없지.”

방대원은 난처했다.

“하지만 그 후에 일이 꽤나 진행된 것으로 알고 있습니다. 이제 와서 어떻게 다시 데려오겠습니까?”

복양소가 웃었다.

“후후후. 어차피 공식적으로 결정된 것도 아니지 않은가?”

“그래도 그 친구의 성격상…….”

“내가 교주가 되면 그 후에 자네는 밀영각주가 될 걸세.”

“감사합니다.”

"그런데 자네가 밀영각주가 되면, 자네 부대는 누구에게 맡기려고 했나?"

"예? 당연히 부대장에게……."

"이 친구, 의외로 순진한 데가 있군. 그런 좋은 패를 왜 부하에게 줘?"

"하지만 부대장이 그동안 세운 공도 있고, 또 부하들도 그를 믿고 따르고 있습니다. 신임 천마대장으로는 부대장이 최적의 인물입니다."

복양소의 눈이 날카로워졌다.

"밀영각에는 부각주가 없는 줄 아나? 그는 그동안 공을 세운 것이 없을까?"

방대원의 표정이 딱딱하게 굳었다. 그의 협상 능력은 복양소보다 훨씬 약했다.

'거절하면 밀영각주 자리가 날아간다.'

복양소는 그의 표정을 보고 만족했다.

"자네 친구에게 천마대장 자리를 제안하게."

방대원은 선택의 여지가 없었다.

"알겠습니다."

"자네에게 주는 첫 번째 일이네. 꼭 성공시켜야 하네."

"그 친구도 천마대장이라면 만족할 겁니다. 더구나 복 장로님께서 제안하시는 일. 교 장로의 제안과는 값어치가 다릅니다. 반드시 성공시키겠습니다."

　　　　　*　　　　　　*　　　　　　*

　마교 총단에서 말을 타고 하루를 달리면 나오는 곳에 조그마한 지부가 하나 있었다. 무사는 몇 명 없고 대신에 마구간 지기가 여러 명 있는 특이한 지부였다.

　그곳의 주 임무는 교의 말을 관리하는 것이다. 급한 일이 있는 자들은 이곳에 지친 말을 내려놓고 새 말을 얻어갔다.

　지부장은 요새 일이 손에 잡히지 않았다. 그는 혼자 방에 앉아 술을 마시며 중얼거렸다.

　"어서 빨리 새 교주님이 결정되야 할 텐데. 어느 장로에게 줄을 대야 할지 모르니 정말 큰일이군."

　그는 독한 술을 한 잔 더 들이켰다.

　"크으. 지금 줄을 잘못 서면 돈만 날릴 거야. 여섯 분 모두에게 뇌물을 드릴 수도 없고. 교주가 될 분에게 뇌물을 바쳐야 이 자리라도 유지할 텐데."

　그의 뒷전에서 목소리가 들렸다.

　"뇌물을 준다면 고맙게 받지."

　깜짝 놀란 지부장이 앞으로 몸을 굴렸다. 술상이 그 서슬에 뒤집어졌다.

　지부장이 검을 뽑으며 소리쳤다.

　"누구냐!"

서흑수가 품에서 패를 꺼내 내밀었다.

"누굴까?"

이곳은 마교 총단에서 가깝다. 파발마들이 자주 들르는 지부의 성격상 마교의 소식에도 정통하다. 더구나 패에 대한 것은 이미 모든 지부에 통보가 나간 것이다.

지부장이 비명에 가까운 소리를 질렀다.

"헉! 왕……."

서흑수가 손가락으로 입술을 가렸다.

"쉿. 조용히. 나는 지금 비밀 임무를 수행 중이다."

지부장이 즉시 자신의 입을 틀어막았다. 그리고는 작은 목소리로 대답했다.

"알겠습니다."

바깥에서 사람들이 달려오는 소리가 들렸다. 그들이 오기 전에 지부장이 먼저 문을 슬쩍 열고는 밖에다 소리쳤다.

"별일 아니니까 물러가라!"

무사 몇 명이 의심스러운 눈초리로 그를 쳐다보며 말했다.

"하지만 지부장님, 방금 꽤 큰 목소리가……."

"누가 몰래 다가오나 착각했더니, 고양이더구나. 됐다. 돌아들 가서 쉬어라."

무사들을 쫓아낸 후 지부장이 넙죽 엎드렸다.

"서귀현이 왕삼 준호법님을 뵙습니다."

"내가 이곳을 찾은 일은 비밀이다. 이는 교의 안녕과 관련된 일이니 네 목숨을 걸고 지켜야 한다.”

“알겠습니다.”

“만약 이 일이 새어나간다면 네 목숨으로 죗값을 받겠다.”

지부장이 몸을 부르르 떨었다.

“절대로 비밀을 지키겠습니다.”

“하지만 잘된다면 이 일을 차후 교주가 되시는 분에게 보고드리고 큰 상을 내릴 것이다.”

지부장이 재빨리 머리를 굴렸다.

‘누가 교주가 되든 강력한 무공을 가진 준호법님을 박대할 리가 없다. 줄을 대느라고 고민할 필요가 없겠다. 아예 준호법님에게 붙자.’

“소인 서귀현, 충심으로 준호법님을 모시겠습니다.”

서흑수는 서귀현이 무슨 생각을 하는지 뻔히 보였다. 애초에 그런 반응을 노리고 한 말이다.

“그래. 우선 교에서 현재 일어나고 있는 일에 대해서 듣자. 내가 바깥에서 일을 보느라 교에서 일어난 일을 정확히 알지 못한다. 네가 아는 것을 하나도 빼놓지 말고 자세히 말해라.”

“옛!”

서흑수는 마교 지부에서 필요한 정보를 모두 뽑은 후 총단으로 달리면서 생각했다.

‘방문기에게서 얻은 정보와 같아. 거짓 정보가 아니야. 역시 다음 교주로는 복양소가 가장 유리해. 그 말은 복양소가 이번 일로 제일 큰 이익을 얻었다는 뜻. 그리고 놈이 지존의 여섯 왕 중 하나, 적우일 가능성이 가장 높다는 뜻. 일단 놈에 대해서 조사하자.'

마교 총단은 상황이 혼란한 만큼 더 철저히 경비되고 있었다. 곳곳에 매복을 서는 자들이 즐비했다.

하지만 총단의 규모가 너무 컸다. 하나의 성만큼 큰 그곳 전체에 빈틈없는 매복을 세울 수는 없었다. 구색만 맞추고 기관장치로 대체한 부분이 곳곳에 존재했다. 서흑수는 그런 곳을 귀신같이 찾아내 잠입했다.

총단에 들어온 그는 우선 복양소의 저택을 찾았다. 그 위치는 마지막 지부에 들렀을 때 지부장에게 물어 확인해 두었다.

그는 저택 주변을 맴돌며 생각했다.

'복양소는 대단한 고수. 그리고 그의 마교 내에서의 위치를 생각해 보면 휘하에도 강력한 마두가 여럿 있겠지. 이 저택 내에도 마찬가지. 싸움의 승패는 몰라도 내 기척마저 들키지 않게 할 수는 없어.'

그것 때문에 그는 저택에 잠입할 수 없었다. 그는 자신의 위치를 철저히 숨긴 후, 방법을 연구하며 저택을 감시했다. 시간이 하염없이 흘렀지만 마땅한 답이 나오지 않았다. 그는 조금씩 초조해졌다.

저녁때가 다 돼서, 서흑수의 눈썰미에 뭔가 이상이 감지되었다. 그의 눈에 저택 주변을 걸어가는 사람이 보였다.

'어?

그는 눈에 공력을 집중했다. 시야가 한층 더 선명해졌다. 그는 걸어오는 사람의 얼굴을 자세히 살폈다.

'오늘 몇 번이나 본 얼굴이다. 볼일이 있다면 하루에 몇 번이나 이 길을 지나갈 수 있지. 하지만 하필 요새 같은 때에 나타났다면? 누군지 모르지만 저택을 감시하고 있다. 그것도 자연스럽게 지나가는 척하면서.'

서흑수는 새로운 돌파구를 찾았다.

'누군가 복양소의 집을 감시하고 있다. 경쟁 관계의 누구라도 그럴 수 있기는 해. 하지만 저렇게 어슬렁거려서는 누가 들락거리는지 정도밖에 알지 못해. 그런 단순한 정보는 장원의 사람을 매수하는 편이 더 확실해. 왜 이렇게 직접 감시해야 하는 걸까? 누군가를 매수했다가 그 사실이 발각되면 큰일나는 사람?

관심을 갖고 보자 복양소의 장원 근처를 어슬렁거리는 사람이 하나가 아님을 발견했다. 그들은 그곳에서 여자가 나오면 특히 관심을 보였다. 꽤 가까이 접근하여 얼굴을 확인했다.

그들은 그렇게 어슬렁거리다가, 밤이 깊어지고 나서야 그곳을 떠났다. 서흑수가 그들의 뒤를 쫓았다.

마교의 총단은 그 규모가 성과 맞먹는다. 워낙 사람이 많으니 그들을 상대하는 장사치들도 있었다. 그리고 그 장사치나 상인들을 대상으로 하는 객잔들도 많았다.

복양소의 장원을 감시하던 남자들은 객잔 근처를 어슬렁거렸다. 그들 중 한 명만이 객잔 한곳에 들어갔다. 곧바로 방 하나에 찾아간 그가 문 앞에서 작은 목소리로 말했다.

"대인, 저 일봉이입니다."

문이 살짝 열렸다. 성일봉이 조용히 그 안으로 들어갔다.

방 안에서 기다리고 있는 사람은 마교 장로 한천양이었다. 얼굴이 핼쑥하게 들어가 있었다.

"수고했다. 그래, 성과는 있느냐?"

"저와 수하 몇 명이 하루 종일 감시했습니다만 말씀하신 여자는 보이지 않았습니다."

"하긴, 꼭꼭 숨겨두고 있겠지. 하지만 분명히 존재한다. 내가 본 것은 다섯. 시체는 넷밖에 없었어. 어떻게든 남은 한 년의 정체를 밝혀내야 해. 그러지 않으면 승산이 없어."

"하지만 시간이 자꾸 흐릅니다."

"나도 답답하다."

갑자기 한천양과 성일봉이 입을 다물었다. 그들은 누군가 문가에 서 있는 기척을 느꼈다.

한천양이 검을 잡았다.

'고수다. 아무리 대화에 집중했다고 하지만 문 앞에 올 때까지 느끼지 못했다.'

한천양이 눈짓을 했다. 성일봉이 질문했다.

"누구쇼?"

"왕삼."

한천양의 입이 떡 벌어졌다. 그가 성일봉을 밀치고 말했다.

"왕삼? 준호법 왕삼?"

"한 장로, 내 목소리를 기억 못하나?"

한천양은 똑똑히 기억하고 있었다. 그가 급히 문을 열었다.

"와, 왕삼. 정말 왕삼이 틀림없군. 기억하지. 기억 못할 리가 있소? 당신과 교주의 싸움은 경악 그 자체였으니까."

서흑수가 안으로 밀고 들어갔다.

"주변에 눈이 많아."

그가 들어서고 나자 성일봉이 허리를 직각으로 꺾으며 인사했다.

"성일봉이 왕삼 준호법님을 뵙습니다."

한천양이 재빨리 성일봉에게 말했다.

"지금 인사할 때가 아니다. 밖에서 누가 다가오지 않는지 지키고 있어라. 문 앞에 서 있지 말고 자연스럽게."

"알겠습니다."

성일봉이 나가고 나자 한천양이 말했다.

"왕삼, 그대가 지금 나타날 줄은 몰랐소."

“내가 오면 안 되는 곳을 왔나?”

“물론 아니오. 하지만 교주께서는 당신에게 그 자리를 억지로 맡기셨는데…….”

“안 와볼 수가 없었지. 교주가 죽었으니까.”

한천양은 서흑수의 대답이 의외였다.

“혹시, 혹시 교주를 존경하셨소?”

“아니. 하지만 그가 없으면 마교와 무림이 어떻게 될지는 잘 알고 있지.”

한천양이 분개한 얼굴로 말했다.

“그렇소. 교주님이 계시지 않는 지금, 복양소 그자가 교주가 되려고 하고 있소. 그리고 전쟁을 일으키겠지.”

“누가 교주를 죽였지?”

“당연히 복양소 그자이지 누구겠소?”

“복양소 혼자서는 불가능한 일이야.”

“맞소. 그는 다섯 명의 젊은 여자를 데리고 왔소.”

서흑수도 예상하고 있던 일이다.

“생강시.”

“그렇소. 교주께서는 그것들과 싸워 넷을 죽이셨소. 하지만 하나가 다른 것들보다 특별히 더 강했소. 교주께서는 그것과도 치열히 싸우셨지만 결국… 돌아가시고 말았소.”

서흑수는 불안했다.

“지금 생강시.”

‘설마 소미나 소라 아가씨가 벌써 생강시가 된 건 아니겠지. 아니야. 시간이 맞지 않아. 여기까지 데려올 시간이 없었어. 그럼 그 이전에 누군가를 지금 생강시로 만들었다는 뜻이군.’

“지금 생강시는 놈들에게도 극히 귀하지. 복양소는, 아니, 배교의 지존은 이 일을 미리부터 준비하고 있었어.”

한천양이 고개를 크게 끄덕였다.

“그렇소. 그건 지금 생강시였소. 왕삼 준호법에게 듣던 것과 조금도 다르지 않았다오. 아니, 오히려 더 대단했지. 그리고 복양소 그놈은 미리부터 준비하고 있다가 교주님을 습격해서 시해했소.”

서흑수가 한천양을 노려보았다.

“그런데 당신, 왜 이렇게 숨어 지내는 거야? 당신은 그걸 밝혔어야 했다. 이 일의 배후에 배교가 있다는 것을 알리는 것이 당신이 할 수 있는 최선의 일!”

한천양이 힘없이 고개를 가로저었다.

“완전히 당했소. 복양소의 준비는 철저했소. 그는 나에게 모든 것을 뒤집어씌웠소.”

그는 말을 하다 잠시 망설였다.

‘그냥 도망쳤다고 하면 나를 얼마나 우습게볼까? 날 깔아 뭉개려고 할지도 모르지.’

“난 생강시들과의 싸움으로 내상을 입어서 어쩔 수 없이 도망쳐야 했소. 내가 남아 있으면 교주님에게 방해만 될 뿐이니까. 하지만 내가 내상을 치료하고 난 후에 보니, 이미 모두 나를 죽이려고 눈이 벌게져서 찾으러 다니고 있었소.”

“당신, 복양소의 계략에 너무 쉽게 당했어.”

“우리 교는 힘이 강한 자가 숭배받는 곳이오. 복양소는 내가 힘을 되찾기 전에 모든 일을 마무리했소.”

“찾아보면 방법은 있었어.”

“그때는 방법이 없었소. 내가 잠시 망설이는 사이에 복양소가 다른 장로들을 회유했소. 장로들은 교주의 세력과 나의 세력, 그 둘을 나눠먹는 데 집중해 있소. 그들에게는 누가 교주를 죽였는지는 중요하지 않소. 어차피 교주의 힘에 눌려 있던 자들. 자신의 힘을 늘리는 것만이 중요하오.”

“그게 마교지.”

“맞소. 하지만 이제는 방법이 있소. 우리 마교가 아무리 이 지경이라고 해도 복양소를 잡을 방법이 있소.”

서혹수는 바로 그 방법을 찾으러 이곳에 잠입했다.

“무슨 방법?”

“지금은 내가 생강시를 조종한다고 알려져 있소. 내가 생강시를 이용해 교주님을 죽였다고 알려져 있소. 하지만 사실은 복양소의 짓이오. 그러니까 복양소가 생강시를 가지고 있다는 것만 증명해 내면 되오.”

“확실해?”

“물론이오. 우리 교에도 최소한의 명분이란 것이 있소. 복양소가 교의 일에 배교를 끌어들이고, 교주를 바로 그 배교의 손을 빌려 제거했다는 것만 밝혀내면 되오. 배교는 우리의 원수. 그 죄를 들이밀면 복양소를 무너뜨릴 수 있소.”

서혹수는 자기가 아는 정보를 되새겼다.

‘장로들 중에 가장 공격적인 성향을 가진 자가 복양소라면, 가장 온건한 성향은 바로 한천양. 새 교주로는 한천양이 훨씬 더 낫지.’

“한천양 장로, 잘 들어. 내 목적은 마교가 무림에서 전쟁을 일으키지 않게 하는 것이다. 전쟁을 한다는 건, 곧 배교의 뜻대로 움직이는 것. 공멸이야.”

“전쟁은 나도 반대하오. 나는 교주님과 같은 뜻이었소. 교주님은 내가 전쟁을 반대한다는 것을 아시기에 나에게 밀영각처럼 중요한 곳을 맡기신 거요. 만약 복양소가 밀영각을 맡았다면 정보를 조작해서 전쟁을 일으키려고 했을 테니까.”

서혹수는 만족했다.

“좋아. 그럼 내가 이 일이 복양소의 짓임을 밝혀주겠다.”

한천양의 얼굴이 환해졌다.

“고맙소. 도와준다면 큰 힘이 될 것이오.”

“대신에 당신은 한 가지 약속을 해야지. 마교가 전쟁을 일으키지 않게 하기 위해서 최선을 다한다는 약속. 그 약속을 어기면 당신은 내 손에 죽어.”

한천양이 큰소리를 쳤다.

"걱정 마시오. 복양소만 제거된다면 지금 교 내에서 일어나고 있는 암투는 더욱 복잡해질 것이오."

"암투? 서로 자기 힘을 키우기 위해 벌이는 싸움?"

"그렇소. 지금 교 내에서는 조금이라도 자기 세력을 키우기 위해서 온갖 추잡한 짓이 다 벌어지고 있소. 복양소는 막대한 돈을 뿌리며 가장 큰 힘을 모았소. 하지만 그가 제거되고 내가 다시 원래 자리로 돌아간다면 모든 것은 처음부터 다시 시작하게 되오. 남에게 넘어간 내 것을 돌려받고 나면 일은 더 복잡해지겠지. 전쟁? 앞으로 몇 년은 생각도 할 수 없소."

"좋아. 아주 좋아."

이야기가 잘 풀리자 한천양이 한마디 했다.

"그런데 왕삼 준호법. 나는 장로요, 장로."

"그래서?"

"장로가 호법의 아래가 아니오. 난 당신과 같은 급이란 말이오."

"그래서?"

"더구나 나이는 내가 훨씬 더 많은데 왕삼 준호법은 말을 좀 함부로……."

서흑수가 냉정하게 말했다.

"마두에게 존대해 주고 싶은 마음은 없다."

"뭐, 뭣이? 그럼 왜 교주에게는 존대를 한 것이오? 그가 가장 큰 마두였소!"

"그는 존대받을 가치가 있었지."

"교주라서?"

"아니. 마교를 억누르고 있어줘서."

한천양의 말투가 변했다.

"끙. 알았다, 왕삼 준호법."

"억울하면 네가 교주가 돼서 마교를 눌러. 그럼 대접해 줄 테니까."

지금 아쉬운 것은 한천양이다. 사실 서흑수도 그의 도움이 무척 아쉬웠지만 한천양은 그것까지는 몰랐다.

"안 그래도 교주가 될 참이다. 당신에게 존대받기 위해서라도."

한천양도 교주가 되고 싶었다. 다만 지금까지는 너무 강력한 자가 교주를 하고 있었기에 감히 시도하지 못했을 뿐이다.

'이제 기회가 온 거야.'

서흑수와 한천양이 서 있는 곳은 마교 총단의 중심부에서 복양소의 집으로 가는 길의 중간이었다.

한천양은 파랗게 질렸다.

"왕삼 준호법, 이건 뭔가 아닌 것 같다."

"왜? 겁나나?"

"거, 겁이 난다는 게 아니다. 비효율적이라는 거지. 생각해 봐라. 이러다가 내가 죽으면 누가 우리 교를 이끈단 말이냐?
잘못하면 교를 복양소 아가리에 바치는 꼴이다.”

“나를 믿어라. 내가 있는 한 놈은 너를 죽이지 못한다.”

“그건 네가 복양소를 몰라서 하는 소리다. 앞에서는 살려
두겠지. 하지만 그놈은 뒤에서 무슨 짓이든 저지를 놈이다.”

서흑수의 입꼬리가 올라갔다.

“그래. 그걸 기대하고 있다. 너를 죽이기 위해서 무슨 짓이
든 저지르기를.”

한천양이 발끈했다.

“뭣이? 왕삼 준호법, 네 목숨이 아니라고 말을 함부로 하는
구나.”

“닥쳐. 놈이 온다.”

한천양의 고개가 돌아갔다.

복양소는 수십 명의 무사들에게 경호를 받고 있었다.

한천양이 경호무사들의 얼굴을 보고 어이없다는 듯이 말
했다.

“사망객, 지옥도마, 냉면검, 마룡조… 저 중에 그럴듯한 무
림명 없는 놈을 찾기가 더 힘들군.”

복양소 일행이 걸음을 멈췄다.

경호무사들 중 거의 대부분은 한천양의 얼굴을 알고 있었
다. 그들 중 일부는 급히 복양소의 주변을 감쌌고, 나머지는
한천양을 향해 무기를 겨누었다.

경호무사들 중 하나인 사망객이 소리쳤다.

"한천양, 배짱 한번 좋구나. 반역자 주제에 감히 복 장로님 앞에 나타나다니!"

그들은 한천양을 노려보면서도 주변 경계를 게을리 하지 않았다.

'여우 같은 한천양이 혼자 나타났을 리 없다.'

'뭔가 함정이 있을지도 몰라.'

무사들 중에는 허공으로 불꽃을 쏘아 올리려는 자도 있었다. 날카로운 소리와 함께 밝은 불꽃이 하늘을 수놓았다.

그는 하나로 부족했는지 새로운 신호 불꽃을 꺼냈다.

복양소가 그 무사에게 말했다.

"냉면검, 그만두게."

"하지만 복 장로님, 놈이 어떤 비겁한 수법을 준비했는지 모릅니다. 사람들을 모아야 합니다."

"그의 옆에 있는 인물이 누군지 아느냐?"

"젊은 놈 말입니까? 처음 보는 놈입니다."

"그가 바로 왕삼이다."

냉면검과 사망객을 비롯한 마두들이 기겁을 했다.

"허억!"

"왕삼!"

그들은 그동안 왕삼에 대한 이야기를 귀가 따갑게 들었다.

'왕삼, 교주와 겨뤄 이겼다고 하는 초고수.'

'왕삼이 복 장로를 습격한다면? 아니야. 우리를 모두 뚫고 복 장로를 죽일 수는 없다.'

'막아내기는 하겠지만 내 목숨을 대신 바쳐야 할지도 모른다. 그건 싫은데……'

서흑수가 북만극을 이겼다는 것은 공식적으로는 발표되지 않았다. 하지만 알 만한 사람들은 다 알고 있다. 비밀이 지켜지기에는 목격자가 너무 많았다.

교주가 살아 있을 때는 그나마 고위층 일부에서만 소문이 돌았다. 하지만 교주가 죽어버린 다음에는 사정이 달라졌다. 이제는 마교 전체에 소문이 파다했다.

그리고 이곳에 있는 사람들은 죽은 북만극이 얼마나 대단한 고수인지 잘 알고 있었다. 그 북만극과 싸워 이겼다는 사실이 그들의 마음을 무겁게 했다.

복양소가 무사들 속에 숨어서 말했다.

"왕삼 준호법, 그대가 왜 저 반역자 놈과 함께 있는지 물어봐도 되겠소?"

서흑수가 복양소를 노려보며 거짓말을 했다.

"그가 나를 찾아왔다."

"그가 어떻게 당신을 찾는단 말이오? 당신이 어디 있는지 알지 못했을 텐데?"

거짓말은 술술 잘도 나왔다.

“돌아가신 교주님께서는 나와 연결될 수 있는 비밀 수단을 그에게 남겨두셨다.”

“그, 그러셨소?”

“교주님께서는 복양소, 너를 의심하고 계셨다. 그날 내 이야기를 들은 후 네가 바로 배교의 적우가 아닐까 의심하셨지.”

복양소는 뜨끔했다.

‘확실히 교주는 나를 의심했지. 내가 조금만 늦었으면 역으로 당했겠어.’

“교주께서 오해하신 것이오. 결국 교주님을 죽인 것은 한천양 저자요.”

“증거가 부족해.”

“증거는 충분하오.”

“부족해. 증거라고 해봐야 모두 네 입에서 나온 것. 네가 바로 범인이라면 모든 것을 조작할 수 있겠지.”

복양소가 일부러 화를 냈다.

“흥. 아무리 준호법이라고 해도 말을 함부로 하는군. 증거 좋아하는 왕삼 준호법. 그대에게는 그럼 지금 한 말에 대한 증거가 있소?”

서흑수가 고개를 가로저었다.

“아니, 없다.”

“흥. 그것 보시오.”

그의 눈이 번쩍였다.

"하지만 구분할 방법은 있지."

"무슨 방법?"

"천년독각사의 독정에 중독된 사람을 구분하기란 대단히 힘들지. 하지만 천하에서 단 한 곳, 당문에서만은 그것을 구분할 수 있다."

복양소는 여유를 되찾았다.

"천년독각사의 독정? 그것은 모용귀를 중독시키는 데 사용했다면서?"

"아니, 내 생각이 틀렸다. 그것의 양은 부족해. 모용귀 따위에게 쓸 리가 없어. 아마 이 일의 배후를 중독시키는 데 사용했겠지."

"한천양이 그것에 중독되었겠군. 그래서 배신했고."

"아니면 복양소 당신이 중독됐든지."

"말도 안 되는 소리로군. 그래서 어쩌자는 건가?"

"교주께서는 내게 비밀 임무를 하나 부탁하셨지."

"교주께서 당신에게 그 직위를 떠맡기듯이 넘기셨음을 내가 똑똑히 보았다. 당신은 그날 그냥 떠났지. 그것도 한혈보마를 타고. 그런데 비밀 임무를 명령했다고? 그럴 시간은 없었어."

"한혈보마가 빠르다고는 하지만 결국은 말. 전서구보다 빠르지는 못해. 연락은 전서로 받았다."

"크흠. 좋은 핑계로군. 그래서?"

"나는 이곳을 떠난 직후 당문에 그것을 구분하기 위한 시약을 보내달라고 요청했다."

복양소는 믿지 않았다.

'당문에 그런 것이 있었을 리가 없다. 있었다면 벌써 의심스러운 사람들에게 사용했겠지. 그랬다면 내가 모를 리가 없어.'

"흥. 나는 그 말을 믿지 못하겠다."

"못 믿겠지. 그동안은 없었으니까. 하지만 복양소, 뇌전도마 조행천을 아는가?"

복양소는 뜨끔했다.

"놈이 녹림맹의 사대천왕 중 수좌라는 것은 안다."

"그가 바로 적뢰. 그리고 그는 내 손에 죽었지."

복양소는 원래 적뢰가 누구인지 몰랐다. 하지만 녹림이 무림맹을 어떻게 습격했는지 전해 듣고, 뇌전도마 조행천이 자신과 같은 왕급 중 하나임을 깨달았었다.

이제 그 조행천에 대한 이야기를 듣자 긴장했다.

"그래서 그게 이 일과 무슨 상관이냐?"

"나는 조행천의 시체를 비밀리에 사천당문으로 보냈다. 그리고 당문에선 그 시체를 연구했지. 결국 독정의 해독제는 만들지 못했다."

"흥. 만들지도 못한 것을 왜 이야기하는 것이냐?"

"대신에 중독당했는지 여부를 구분할 수 있는 시약 개발에 성공했다. 내가 요청한 것이 바로 그것이다."

복양소의 목소리가 가늘게 떨렸다.

"네, 네놈이 그런 일을 어떻게 알고 있느냐?"

"나는 네가 아는 것보다 훨씬 더 많은 일을 해왔다. 적뢰조행천도 내가 죽였고, 무림맹 조사단에 참가해 배교의 뒤를 쫓고 있다. 내 일행 중에는 당문제일검 당이환이 있다. 복양소, 내게 그 정도 일을 의뢰할 재주가 없을까?"

복양소는 초조했다.

'사실인 것 같다. 조행천의 시체를 얻었으면 확실한 실험대상물을 얻었다는 뜻. 당문 놈들이라면 해독제는 몰라도 구분할 수 있는 시약 정도는 만들 수 있을 거야. 그것도 독정이 무엇인지 미리 안다면 더 쉽게……'

하지만 그는 속마음을 내색하지 않았다.

'하지만 지금 권력을 잡은 것은 바로 나. 왕삼에게는 저 말을 뒷받침해 줄 세력이 없다.'

"흥. 궤변이군. 나는 그런 말을 믿지 않는다."

서흑수가 웃었다.

"후후. 믿건 말건 상관없다. 그것이 올 때까지 한천양은 내 보호 아래 둔다."

복양소가 소리를 질렀다.

"네가 감히 교주님 시해범을 보호한다고?"

"구속한다는 게 맞겠지. 그는 내가 관리한다. 시약이 와서 확인할 때까지 내가 책임지고 잡아두겠다."

"그놈의 무공은 높다. 도망칠지도 모른다."

"나보다는 약해. 못 도망쳐."

"시간을 끌면 결국 도망쳐!"

"시약은 내일 도착한다. 그때까지는 도망 못 쳐."

복양소는 크게 놀랐다.

"뭣이? 그, 그렇게 빨리?"

"시약의 양은 아주 작으니까. 전서구를 이용해서 운반할 수 있다. 약이 오면 진실은 밝혀진다."

복양소가 소리를 빽 질렀다.

"받아들일 수 없다! 그놈은 우리 교의 죄인이다. 당문 따위의 도움을 받다니!"

서흑수가 차갑게 말했다.

"너는 받아들여야만 한다. 시약이 오면 그것으로 한천양과 복양소 너희 둘을 시험해 보겠다. 둘 중에 그 독에 중독된 자가 교주님을 죽인 범인이겠지."

복양소가 저도 모르게 침을 꿀꺽 삼켰다.

'이거 위험하다.'

"내가 그 시험을 받을 이유는 없다. 그리고 왕삼 준호법, 네가 아무리 강해도 너는 혼자다. 너 혼자 우리 교를 상대할 수 있다고 보나?"

서흑수가 이빨을 드러내며 웃었다.

"혼자라고? 누가 내가 혼자라고 했지?"

서흑수가 손을 들었다.

그의 뒤쪽에서 두 사람이 나타났다.

그들을 본 복양소는 깜짝 놀랐다.

"교소양 장로, 군유극 장로, 당신들이 어떻게……."

교소양이 외쳤다.

"홍. 복양소, 내 몫으로 할당된 부대들 중 알짜배기를 전부 빼가다니. 그러고도 내가 가만있을 줄 알았나?"

군유극은 복양소를 노려보았다.

"복양소, 당신은 너무 심했어. 정도를 넘겼다고."

복양소는 똥 씹은 얼굴이 됐다. 그걸 본 한천양이 외쳤다.

"으하하. 복양소, 어떠냐? 이놈! 진실은 결국 밝혀지는 법이다. 네놈의 음모가 언제까지 숨겨질 줄 알았더냐!"

복양소가 부들부들 떨다가 말했다.

"그, 그 시약을 어떻게 믿을 수 있느냐? 무슨 수작이 되어 있는지 어떻게 알고?"

서흑수가 송곳니를 드러낸 채 말했다.

"독제 당백결 대협이 보증하는 시약이다. 당문이 비록 무림맹에 협조하는 곳이기는 하지만 그 근본은 정사지간에 존재하는 문파. 마두 여럿이 친분을 유지하고 있지. 그런 당문의 당백결 대협의 보증이라면 마교에서도 통하겠지."

"부족하다!"

"부족하면 더 조사해 봐라. 진위 여부를 얼마든지 조사해
봐라. 당문에 사람을 보내서 확실히 알아봐라. 이 일을 재조
사하는 것은 얼마든지 환영하마. 조사에 도움이 필요하다면
내가 도와주겠다."

서흑수가 차갑게 말했다.

"하지만 이 검사를 거부할 수는 없다!"

복양소는 이를 갈았다.

"으드득. 왕삼, 네가 감히……."

"감히 일을 망쳐 놨다고?"

복양소는 이제 이 일을 뒤집을 수 없다는 것을 깨달았다.

'교소양과 군유극 저 둘의 세력이 개입했다. 게다가 왕삼
같은 초고수가 함께 하다니. 다른 장로 놈들도 얼씨구나 하고
저쪽에 붙겠지. 내 힘을 조금이라도 약화시킬 수 있는 기회니
까. 이건 이제 없던 일로 만들 수 없다. 아니, 방법은 있어. 이
제 쓰지 않으려 했지만 어쩔 수 없지.'

복양소는 어느새 평온을 되찾았다.

"흥. 왕삼 준호법, 나는 조금도 꿀릴 것이 없다. 내가 걱정
하는 것은 다른 일이다. 만약 우리 둘 다 그 시약에 반응을 보
이지 않으면? 그렇다면 어떻게 하겠냐?"

서흑수가 머리를 굴렸다.

'뭘 노리는 거지? 만에 하나 복양소는 독정에 중독되지 않
았다면? 그럴 수도 있지. 제삼의 인물이 또 있을 수도 있어.'

"그렇더라도 나는 계속 조사를 하겠다. 그것이 교주님께 준호법으로 임명받은 나의 임무. 하지만 너는 배교의 끄나풀 이라는 의심은 벗어날 수 있을 거다. 그것이면 충분하지."

"영악한 놈."

"영리한 분이다."

복양소는 결국 쫓기듯이 그곳을 떠났다.

그가 떠난 후, 서흑수는 마교의 호법 세 명을 돌아보았다.

교소양과 군유극이 데려온 마두들은 그들과 거리를 띤 채로 주변을 감시했다. 그중에는 한천양의 심복 부하도 몇 명 섞여 있었다.

장로 교소양이 말했다.

"왕삼 준호법, 우리는 그대의 요청대로 말했다. 이제 어떻게 해야 하지?"

서흑수가 잔혹한 웃음을 지었다.

"숲으로 조사하러 간다."

"숲?"

"교주님이 살해당한 그 숲을 조사한다."

군유극이 말했다.

"왕삼 준호법, 아이들 몇을 붙여주겠다. 경호무사로 써라."

서흑수가 피식 웃었다.

"마두 몇 명이 나를 경호할 수 있다고? 나를 감시할 생각은 버려.”

군유극이 머쓱해하며 물러섰다.

한천양이 불안한 얼굴로 말했다.

“왕삼 준호법, 시약이 정말 내일 도착하는 거겠지?”

서흑수가 한천양에게 웃어주었다.

‘시약? 그런 거 없다.’

“물론이다.”

“그럼 내일까지 안전한 곳에 있다가 수색하면 안 되겠나?”

“나는 무적이다. 아무도 나를 이기지 못한다. 나는 언제나 안전해.”

“그, 그래도…….”

“만에 하나 복양소가 독정에 중독되지 않았다면 어떻게 할 건가? 내일 시약에 아무런 반응이 나오지 않으면 한천양 너를 누가 보호하지?”

“그럼 큰일이지. 증거가 없다면 놈을 더 이상 핍박하지 못해.”

“하지만 복양소가 범인임은 틀림없지.”

한천양이 가슴을 쳤다.

“물론이다. 그건 내가 보증한다.”

“그러니까, 시약에 반응이 없을 경우를 대비해서 다른 증거를 찾아둬야 한다.”

“하지만 그곳은 이미 우리 교의 고수들이 뒤진 곳이다.”

"나는 왕삼. 내가 바로 마교에 생강시와 배교의 존재를 알려준 사람이다. 생강시들에 대해서 나만큼 많이 아는 자는 없다. 나는 반드시 뭔가 찾아낸다. 복양소가 미처 치우지 못하고 흘린 뭔가를 찾아내겠어."

한천양이 감격한 얼굴로 서흑수를 보았다.

"고맙다, 왕삼 준호법. 나를 위해서 이렇게까지……."

서흑수가 한천양을 힐끗 보았다.

'너를 위해서일 리가 없지.'

第六章

서혹수는 사건 현장에 혼자 들어갔다. 바닥을 손으로 훑으며 뭔가 찾는 그의 모습은 사뭇 신중해 보였다.

한참을 바닥을 뒤적이던 왕삼이 허리를 펴고 일어섰다.

"왔나?"

숲의 한 켠에서 복양소가 걸어나왔다.

"내가 온 것을 알고 있었군?"

"너와 내 무공 차이를 생각해 봐라. 모를 리가 없지."

"후후. 왕삼, 그래서 뭔가 찾아냈나?"

"찾아냈지. 대단한 걸 찾아냈지."

"호오, 그래? 우리가 찾을 땐 아무것도 없었는데. 그래, 뭘

172

찾아냈나?"

서흑수가 복양소를 가리켰다.

"네놈을 찾아냈지. 적우."

복양소가 크게 웃었다.

"하하하. 역시 왕삼. 알고 있었군."

"모를 리가 있나."

복양소가 서흑수를 느긋한 얼굴로 노려보았다.

"나는 본래 네가 여기 함정을 팠다고 생각했다. 어딘가에 감시자를 숨겨두어 내가 나타난 후에 덮치려는 게 아닐까 생각했지. 그게 바로 내가 교주에게 쓴 수법이니까."

"그런데 아무도 없어서 이상한가?"

"후후. 철저히 조사했지만 이 숲엔 정말 너밖에 없더군. 스스로의 실력을 믿은 거겠지. 그 자신감은 칭찬해 주지. 하지만 그게 네 한계로구나, 왕삼."

"왜? 지급 생강시를 믿고 있나?"

"배짱 좋은 놈. 그렇다. 지급 생강시. 교주도 결국 지급 생강시에게 당했다."

"나는 그 교주를 이긴 사람이야. 잊었나?"

"어떻게 이겼냐가 중요하지. 네가 교주를 이긴 것에는 운이 크게 작용했다. 하지만 지급 생강시는 교주를 확실히 죽였지. 교주에게 그 무서운 초식이 없었다면 상처조차 입지 않았을걸? 그러니 이제 둘이 싸우면 누가 이길까?"

"해볼까?"

서흑수가 검을 뽑았다. 복양소도 품에서 패를 꺼내며 외쳤다.

"지존께서 내리신 명령이다. 저자를 죽여."

숲에서 젊은 여자가 튀어나왔다. 지급 생강시였다.

서흑수는 바짝 긴장했다.

'어느 정도 위력인지 몰라. 하지만 싸워야 해.'

서흑수의 검이 앞으로 쭉 뻗어나갔다. 내공이 검을 휘감고 용트림을 했다. 파산검법이 펼쳐졌다. 강력한 힘이 칼끝에서 뿜어져 생강시의 가슴에 정면으로 충돌했다.

꽈아아앙!

지급 생강시의 몸이 뒤로 쭉 밀려 나갔다. 서흑수의 눈이 그녀의 가슴을 향했다. 옷이 찢어져 펄럭거렸다. 그 아래에 깊은 칼자국이 보였다.

'내가 만든 상처가 아니다.'

새로 만든 상처는 보이지 않았다.

'내 것은 흔적조차 남기지 못했어.'

복양소도 그것을 보았다. 그가 크게 웃었다.

"으하하하. 왕삼, 네 무공은 통하지 않는구나!"

그의 눈빛이 독해졌다.

"그럼 이제 네가 살아남을 방법은 없다!"

생강시가 서흑수에게 달려들었다. 서흑수는 바짝 긴장했다.

‘움직임이 예전에 만난 생강시들과는 비교도 할 수 없을 만큼 빠르다.’

그녀의 주먹이 서흑수를 노리고 날아들었다. 서흑수는 그 주먹에 깃든 힘을 느꼈다.

‘정통으로 맞으면 죽는다.’

그의 검이 동시에 서른여섯 번 뿌려졌다. 금빛 광채가 하나로 합쳐지며 굉음을 터뜨렸다.

콰아아앙!

생강시의 주먹이 밀려 나갔다. 여전히 생강시의 몸에 상처는 없었다. 하지만 그녀의 몸이 잠시 멈칫거렸다.

서흑수가 그 틈을 타고 달려들었다. 생강시의 몸을 가볍게 잡은 후 복양소를 향해 던져 버렸다.

그의 수법은 인급 생강시에게는 통했다. 하지만 지급 생강시는 달랐다. 그녀는 날려가면서도 주먹을 휘둘렀다. 그 주먹이 서흑수의 어깨를 스쳤다.

“크윽!”

단순히 스친 것뿐인데도 서흑수의 호신기공이 깨졌다. 어깨에 상당한 충격을 받았다.

복양소는 날아오는 생강시를 피해 몸을 움직였다.

“으하하하. 이 정도로 나를 어떻게 할 수는 없다!”

생강시는 땅에 떨어지자마자 다시 서흑수를 향해 달려들었다. 그녀의 몸이 쭉 늘어나는 듯한 착각이 들었다.

서흑수도 마주 달려들었다. 그의 검이 다시 뇌전검법을 펼쳤다. 금빛 광채가 번쩍이고 생강시의 몸이 다시 밀려났다.

서흑수가 그녀에게 달려들었다. 조금 전과 같은 수법으로 그녀의 몸을 집어 던졌다. 이번에도 목표는 복양소였다.

"큭!"

이번에도 몸에 상처가 늘었다. 지금 생강시는 던져지면서도 서흑수의 몸에 주먹을 꽂아 넣었다.

그녀가 날아오는 속도는 복양소에게 위협이 될 만큼 빨랐다. 그러나 피하지 못할 정도는 아니었다.

"홍!"

복양소는 코웃음을 치며 보법을 밟았다. 그녀의 몸이 땅바닥에 떨어졌다.

같은 수법이 몇 번이나 펼쳐졌다. 서흑수의 몸에 상처가 점점 늘어났다.

복양소는 뭔지 모르게 불안해졌다.

'이 수법은 나에게 통하지 않아. 그런데 왜 계속 쓰는 걸까? 왕삼은 바보가 아니다. 몸에 부상을 입으면서까지 이러는 건 무슨 이유가 있어서일 거야… 그리고 저 무공.'

그의 인상이 나빠졌다.

'그것과 비슷한 것 같은데… 설마 그럴 리는 없고… 그보다 놈이 노리는 건 도대체 뭘까?

갑자기 그가 뒤로 휙 돌아섰다.

"누구냐!"

그의 뒤쪽 숲에서 한천양이 뛰어나왔다.

"으하하. 복양소, 이 배교의 개!"

한천양의 뒤를 따라 교소양과 군유극이 도착했다. 그리고 마교에서도 내로라하는 마두 여러 명이 뒤를 따랐다.

생강시는 상황이 변한 것을 깨닫고 서흑수에 대한 공격을 중지했다.

복양소는 당황했다.

"주, 주변은 확실히 확인했는데……."

서흑수가 그를 비웃었다.

"복양소, 그들은 내 주변에 매복하지 않았어. 찾는다고 해서 나올 리가 없지."

"그럼 어째서 지금 튀어나온단 말이냐?"

"그들은 너를 뒤쫓았지. 내가 아니라."

복양소의 안색이 창백해졌다.

'당했다.'

한천양이 크게 웃었다.

"으하하하. 복양소, 가장 추적술에 능한 자를 시켜 네 흔적을 쫓았다. 왕삼 준호법은 스스로 미끼가 된 거지. 너를 유인하기 위해서!"

다가온 무사들 중에는 천마대장 방대원도 있었다.

"복양소, 감히 배교의 개가 나를 회유하려고 들어? 퉤!"

방대원 외에도 여러 사람이 복양소를 욕했다. 복양소는 주춤주춤 물러섰다.

마두 몇 명이 재빨리 그의 퇴로를 차단했다.

복양소가 서흑수를 보고 비명 같은 고함을 질렀다.

"왕삼, 모든 것은 네 음모로구나!"

"덫이지."

"내가, 내가 이 정도로 포기할 줄 알아?"

"포기하지 않으면? 복양소, 넌 실수했어. 넌 네 직계 부하들은 아무도 데려오지 않았지. 그들에게도 네가 생강시를 부린다는 사실을 들키면 안 되니까. 따라서 지금 여기서 너를 도와줄 수 있는 자는 아무도 없다."

복양소가 생강시를 가리켰다.

"이, 이건 나도 모르는 여자다. 나는 모르는 여자야!"

"그따위 변명, 통하지 않아."

복양소도 그 사실을 안다. 그의 얼굴이 걸레처럼 구겨졌다.

'일단 여기를 빠져나가야 해. 여기만 빠져나가면 다른 수를 쓸 수 있을 거야.'

"내게는 생강시가 있다. 지금 생강시가 있단 말이다!"

그가 패를 내밀었다.

서흑수는 미리 준비하고 있었다. 그는 복양소가 패를 내미는 순간 몸을 날렸다.

복양소가 소리를 질렀다.

"지존께서 내리신 명령이다. 나를 보호하라!"

지급 생강시가 즉시 복양소를 향해 움직였다. 잔상이 남을 정도로 빠른 속도였다. 하지만 먼저 움직인 서흑수가 더 빨랐다. 그의 검이 생강시의 몸을 정통으로 때렸다. 검끝에서 뿜어져 나온 파산검의 힘이 그녀의 몸을 뒤로 튕겨 버렸다.

서흑수는 조금의 여유도 두지 않았다. 날아가는 생강시에게 달려들어 연달아 검을 뻗었다. 그의 검이 그녀의 몸을 계속해서 후려쳤다. 폭음이 끝없이 터지고, 그녀의 몸은 공중에서 떨어지지 못했다.

하지만 그 과정에서 서흑수의 몸에 상처 역시 빠르게 늘어났다. 무리해서 공격하느라 부상의 깊이가 깊어졌다.

몰려든 무사들은 놀고 있지 않았다. 한천양이 소리를 지르며 복양소에게 달려들었다.

"놈을 잡아!"

교소양도 소리쳤다.

"일부는 왕삼 준호법을 도와라!"

무사들이 두 무리로 나뉘었다. 대부분은 복양소에게 달려들었다. 그쪽이 안전했다.

하지만 몇 명은 생강시 쪽으로 몸을 날렸다. 그들은 생강시를 우습게보았다.

'아무리 강해봐야 강시. 강시 따위에게 계속 얻어맞는 왕삼 준호법이라니. 실력이 알려진 것만 못하군.'

생강시 쪽으로 달려든 생사멸혼도가 자신의 도를 크게 휘둘렀다.

"나의 칼을 받아라!"

그의 도에 짙은 도기가 서렸다. 그것이 정확히 생강시의 몸을 때렸다. 생사멸혼도는 이 한 수의 수법으로 생강시에게 큰 타격을 줄 수 있다고 믿었다.

쉿소리가 터졌다. 생강시의 몸은 조금 밀려났을 뿐이다.

동시에 생강시가 주먹을 휘둘렀다.

생사멸혼도는 그 주먹을 피하지 못했다. 그가 피하기에는 너무 빨랐다.

그의 머리가 주먹에 맞아 폭발하듯 터졌다.

생강시에게 달려들던 무사들이 즉시 몸을 세웠다. 그들은 생사멸혼도의 실력을 잘 알고 있었다. 자신들과 비교해서 별로 손색이 없는 고수였다.

"다, 단 한 수에……."

"그의 도에 맞았는데 거의 밀려나지도 않았어……."

"긁힌 상처도 없다."

고수들이 서흑수를 돌아보았다. 서흑수는 다시 생강시를 밀어붙이고 있었다. 그의 몸에 상처가 늘어났지만 치명상까지는 없었다.

그들은 이제야 서흑수와 자신들의 실력 차이를 절감했다.

"왕삼, 우리와는 차원이 다른 고수다!"

서흑수는 여유가 별로 없었다. 몸속의 살기가 싸움이 거듭될수록 깨어나고 있었다. 그리고 그 성과가 점점 드러났다.

생강시의 몸에는 작은 상처들이 여럿 나 있었다. 새로 만들어진 상처였다. 어떤 것은 긁힌 듯이 흐릿했지만, 개중에는 조금 깊은 상처를 만든 것도 있었다. 방금 그은 검에 의해 만들어진 상처는 지금까지의 것보다 더 깊었다. 살기가 그만큼 강해진 결과다.

그래서 서흑수는 웃었다.

"크흐흐흐!"

웃어야만 했다.

'이곳에 모인 자들은 온건파. 여기서 내가 미쳐 버리면, 그래서 이들을 다 죽여 버리면, 모든 것은 끝장이다. 마교는 전쟁파가 세력을 잡을 거야. 미치면 안 돼. 나는 더 이상 미치면 안 돼! 웃어라!'

"크아하하하!"

송곳니가 드러나 빛을 번쩍였다. 입꼬리는 쭉 찢어져 귀밑까지 올라간 지 오래였다.

서흑수의 주변에서 머뭇거리던 고수들은 그 모습을 보고 간담이 서늘했다.

"교주님의 안목은 역시 대단했군."

“무림맹과 관련된 고수라고만 생각했는데…….”
“그는 진정 마두다. 그것도 대마두다!”

한천양과 다른 장로들, 그리고 많은 고수들은 거의 동시에 복양소를 덮쳤다. 복양소의 실력이 대단하기는 하지만 자신과 동급인 장로가 몇 명이나 섞인 자들을 상대할 수는 없었다.

복양소는 칼을 미친 듯이 휘두르며 생강시 쪽을 돌아보았다.

'저것이 나를 지켜야 하는데…….'

생강시는 서흑수에게 막혀 다가오지 못하고 있었다. 생강시의 움직임은 놀랍게 빨랐지만, 서흑수는 그 속도를 쫓아가고 있었다.

답답해진 복양소가 소리를 꽥 질렀다.

“왕삼!”

소리를 지르느라 작은 빈틈이 드러났다. 한천양의 검이 복양소의 몸을 베었다. 그의 몸에서 피가 튀었다.

“크윽!”

그가 급히 몸을 비틀었다. 그의 등에 교소양의 장력이 작렬했다. 복양소가 피를 토하며 앞으로 고꾸라졌다.

“커억!”

다른 무사들이 즉시 복양소에게 달려들었다. 복양소가 제압된 것은 순식간이었다.

한천양은 재빨리 복양소의 손에서 패를 가로챘다. 사용법은 이미 서흑수에게 들어두었다.

그는 패를 들고 소리쳤다.

"지존께서 내리신 명령이다. 싸움을 멈춰!"

지급 생강시의 움직임이 멎었다.

서흑수도 공격을 멈췄다. 생강시를 박살이라도 낼 것같이 날뛰던 그가 숨을 거칠게 몰아쉬었다.

"후욱. 훅. 진정하자, 진정해."

적이 사라졌다. 그것을 인식했다. 살기는 그를 완전히 장악하지 못했다. 그의 몸에서 살기가 빠르게 가라앉았다. 하지만 충분하지 않았다.

그는 복양소를 향해 걸어갔다. 죽이고 싶어서 미칠 지경이었다. 하지만 지금 죽이면 안 된다는 것도 알고 있었다.

그는 물어볼 것이 있었다. 살기를 억눌러 참았다. 살기 넘치는 웃음만 더 커졌다.

"크흐흐. 복양소, 죽을 각오는 됐나?"

복양소가 덜덜 떨기 시작했다.

"나, 나는 죽기 싫다."

"죽기 싫겠지. 그러니까 지존에게 넘어갔겠지."

복양소가 변명했다.

"나, 나는 금제를 극복하려고 했다."

“어떻게?”

“교주가 되면, 교주만이 익히는 천마심법을 익히면 독정이라고 해도 극복할 수 있을 거야. 난 교주가 돼서 그걸 익히려고 했다. 그것을 익혀서 금제를 극복하고 난 후에 지존을 박살 내버리려고 했다.”

“사실인가?”

“물론이다. 나를 모욕한 그놈. 내가 두고 볼 줄 알았나? 나는 그러려고 했다. 정말이다!”

“그 후에 전쟁을 일으켜 무림을 제패하고?”

복양소가 눈알을 굴리며 서흑수의 눈치를 살핀 다음에 재빨리 말했다.

“아니다. 그 후에는 평화로운 마교를 만들려고 했다. 정말이다!”

서흑수가 한천양에게 다가가서 손을 뻗었다.

“패 내놔.”

한천양은 그러고 싶지 않았다.

‘이걸 가지고 있으면 생강시가 나를 보호한다. 그럼 아무도 나를 죽이지 못할 거야. 이건 정말 최고의 보물.’

“왕삼 준호법, 이건 우리가 충분히 조사할 필요가 있다. 내가 그 조사를 하겠다.”

서흑수는 그 경우를 예상하고 있었다.

‘순순히 내줄 거라고 생각하지 않았지.’

"그건 배교의 물건. 그걸 쓰면 결국 배교의 술법을 쓰는 것. 마교의 장로가 배교의 술법을 쓴다?"

한천양은 뜨끔했다. 하지만 포기하고 싶지 않았다.

"그, 그래도……."

서흑수는 한천양의 바로 곁에 있었다. 아직도 살기가 다 사라지지 않아 흰 이를 드러내고 있었다. 그가 살기를 뿜으며 협박했다.

"한천양, 내가 네 곁에 있다."

한천양은 그게 무슨 소리인지 깨달았다.

'헛. 생강시와의 거리가 멀다.'

그는 서흑수의 무공에 생각이 미쳤다. 손을 뻗으면 잡을 거리에 있는 지금 상황에서 선택의 여지는 없었다.

그는 당당한 얼굴로 패를 내밀었다.

"확실히 내가 가지고 있을 물건은 아니군. 왕삼 준호법, 네가 조사해라."

그는 서흑수에게 기죽었다고 생각하기 싫었다. 적당한 변명거리까지 만들었다. 남들이 듣지 못하게 속으로 뇌까렸다.

'교주 자리를 노리는 내가 배교의 술법을 계속 쓸 수는 없지. 교주 자리와 생강시를 바꿀 수는 없으니까.'

서흑수는 패를 회수한 후 복양소에게 걸어갔다.

"평화로운 마교?"

그는 발길질을 했다. 복양소의 뱃속으로 그의 발이 파묻혔다. 복양소가 비명을 질렀다.

"커억!"

"지랄하고 자빠졌네. 날 바보로 보지 마라."

한천양이 말렸다.

"왕삼 준호법, 그를 죽이지 마라. 우리는 그에 대해 조사할 것이 많다."

서흑수가 발길질을 한 것은 살기를 조금이라도 낮추기 위해서였다. 참고 있기가 힘들었다. 발길질을 한 번 더 했다. 복양소의 갈비뼈가 부러져 나갔다.

"끄아악!"

다시 발길질을 했다. 복양소의 뼈가 하나둘씩 부러져 나갔다. 복양소가 거품을 물며 뒹굴었다.

서흑수는 속이 조금 시원해졌다.

'복양소, 때려죽여야 해. 하지만 참아야지. 참아야 정보를 캐내고, 그래야 소미를 찾는 데 조금이라도 도움이 되니까.'

"안 죽여. 나도 듣고 싶은 것이 많으니까."

'지금 당장은 안 죽여.'

복양소는 마교의 장로다. 그가 큰 죄를 짓고 잡혔다. 하지만 그가 장로였다는 사실 자체가 사라지지는 않는다.

그리고 그 사실은 마교의 독특한 세력 구조하에서 의미를 가진다. 적어도 교주가 존재하지 않는 지금 상황에서는 분명한 의미가 있다.

지하뇌옥에서 한천양이 서흑수에게 설명했다.

"이놈 밑에 배속되어 있던 전투 부대들의 상당수는 교주가 할당해 준 것이다. 하지만 복양소는 우리의 원수인 배교를 끌어들여 교주를 암살했다. 그 부대들은 더 이상 복양소를 따를 필요가 없지."

"좋군. 뒤탈이 없겠어."

"하지만 복양소의 가문은 예외다. 피로 이어져 있으니까. 그놈들, 아마 살기 위해서라면 무슨 짓이든 할 거다."

"무슨 짓?"

"이놈의 가문에서 암살자를 보낼 거야. 틀림없이."

"자기 가문의 수장을 암살한다고?"

"물론이지. 이건 배교가 우리 교에 들어온 사건이다. 단순한 반란이 아니야. 내 경우와는 또 달라. 이번엔 증거가 완벽하니까. 이놈 가문은 복양소를 버리고, 자기들은 모르는 일이라고 잡아뗄 거야."

"그들은 복양소를 죽이지 않고도 살아남을 방법이 있다. 협상만 잘하면 얼마든지 가능해."

한천양이 웃었다. 마교 내에서 가장 강력한 힘을 가지게 된 그는 이제 온 세상이 자기 것 같았다.

"왕삼 준호법, 당신은 아직 우리 교를 몰라. 복양소가 배교에 관해서 조금이라도 더 떠들수록 그의 죄는 커지지. 그리고 그건 복양소의 가문에도 손해가 되는 일. 그곳에서는 두 번 고민하지 않아. 이곳에서 일어난 일이 전해지는 즉시 암살자를 준비할 거다. 그리고 복양소를 심문하는 자를 매수하겠지. 그들 입장에서 협상은 복양소를 죽이고 난 후에 해도 늦지 않아."

"아무에게나 심문을 맡기면 그놈이 암살자로 변할 수 있다는 소리인가?"

"의심할 여지가 없다."

서흑수는 한천양이 뭘 원하는지 깨달았다.

'상관없겠지.'

"당신들이 직접 심문하는 게 제일 좋겠군."

한천양의 얼굴이 더 밝아졌다.

"그래도 우리쯤 되면 돈 몇 푼에 매수돼서 복양소를 죽이는 짓은 안 하니까."

복양소의 얼굴은 공포에 가득 차 있었다.

한천양이 능글맞은 웃음을 지으며 복양소에게 말했다.

"복양소, 감히 나를 죽이려고 난리를 쳐? 일이 이렇게 될 줄은 상상도 못했겠지?"

복양소가 한천양에게 억지웃음을 지었다.

"한 장로, 우리 사이의 인연이 한두 해가 아니지 않소? 목숨만 살려주시오. 목숨만 살려준다면 내가 뭐든 다 하겠소."

"흥! 우리 사이의 인연? 너는 언제나 교주에게 아부해서 세력을 키우는 데만 관심이 있었지. 나를 누르기 위해서 네가 저지른 그 많은 일을 내가 잊을 줄 아느냐? 나는 너에게 유감이 아주 많아."

"대인답게 좀 잊어주시오. 내 잘못했소. 이렇게 사과하지 않소?"

"흥. 잊지 못한다. 하나도 잊지 못한다. 나는 모두 다 기억하고 있다. 모두 다 적어두었다. 단 하나도 잊지 않도록 적어둔 것이 책으로 두 권이다!"

복양소는 겁이 났다.

'장로 중에 손을 쓰는 데 주저하는 놈은 없다.'

"나는 어쩔 수 없었소. 지존 그놈의 금제 때문에 어쩔 수 없었소."

서흑수의 귀가 쫑긋거렸다. 대화에 끼어들었다.

"복양소, 그래서 지존의 명령대로 마교를 움직일 생각이었나? 마교를 그에게 바치려고 했나?"

복양소가 단단히 묶인 손이나마 휘저으려고 꿈틀댔다.

"절대로 아니오. 나는 교의 장로, 내가 왜 겨우 배교의 놈에게 교를 바치겠소?"

"목숨이 마교보다 중요하니까."

복양소는 격렬히 부인했다.

"아니오. 절대로 아니오."

"그럼 왜 배교의 명령을 들었나?"

"나는 다만 교주가 되고 싶었소."

"교주? 교주가 돼도 네가 배교의 금제하에 있다는 것은 변하지 않아."

"이미 말했듯이 교주만이 익힐 수 있는 천마심법. 그 심법을 익히면 독정을 극복할 수 있소."

"그걸 어떻게 알지? 아무도 시험해 본 적 없을 텐데?"

"천마심법은 천하제일의 심법이오. 어떠한 독도 그 앞에서는 소용없소. 모든 독을 운기만으로 태워 버릴 수 있으니까. 나는 사실 교주를 죽이고 싶어서 죽인 것이 아니오. 나는 단지 천마심법만이 필요했소."

서흑수가 흥미를 보였다.

"천마심법이 탐나서 교주를 죽였다고 말하는 거냐?"

복양소의 얼굴이 밝아졌다.

"그렇소. 나는 배교의 끄나풀이 아니오. 오히려 배교를 이용했을 뿐이오. 배교의 힘을 이용해서 교주를 죽인 거요. 내가 새로운 교주가 되려고 한 것뿐이오."

"반란은 괜찮고?"

"왕삼 준호법, 우리 교에서는 교주에 대한 반란을 크게 흠으로 보지 않소. 적어도 성공한 반란은 더 이상 반란이 아니오. 그건 혁명이오!"

서흑수가 한천양을 돌아보았다. 한천양이 말했다.

"어느 곳이나 마찬가지지. 실패하면 반란, 성공하면 혁명. 우리 교는 그것이 더 심하다. 완전히 성공한다면 누구도 반란을 탓하지 않아. 그렇기에 교주는 힘이 강해야 하지. 하지만 모든 힘을 자신에게 모으면 교 자체의 무력이 약해져. 그것을 잘 조절하는 것이 현명한 교주."

복양소가 고개를 크게 끄덕였다.

"그렇소. 나는 정말 혁명을 시도한 거요. 완전히 성공하기 전에 뒤집혀서 그렇지. 나는 잘못한 것이 없소."

서흑수는 현재 상황에 만족했다.

'가장 지독한 매파라고 할 수 있는 복양소는 끝났어. 원래 교주와 성향이 가장 비슷한 한천양은 자기 힘을 완전히 찾았고. 한천양은 억울함에 대한 반대급부까지 얻었으니 이변이 없는 한 교주가 될 수 있겠지. 교주가 되고 권력을 확고히 하는 데는 최소한 몇 년은 걸릴 테고. 그리고 나도 살아남았고.'

서흑수가 복양소에게 말했다.

"그럼 지존에 대해서 아는 것을 모두 말할 수 있겠군. 그에게 충성을 바치지 않는다면 숨길 것도 없겠지."

'마교의 일은 해결됐다. 이제 내게 필요한 건 정보야.'

복양소가 장로들의 눈치를 봤다.

"그걸 말하면 살려주는 거요?"

"그건 내가 결정하는 게 아니야. 장로들이 결정하겠지."

"살려준다는 보장을 하지 않으면 왜 내가 그걸 이야기하겠소?"

그는 이미 복양소에 대해 파악하고 있었다. 서흑수가 차갑게 웃었다.

"안 그러면, 넌 지금 죽어. 내 손에. 가장 잔인한 방법으로. 필요한 것을 모두 뺄어내고 나서."

복양소가 서흑수를 떠보았다.

"내가 아는 것은 사실 많지 않소."

"알아. 네까짓 게 알면 얼마나 알겠어? 넌 적우이지 적풍이 아니잖아."

복양소는 그 말에 거짓말을 할 생각을 버렸다.

'왕삼, 어쩌면 나보다 많은 것을 알고 있을지도 모르는 놈.'

"내가 중독된 것은 대충 이십 년 전이오."

"이십 년?"

"그렇소. 당시 사천 지방에서 배교의 잔당이 발견된 것을 아시오?"

서흑수는 이곳에 오기 전에 그 이야기를 조금 들어둔 것이 있었다.

"검선이 그곳에서 배교의 마지막 잔당을 무찔렀지."

"알고 있군. 맞소. 그리고 배교를 발견하면 우리나 무림맹이나 우리 모두 같은 방법을 쓰오."

"멸절."

"그렇소. 그때 당시에 우리 교에서 다수의 무인들이 사천으로 이동해서 배교를 추격했소. 그리고 나는 그중의 한 명이었소."

"그때도 가문의 수장이었나?"

"아니오. 경쟁자가 많았소."

"좋아. 그래서?"

"당시 나는 지금보다 권력이 약해 내가 거느린 부하들의 실력이 별 볼일 없었소. 그 녀석들을 데리고 배교의 잔당들을 추격하다가 함정에 걸려 내 직속 부하들이 다 죽어버리는 사태가 벌어졌소."

"그리고 누군가를 만났겠군?"

"그렇소. 그때 만난 것이 적풍, 그리고 다른 복면고수 몇 명이었소. 그들의 무공은 대단했소. 나 혼자는 불가항력이었소. 나는 결국 그들에게 제압당했고, 독정에 중독됐소. 왕삼, 독정에 중독되면 그 고통이 어떤지 아시오?"

"죽을 정도로 괴롭다고 들었다."

"죽는 게 나을 정도로 괴롭소. 하지만 사람이 그냥 죽을 수는 없잖소? 나는 살고 싶었소. 어쩔 수 없이 그들에게 협조하는 수밖에 없었소."

"다른 방법은 찾아봤나?"

"은밀히 알아봤지만 소용없었소. 유일한 방법은 천마심법 뿐이었소. 하지만 그걸 차지하기 위해서는 교주가 되는 수밖에 없었소."

“그때부터 배신을 꿈꿨군?”

“우리 교에서는 누구나 교주가 되는 것을 꿈꾸오. 그것은 당연한 것이오.”

서흑수가 잠시 생각하더니 말했다.

“그래서 배교의 돈으로 지금의 지위에 올라섰나?”

복양소가 움찔했다.

“그, 그건……..”

“배교에서 막대한 자금 지원을 받았겠지. 그 돈으로 뇌물을 뿌려대면서 가문의 수장이 됐겠지. 그 돈을 뇌물로 사용해 네 세력을 그토록 강하게 키웠겠지.”

한천양이 깜짝 놀라 소리를 질렀다.

“복양소! 어쩐지 돈을 물 쓰듯 쓰더니. 그게 모두 배교의 돈이었단 말이냐!”

복양소의 얼굴이 걸레처럼 구겨졌다.

‘왕삼은 정말 모르는 것이 없군.’

“오해 마시오. 난 그저 배교를 이용한 것뿐이오. 처음부터 배교를 이용할 생각이었소. 난 그들의 돈을 가능한 한 많이 가져와서 교에 풀었소. 그 돈이 어디 가겠소? 결국 우리 교의 재정이 그만큼 풍족해지는 것 아니겠소?”

“이런 지독한 놈. 감히 그 더러운 돈으로!”

서흑수가 한천양을 말렸다.

“내 질문은 아직 끝나지 않았다. 한 장로, 당신은 그 다음이야."

한천양이 재빨리 손익계산을 했다.

'왕삼과 싸우면 무조건 내 손해다.'

"왕삼 준호법, 당신의 공이 워낙 크니 내가 양보하겠소. 먼저 질문하시오."

서흑수는 자신이 가장 궁금해하던 것을 끄집어냈다.

"그 돈은 어디서 나왔지?"

"당연히 배교에서……."

"다른 꿍꿍이에, 막강한 조직력까지 가진 네가 조사하지 않았을 리 없다. 그 돈은 구체적으로 어떤 경로를 통해 너에게 주어졌지?"

복양소가 망설이다가 말했다.

"삼보전장이라는 곳이 있소."

서흑수가 기대한 것은 중원삼대상인의 장원이다. 삼보전장은 그의 예상 범위를 벗어나는 답이다.

"삼보전장?"

"조그마한 전장이오. 사천에서만 활동하며 몇 개의 소규모 영업점이 있을 뿐이오. 본점은 사천 한복판에 있소."

"거기서 그 많은 돈이 나왔다고?"

"나도 처음에는 믿어지지 않았소. 하지만 내가 조사한 바에 의하면 틀림없소. 돈은 거기서 나왔소. 마치 땅에서 솟아나듯, 그곳에서 나왔소. 그곳으로 들어간 돈은 알지 못하지만, 거기서 나오는 돈은 틀림없소.”

“왜 어디서 들어왔는지 알아내지 못했지?”

“나는 지존의 눈치를 봐야 하오. 천마심법을 익히기 전에 뒷조사를 하는 게 발각되면 난 죽은 목숨이오. 교주에게 발각당해도 마찬가지였소. 들키지 않도록 조심조심 조사하다 보니 제대로 알아낼 수가 없었소.”

서흑수의 머리가 팽팽 돌았다.

‘돈세탁을 위한 위장 전장이군. 어쨌든 그곳이 자금 집행의 중추다. 이십 년 이상 영업을 해왔다면 흔적을 감추지 못해.’

그는 최소한의 필요한 것을 얻었다.

“다른 왕들의 정체는?”

“모르오. 적뢰가 녹림의 도적 놈인 줄도 그가 당신에게 죽은 후에야 알았소.”

“소마는 어떻게 된 거지?”

“지존은 적당한 시기가 되면 소교주를 무림으로 내보내라고 했소. 그러면 소교주를 죽이고 그 죄를 무림맹에 뒤집어씌우는 것이 계획이었소.”

“지금 일을 벌이려고 미리 준비했어?”

“좀 더 뒤에 그러려고 했소. 하지만 상황이 워낙 급박하게 흘러 시간적 여유가 없었소. 나는 어찌할 바를 몰랐소. 그런데 기가 막히게도 소교주를 무림에 내보낼 핑계가 생겼소. 사천에서 광마의 흔적이 발견됐다는 정보가 들어왔소. 당신이 이끄는 조사단에 의해서 말이오. 교주께서는 광마를 잡을 부대를 보내자고 하셨소."

"그래서 소마를 포함시켰군?"

"그렇소. 마침 그 부대는 명분이 필요했소. 소교주의 경호 부대라고 하는 건 정말 최고의 명분이오. 그리고 내게도 기회였지. 소교주를 무림에 내보낼 방법이니까. 그래서 소교주를 이용하자고 제안했소. 교주는 멋도 모르고 받아들였지."

"소마가 당한 건 혼자 설쳐서야. 경호 부대가 소마에게서 떨어지지 않으면 어떻게 하려고 했나?"

"경호 부대를 편성하는 권한을 내가 받았소."

"고양이에게 생선을 맡겼군."

"허험, 어쨌든 나는 모용귀를 대장으로 삼았소."

"모용귀도 중독되었나?"

"그렇소. 독정은 아니지만 중독이 되었소. 그리고 그에게는 다른 목적도 있었지."

"다른 목적?"

"내가 교주가 되면 그를 장로에 임명하겠다고 했소."

"거절할 리 없었겠군."

"마교도라면 당연한 일이오."

"하지만 무슨 핑계로 경호 부대와 소마를 떼어놨지?"

"지존에게는 한혈보마가 있었소."

서혹수는 깜짝 놀랐다.

'번개가 배교의 말이었어?'

"한혈보마?"

"그렇소. 어디서 구했는지 모르지만 한혈보마가 있었소. 그것을 적당한 곳에서 소교주에게 넘겼소. 소교주는 천하에 두려운 게 없는 사람이오. 그걸 주자 신이 나서 타고 가버렸소. 모든 것은 예상대로였소."

"떨어질 명분이 생겼군. 모용귀가 그 평계로 거리를 벌리면 되니까."

"모용귀는 소교주를 죽도록 쫓았소. 그래야 의심받지 않으니까. 그리고 소교주와 한나절 이상 거리가 벌어지면 안 되니까."

"한나절 거리? 그것도 함정인가?"

"그렇소. 지존이 생강시들을 동원해 소교주를 죽이기로 했소. 그 과정에서 사파 무사 몇십 놈 정도는 죽도록 만들었소. 방법은 모르지만 지존은 무림맹 무사들이 먼저 소교주의 시체를 발견할 거라고 했소."

"그 후에 모용귀가 그들을 덮치는 것이 임무였군."

"그렇소. 모용귀의 임무는 더 있었소. 모용귀는 그들을 몰살시키고 나서 복귀하면서 처음에 죽인 사파 무사들도 찾아내기로 되어 있었소. 모용귀가 그것들이 무림맹의 무사들이라고 선언했소. 경호 부대 무사들이 보고 있을 때."

서흑수의 눈이 차가워졌다.

“전멸한 무림맹 무사들을 유인하기 위해서 한나절의 시간 차가 필요했나?”

“그렇소. 그들은 적당한 시점에 소마의 시체 있는 곳에 나타나야 했소. 넉넉하게 한나절의 여유를 두고 시간을 조절했소. 그들이 나타나고, 그 후에 경호 부대가 나타나야 모든 것이 완벽해지지 않겠소? 소교주의 시체가 있고, 무림맹 무사들이 있으며, 천라지망에 사용된 것으로 가장된 시체들까지 있는 완벽한 함정이었소.”

서흑수가 기대를 잔뜩 품고 질문했다.

“그래. 완벽한 함정이지. 빠져나갈 수 없는. 그럼 누군가 무림맹 무사들을 그리로 보냈다는 소리군. 그게 누구지?”

복양소가 고개를 가로저었다.

“그걸 내가 어찌 알겠소? 모든 건 지존만이 아는 일이오.”

서흑수는 조금 실망했다.

‘역시 그것까지는 모르는군.’

“상관없어. 무림맹의 누군가가 배신자란 말이지. 어쩌면 무림맹 자체가 배신자일지도 모르고.”

한천양이 신이 나서 외쳤다.

“왕삼 준호법, 무림맹의 위선자 놈들이라면 충분히 그럴 수 있소. 그러니 왕삼 준호법은 나를 도와 그들을 무찔러 주시오. 내 그대에게 교주 다음가는 권력을 누리게 해주겠소.”

다른 장로들은 그 말을 듣고 깜짝 놀랐다.

‘왕삼은 무공만이 아니라 그 능력이 정말 대단하다. 더구나 죽은 교주에 의해서 우리 교의 준호법이 된 자. 아직 죽은 교주의 권위가 산 우리들보다 높다. 그를 준호법의 자리에서 끌어내릴 방법이 없어. 이런 자가 내게 붙는다면 교주가 될 가능성이 엄청나게 높아진다.’

“나도 그러겠소. 나를 도와주시오.”

“내 사위가 되어주시오. 내가 죽으면 그대에게 교주 자리를 물려주겠소!”

“내 손녀딸이 마교제일미요. 기왕이면 마교제일미가 낫지 않겠소?”

“내 나이가 제일 많소. 난 교주를 오래 해먹지 못할 거요. 후계자도 없소!”

서흑수가 코웃음을 쳤다.

“흥.”

대답으로는 충분했다. 장로들이 즉시 입을 다물었다.

‘왕삼에게는 교주 자리가 코웃음거리구나.’

서흑수는 장로들을 입 닥치게 만들어놓고, 복양소에게 몇 가지 질문을 더 했다. 하지만 그 후로는 쓸 만한 정보가 없었다.

서흑수가 마교를 지배하고 있는 장로들에게 말했다.

“나는 사천으로 가겠다.”

한천양이 질문했다.

"배교를 추격하러 가는 것이냐?"

"물론이지. 놈들을 추격해서 박살 내고, 사람을 찾아야 하니까. 시간이 많지 않아."

"왕삼 준호법, 나는 그대에게 진 신세를 잊지 않는다. 전폭적으로 지원하겠다. 필요한 것이 있으면 언제든지 말만 해라."

다른 장로들도 앞 다투어 말했다.

"나도 그러겠소."

"당장 전투 부대들을 모아주겠소. 데려가시오."

서흑수는 마교의 지원을 거절할 생각이 없었다.

'이 모든 일의 배후가 무림맹일 수도 있으니까. 그렇다면 마교를 데려가서 무림맹을 쓸어버리겠어.'

하지만 그는 고개를 가로저었다.

"필요해지면 요청하겠다."

'무림맹의 짓이 아니기를. 그 안에 배신자가 하나 끼어 있는 것이기를 바라야지. 어느 놈인지 몰라도 확실히 솎아내 아드득 아드득 씹어 먹어주겠다.'

서흑수는 번개의 갈기를 쓰다듬었다. 번개는 꼬리를 살랑거렸다.

'한혈보마는 거의 준영물급의 귀한 말. 아무 장소에서나 살리는 없어. 천년독각사를 잡은 곳. 그곳에서 나왔겠지. 거기가 어딜까?

궁금했지만 번개는 말을 하지 못한다. 그는 번개에 올라탄 후 말했다.

"쉬었으면 다시 가보자."

한혈보마의 상태는 좋았다. 서흑수는 이곳에 도착하기 직전에 운기조식으로 하룻밤을 보냈다. 그 정도면 한혈보마의 체력을 회복하기에 충분한 시간이었다.

서흑수가 한혈보마 번개를 타고 떠난 후, 남은 장로들은 서로를 둘러보았다.

'지난번에는 적이 간단했으니 힘을 나눠 갖는 일이 빠르게 진행됐지. 하지만 이젠 이해관계가 너무 복잡해졌어.'

'빼앗은 것을 돌려주고 새로운 것을 찾아야 해. 한번 넘어갔던 자들의 입장이 애매해. 이번에는 오래 걸릴 거야. 세력 재편은 몇 년이 걸리는 지루한 경쟁이 되겠지.'

'왕삼 준호법과는 지속적으로 친분을 유지해야 해.'

'최소한 적대적인 관계는 되지 말아야지.'

'힘의 균형만 잘 맞추면 나도 교주가 될 수 있어. 대신에 바보짓을 하면 가장 약한 세력이 되겠지. 무림맹과 전쟁 따위를 할 여유는 없다.'

장로 하나가 혼잣말을 했다.

"그런데 왕삼 준호법은 지금 생강시를 어디다 둔 걸까?"

한천양은 입이 간질거렸다.

'내게 맡겨두었지만 비밀로 해달라고 했으니 말할 수는 없지. 어차피 명령 내릴 방법이 없는 무용지물이지만 그래도 이렇게 해서라도 왕삼과 관계를 맺어두는 게 유리하겠지.'

모르는 척 말했다.

"왕삼 준호법이 하는 일이잖소. 우리가 못 찾게 잘 숨겨뒀겠지."

*　　　*　　　*

무림맹은 현 사태의 해결을 위해서 분주히 움직이고 있었다. 그 정점에 놓인 것이 맹주와 장로들로 구성된 수뇌부다.

장로 한 명이 투덜댔다.

"벌써 이틀째 잠은 고사하고 신발조차 벗지 못하고 있소이다. 이래서야 어디 사람 사는 거라고 할 수 있겠소?"

개방 출신 검걸개가 말했다.

"그까짓 이틀 신발을 벗지 못한 것이 뭐 그리 대단하다고 그러시오?"

"때를 옷 대신으로 삼는 거지야 아무리 더러워도 신경 쓰지 않겠지만 나는 다르오."

"흥. 수양이 덜 돼서 그런 거요, 수양이."

"뭣이? 거지가 감히 도사에게 수양을 논하다니."

"하늘을 이불 삼아 사는 거지의 수양도 만만치 않소이다."

두 사람의 목소리가 높아지자 맹주 혁천세가 말렸다.

"어허. 그만들 두시오. 장로씩이나 되시는 분들이 왜 그러시오?"

군사 제갈관우가 말했다.

"두 분 다 피곤이 지나쳐서 날카로워지신 것 같습니다. 잠시 쉬시는 것도 좋겠습니다."

혁천세가 동의했다.

"하긴. 아무리 공력이 높다고들 하지만 그것도 하루 이틀이지. 발 뻗고 잔 때가 언제인지도 모르는 이런 상황에서야 한계가 오겠지. 그럼 우리 딱 한 시진씩만 눈을 붙입시다."

서류를 살피고 명령서를 작성하느라 바쁘던 장로들이 고개를 들었다.

"맹주께서 그렇게 말씀하신다면야……."

검걸개는 이미 다리를 탁자 위에 올려놓고 있었다.

"으다다다. 아, 좋다. 거지에게 풍족한 건 잠자는 시간밖에 없는데 그걸 못했더니 죽는 줄 알았습니다."

갑자기 회의실 문이 벌컥 열렸다. 무사 하나가 뛰어들어 왔다.

"지금 연락이……."

눈을 막 감았던 검걸개가 짜증을 벌컥 냈다.

"한 시진 뒤에 와!"

들어온 무사는 머뭇거렸다. 그의 눈에 잔뜩 늘어진 장로들의 모습이 보였다.

어쩔 줄 모르고 있는 그에게 제갈관우가 말했다.

"무슨 일인지만 한마디로 보고해라."

"옛. 전쟁이 끝났습니다."

장로들이 요란한 동작으로 일어섰다. 탁자와 의자들이 나뒹굴었다.

검결개가 소리를 질렀다.

"시작도 안 한 전쟁이 끝나다니? 그게 무슨 소리냐!"

기죽은 무사가 더듬거렸다.

"저, 저도 아직 그것밖에 알지 못합니다."

"이런 무능한 놈! 당장 제대로 알아와!"

상황을 정리한 것은 군사 제갈관우였다. 그는 재빨리 자신의 참모들을 동원해서 수집된 정보를 모았다. 날아온 것은 전서 몇 개가 전부였지만 그것이면 기본적인 것을 알아내는 데 충분했다.

제갈관우가 수뇌부에게 보고했다.

"마교가 진실을 알게 됐습니다. 소마를 죽이고 교주를 죽인 것이 모두 배교의 짓임을 알아냈습니다."

"오오!"

"그리고 그 일을 직접 실행한 인물은 장로 복양소로 밝혀졌습니다."

"복양소? 그자는 마교 교주와 소교주 다음가는 권력을 가진 자이지 않소?"

"그렇습니다. 한천양과 함께 마교의 서열 삼위를 다투던 자입니다. 이번에 한천양에게 누명을 씌워 권력을 장악했으나 왕삼에 의해 모든 진상이 만천하에 드러났습니다."

혁천세가 깜짝 놀라서 말했다.

"왕삼? 사천조사단장인 서흑수를 말하는 건가?"

"그렇습니다. 이제는 그가 신비협객 왕삼이라는 사실을 의심할 수가 없습니다."

"허어. 진정 대단한 인물을 우리가 모르고 있었군."

검걸개가 따졌다.

"하지만 군사, 그는 결국 마교의 내분을 정리한 것 아니오? 그건 마교에 이익이 되는 일이오."

"그게 꼭 그렇지만은 않습니다. 현재 마교 내의 권력 싸움은 이번 일로 대단히 복잡한 양상에 빠졌습니다. 지금은 교주와 소교주 모두 죽고 없습니다. 후계 구도가 완전히 무너졌습니다. 더구나 최초의 이합집산이 왕삼, 아니, 서흑수에 의해서 완전히 깨졌습니다."

"그럼?"

"그곳은 지금 아수라장입니다. 마교의 여러 세력은 서로 견제하고 힘을 흡수하는 데 총력을 기울이고 있습니다. 그러나 워낙에 일이 복잡하게 된 바람에 그 일이 쉽게 결판나지 않을 상황에 빠졌습니다. 그들의 일이 정리되려면 적어도 몇 년은 필요합니다."

"전쟁으로 한 방에 해결하려고 할지도 모르오."

"그건 누군가 강력한 힘을 가진 자가 존재할 때의 이야기입니다. 누구도 마교를 지배하지 못하는 이런 상황에서 전쟁은 도움이 되지 않습니다."

"가만, 놈들이 더 큰 혼란에 빠져 있다? 군사, 군사께서 지난번에 그러셨잖소. 마교가 혼란할 때 우리가 먼저 치는 것이 낫다고."

제갈관우가 부드럽게 웃었다.

"물론입니다. 이건 하늘이 내린 기회입니다. 놈들이 지리멸렬한 때에 우리가 쳐들어간다면 승리할 확률이 크게 높아집니다. 지금의 전력 차이를 단숨에 뒤집을 수 있습니다. 우리는 적당한 시점에 놈들을 쳐야 합니다."

혁천세가 고개를 가로저었다.

"전쟁은 하지 않는 것이 가장 좋아. 전쟁을 피할 방법이 있다면 최대한 피해야지."

제갈관우가 항의했다.

"하지만 맹주님, 이런 기회는 다시 오지 않습니다. 우리가 손 놓고 있다가 몇 년 후에 마교에서 쳐들어오면 그때는 정말 대책이 없습니다."

"그런 상황에 빠지지 않도록 최선을 다해서 막아보자고."

검걸개가 제갈관우를 지지했다.

"나도 군사의 의견에 동의합니다. 이거 정말 좋은 기회 아닙니까? 마교에 더 이상 눌리지 않을 기회."

소림사 출신 장로 혜원 대사가 불호를 외웠다.

"아미타불. 우리가 세상을 지옥에 빠뜨릴 필요는 없지요. 최대한 평화롭게 해결해 봅시다."

혁천세가 말했다.

"어쨌든 당장은 전쟁 위험이 사라졌군. 앞으로 시간은 넉넉하니 다들 하루만 쉽시다. 그 후에 이 일을 어떻게 해결할지 천천히 논의해 봅시다. 마교가 다시 준비가 될 때까지 앞으로 몇 년이 남았다지 않소?"

第七章

서흑수가 마침내 황금장에 돌아왔다. 최초에 황금장을 떠난 후 거의 한 달 가까이 시간이 흐른 후였다. 그는 그동안 사천에서 마교까지 두 번이나 왕복했다. 한혈보마가 없었다면 불가능한 일이었다.

황금장주 북궁엽이 대문 앞까지 나와서 그를 기다렸다.

먼지를 뒤집어쓰고 거지꼴이 된 서흑수가 말에서 뛰어내렸다. 북궁엽이 그를 향해 가볍게 허리를 숙이며 말했다.

"서흑수 대협, 어서 오시게나."

북궁엽은 아무에게나 허리를 숙이지 않는다. 예전과는 판이하게 달라진 대접이었다.

서흑수는 말의 목을 한번 쓰다듬어 주었다.

"번개야, 수고 많았다."

그는 말고삐를 북궁엽에게 넘겼다.

"돌려 드리겠습니다."

북궁엽이 손사래를 쳤다.

"허허, 그건 내가 서 대협에게 선물로 주겠네."

"이건 한혈보마입니다만?"

"자네 신분이 있는데 아무 말이나 타고 다닐 수는 없지."

서흑수는 북궁엽이 무슨 생각을 하는지 깨달았다.

'내가 쓴 준호법이란 감투를 보고 주는 선물이군. 하지만 그건 이번 일만 끝나면 그만둘 자리. 그때까지는 마교를 이용하는 것일 뿐. 그걸 알면 실망하겠군.'

그는 사양하지 않았다.

"감사합니다."

'번개는 정말 빠르지. 내겐 지금 기동력을 포함한 모든 것이 필요해.'

"받아주니 고맙네."

"진미 아가씨는 어디 있습니까?"

"총관이 안내해 줄 거네."

총관 황산벽이 나섰다.

"서 대협, 이쪽으로 오시지요."

서흑수가 황산벽과 함께 황금장 안으로 들어갔다. 북궁엽의 손녀딸 북궁연이 불평했다.

"할아버지, 서 대협은 저를 보고 아는 체도 안 하네요."

"그는 이제 마교의 준호법이다. 이름뿐인 단순한 호법이 아니다. 내가 수집한 정보에 의하면 그는 지금 마교에 막강한 영향력을 끼치고 있다."

"그건 들어서 알지만……."

"그럼에도 불구하고 그는 마두가 아니다. 오히려 정파의 사람에 가깝다고 할 수 있지. 그가 바로 왕삼 아니냐, 왕삼."

"하지만 아는 체도 안 하는데……."

"용을 낚는 일이 쉬울 리가 없지. 연이 너는 무슨 수를 써서라도 그의 마음을 사로잡아야 한다. 그렇게만 되면 너는 최고의 남편을 얻는 것이고, 우리 황금장은 강력한 조력자를 얻는 것이지. 그러면 내가 천하삼대상인 중 하나가 아니라 천하제일상인이 될 수 있게 된단다."

북궁연이 각오를 다졌다.

"알았어요. 힘내서 열심히 꼬실게요."

남궁진미의 머리는 산발에 가깝게 부스스한 상태였다. 손은 먹이 묻어 새까맣다. 심지어 얼굴에까지 먹 자국이 곳곳에 묻어 있었다.

매주련은 그녀보다 상태가 훨씬 좋았다. 꽃단장까지는 못해도 씻는 것은 꼬박꼬박 했다.

하지만 그녀 역시 눈 아래가 거무튀튀하게 변해 있었다. 내 공이 없다 보니 피부 상태는 남궁진미보다 훨씬 못했다.

피곤에 찌든 그녀들이 서류를 뒤적거리고 있을 때 서흑수가 문을 벌컥 열고 들어왔다.

"결과는 나왔습니까?"

남궁진미가 고개를 들고 서흑수를 쳐다보았다. 무사히 돌아오고 있다는 소식을 들은 이후로는 걱정을 하지 않았다. 오히려 일부터 묻는 질문에 짜증이 왈칵 솟았다.

"이 생고생을 시켜놓고, 한 달 만에 나타나서 첫마디가 뭐라고요? 결과가 나왔냐고요?"

서흑수는 머쓱했다.

'둘 다 꼴이 말이 아니군.'

"미안합니다. 고생하셨습니다. 결과는 나왔습니까?"

"흥. 엎드려 절 받기네요."

"시간이 없습니다."

남궁진미가 할 수 없다는 듯이 설명했다.

"서 공자가 전서를 보내준 이후로 삼보전장에 대한 조사에 집중했어요. 물론 그전에 내가 잠도 못 자고 고생하며 조사한 자료들이 있었으니까 이렇게 빨리 결론을 내렸겠죠?"

"찾아냈습니까?"

남궁진미가 신경질적으로 종이 한 장을 던졌다. 얇은 종이가 비수처럼 날아갔다. 보통 사람이라면 치명상을 입을 수법이었다.

서흑수가 그것을 잡아챘다. 그는 종이에 적힌 내용을 재빨리 훑었다.

"제룡장? 확실합니까?"

"틀림없어요. 물류의 이동이나 돈의 흐름, 여러 가지 자료를 종합해 보면 그곳밖에 없어요. 삼보전장은 제룡장이 바깥으로 내놓은 통로. 놈들의 본거지는 제룡장이에요."

"석가장은?"

"놈들의 임시 거처 중 하나예요. 진짜 본거지를 숨겨두기 위한 곳이지요. 석가장이 본격적으로 성장한 것은 거의 이십 년 전부터예요."

"거기도 배교의 돈으로 성장했군."

"맞아요. 하지만 아직 해결하지 못한 것이 있어요. 놈들은 막대한 돈을 뿌리고 있어요. 그게 어디서 나왔는지 알아내지 못했어요. 그것 때문에 이렇게 날밤 새가면서 일하고 있잖아요."

서흑수는 만족했다.

"진미 아가씨, 정말 감사합니다."

"흥. 여기 매 소저에게나 인사해요. 돈 흐름은 매 소저가 전문가니까. 고생 많이 했어요."

"감사합니다, 주련 아가씨."

매주련이 웃었다.

“왕삼이 해준 것에 비하면 별거 아녜요.”

남궁진미가 다시 짜증을 냈다.

“흥. 누구는 서흑수라고 부르고, 누구는 왕삼이라고 부르고. 가명만 가진 사람. 이봐요, 서 공자. 진짜 본명은 뭐예요?”

서흑수는 대답하지 않았다. 대신에 다른 말을 꺼냈다.

“당장 동원할 수 있는 병력은 얼마나 됩니까?”

“서 공자가 서두를 필요 없어요.”

서흑수의 안색이 급변했다.

“무슨 뜻입니까?”

“제가 무림맹에 보고했어요. 무림맹에서는 이 일을 중요하게 생각하고 그곳으로 강력한 부대를 보냈어요. 그뿐만이 아니라 이번에 밝혀진 놈들의 대외 기지 몇 군데에 대한 공격도 준비되고 있어요. 이제 배교는 끝났어요.”

서흑수가 소리를 질렀다.

“미쳤습니까?”

남궁진미는 당황했다.

“왜, 왜 그래요?”

서흑수는 답답했다.

‘무림맹에 배신자가 있다. 이 습격은 놈들에게 먼저 알려진다. 젠장. 놈들이 도망친다.’

하지만 자기 걱정을 그대로 말할 수는 없었다.

'남궁진미 이 아가씨에게 무림맹에 배신자가 있다고 말할 수는 없다. 만일을 대비해야 해. 정보가 어디서 샐지 몰라.'

"소미가 거기 갇혀 있단 말입니다!"

그는 소미가 안전할 거라고 확신했다.

'소미는 놈들의 최후 희망. 절대로 함부로 못해.'

그게 문제가 아니었다.

'하지만 정보가 새면 이 작전은 실패야!'

그의 말을 곧이곧대로 받아들인 남궁진미도 소리를 빽 질렀다.

"내가 시킨 거 아녜욧! 그래도 무림맹에 보고는 해야 할 것 아녜요! 무림맹에서 그렇게 하겠다고 통보해 오는데 내가 어떻게 말려욧!"

그녀의 산발한 머리가 눈에 들어왔다. 서흑수는 조금 미안했다.

"미안합니다."

"흥!"

"제룡장의 위치는 어디입니까?"

"왜요? 가보게요? 시간에 못 맞출걸요? 아무리 한혈보마를 타고 달려도 내일 아침은 돼야 도착할 거예요."

남궁진미는 그렇게 말하면서도 종이 한 장을 더 던져 주었다.

"거기예요."

종이를 받아 든 서혹수가 즉시 방문 너머로 사라졌다. 남궁진미는 그 냉정한 뒷모습을 보고 얼굴을 찡그렸다.

'맨날 소미, 소미, 소미. 언제나 소미밖에 없지. 어떤 년인지 얼굴이나 한번 봤으면 좋겠네.'

방문 너머에서 서혹수의 얼굴이 갑자기 나타났다.

"진미 아가씨."

남궁진미는 속으로 욕하던 것을 들켰나 싶어 깜짝 놀랐다.

"예, 옛?"

"정말 고마워요."

서혹수가 다시 사라졌다. 진심이 느껴졌다. 남궁진미는 너무 놀라 대답을 못했다.

'정말로 나에게 고마워하고 있어.'

매주련이 아쉬운 듯이 말했다.

"왕삼이 갔네요."

남궁진미가 환하게 웃었다.

"그러네요."

*　　　*　　　*

무림맹의 무사 천여 명이 제룡장을 노려보고 있었다.

그들을 이끄는 사람은 개벽쌍부 양대산이었다.

고수 한 명이 작은 목소리로 말했다.

"양 대협, 곧 해가 뜰 겁니다."

양대산이 두 자루의 커다란 전투 도끼를 쓰다듬으며 말했다.

"화 대협, 준비는 다 되었소?"

화기중은 자신만만했다.

"정파의 협객 천 명이 명령만 떨어지면 즉시 돌격할 태세를 갖추고 있습니다."

"좋소. 생강시가 나타나면 내가 맡겠소. 다른 분들은 배교의 잔당들을 토벌해 주시오."

화기중이 조금 걱정스러운 얼굴로 말했다.

"생강시는 무섭다고 들었습니다. 혼자서 상대하시겠습니까?"

양대산이 도끼를 들어 보였다.

"나의 개벽부법 앞에서는 쇳덩이라도 버티지 못하오. 생강시 따위는 얼마든지 조각낼 수 있소."

"하긴. 그 때문에 양 대협을 모셔온 것이니까요."

"물론이오. 강시 같은 것들에게는 나의 개벽부법이 상극이지. 단단한 것은 더 강한 힘으로 쪼개 버리면 그만. 그것이 바로 강시를 부수는 방법이라오."

"그럼 양 대협만 믿겠습니다."

"걱정 마시오. 동녘이 밝아오니 놈들은 새벽잠에 빠져 있을 거요. 슬슬 움직입시다."

무림맹의 무사들은 소리없이 제룡장에 접근했다. 천여 명이 움직이는 데도 아무런 소리가 나지 않을 정도로 그들 모두의 실력은 높았다.

제룡장의 정문에는 아무도 없었다. 그들은 담벼락에 바짝 붙었다. 모든 무사들이 위치를 잡자 양대산이 큰 소리로 명령했다.

"돌격!"

화기중이 먼저 뛰어오르며 소리쳤다.

"배교의 악마들이다! 한 놈도 남기지 말고 모두 죽여라!"

천여 명의 무사들이 일제히 장원의 담을 뛰어넘었다.

장원 안은 쥐 죽은 듯이 조용했다. 그러나 무사들은 신경 쓰지 않았다. 그들은 자신들의 압도적인 무력을 믿었다.

"돌격!"

누군가의 고함 소리를 신호로 무사들이 여러 채의 전각을 향해 달렸다. 사람의 파도가 모래성을 휩쓸려는 듯한 기세였다.

장원의 곳곳에서 작은 소음이 울렸다.

딸깍. 딸깍. 딸깍.

소리는 작았다. 하지만 양대산 같은 고수는 그 소리를 들을 수 있었다.

'기관장치?'

"모두 경계하라!"

그의 말이 떨어지기가 무섭게 사방에서 화살과 암기가 소나기처럼 쏘아졌다.

무사들은 즉시 검을 휘둘러 그것을 막아냈다.

일반적으로 기관장치로 쏘아지는 암기는 변화가 없기 때문에 고수가 던지는 것보다 위력이 훨씬 약하다. 정말 특별히 만들어진 기관장치가 아닌 한 그렇다.

고수들의 대부분은 화살과 암기를 튕겨냈다. 약간의 무사만이 제대로 쳐내지 못하고 부상을 입었다.

"크윽!"

"컥!"

화살과 암기는 한 번 뿌려진 후 멎었다. 양대산이 소리를 질렀다.

"놈들의 함정을 막아냈다. 돌격!"

무사들이 다시 달렸다. 갑자기 전각 한군데의 지붕에 사람 한 명이 솟아나듯 나타났다.

"멈춰라!"

쩌렁쩌렁 울리는 그 소리에 무사들이 잠시 걸음을 멈췄다.

양대산이 앞으로 나섰다.

"네놈이 배교의 교주냐!"

"나는 적풍이다!"

"흥. 적풍. 겨우 저런 기관장치로 우리 무림의 협객들을 막을 수 있다고 생각했느냐?"

적풍이 웃었다.

"크흐흐흐. 그럴 리가 있느냐? 저건 단지 장원의 기본 경비 체계. 너희들을 시험하기 위해서 작동한 것이지."

"시험?"

"다행히도 제법 쓸 만한 놈들이 왔구나. 죽일 가치가 있겠어."

"이놈, 적풍. 만용을 부리는구나. 너를 잡고 이곳에 있는 놈들을 전멸시켜 배교의 씨를 말리겠다."

적풍이 손을 들었다. 전각 곳곳에 젊은 여자들이 나타났다.

양대산의 뒤에 서 있던 화기중이 소리쳤다.

"젊은 여자? 생강시다!"

무사들이 웅성거렸다.

"생강시가 아홉이나 되다니."

"역시 본거지는 다르군."

적풍이 품에서 패를 꺼냈다. 패는 단 하나였다.

"지존께서 내리신 명령이다. 저놈들을 모두 죽여!"

생강시들이 즉시 전각에서 뛰어내렸다. 무사들의 한복판이었다.

무사들은 즉시 검을 휘둘렀다.

"막아!"

날카로운 창칼이 그녀들의 몸을 때렸다. 하지만 쉿소리만 요란하게 울렸다.

땅에 떨어진 그녀들이 주먹을 휘두르기 시작했다. 그 주먹에 걸린 창칼은 단숨에 부러져 나갔다.

"크아악!"

사람들이 주먹에 맞아 나가떨어지기 시작했다. 어지간한 고수 소리 듣는 자들도 그 주먹 한 방을 버티지 못하고 피를 토하며 쓰러졌다. 일반 무사들은 말할 것도 없었다.

양대산이 생강시 중 하나에게 달려들며 소리쳤다.

"여기 양대산이 있다!"

그가 가진 두 자루 도끼에 짙은 기가 서렸다. 그는 그것을 마치 풍차처럼 휘둘렀다.

생강시는 어지간해서는 방어를 하지 않는다. 맷집으로 버티고 공격을 하는 것이 생강시의 전투 방법이다. 그런 생강시 한 명의 몸에 도끼가 연달아 꽂혔다.

생강시의 피부가 쩍쩍 갈라졌다. 그곳에서 피가 튀었다.

사람들이 환호성을 질렀다.

"역시 개벽쌍부!"

"개벽부법은 부수지 못하는 것이 없다!"

"조금만 버텨라! 양대산 대협께서 생강시들을 모두 무찔러 주실 것이다!"

"생강시는 무거운 수법으로 상대해라! 가벼운 검을 쓰는 자는 뒤로 물러서!"

사람들은 용기를 얻었다.

생강시는 분명히 피를 뿌려대고 있었다. 하지만 양대산은 만족하지 못했다.

'생강시가 대단하다고 들었지만 정말 대단하군. 쇳덩이라도 잘라 버릴 공격에 피부가 갈라지는 정도로 끝나다니.'

자존심이 상한 그는 공력을 한껏 끌어올렸다.

"이야아아압!"

그의 도끼에 부기가 짙어졌다. 다른 것은 몰라도 파괴력 하나만은 무림 무공 중 손꼽힌다는 개벽부법의 최후 초식이 펼쳐졌다.

두 자루의 도끼가 한 점을 동시에 때렸다. 생강시가 그 충격에 뒤로 날아갔다. 그녀의 가슴에서 피가 분수처럼 솟구쳤다.

양대산이 우뚝 서서 고함을 질렀다.

"으하하하! 어떠냐!"

나가떨어졌던 생강시가 몸을 일으켰다. 양대산의 얼굴에 질린 표정이 나타났다. 하지만 곧바로 호탕하게 소리쳤다.

"대단하군. 거기서 버티다니. 하지만 상관없다. 몇 번이고 때려서 그 심장을 부숴주마!"

적풍이 전각 위에서 그 모습을 내려다보며 중얼거렸다.

"개벽쌍부 양대산의 무공이 그 초식은 형편없지만 파괴력 하나는 무림에서 손에 꼽는다더니. 대단하긴 하군."

그가 다시 손짓을 했다. 그의 뒤에 여자 한 명이 나타났다.

그녀를 보는 적풍의 얼굴에는 씁쓸한 표정이 가득했다.

"잡아온 아이들 중에 나를 할아버지라고 불러준 건 너희들밖에 없었지. 결국 이렇게 만들어 미안하구나."

그는 그녀의 얼굴 앞에 패를 들이밀고는 말했다.

"지존께서 내리신 명령이다. 저자를 죽여라."

그 즉시 여자의 몸이 양대산을 향해 쏘아졌다.

양대산은 자신에게 달려드는 여자를 보고 즉시 도끼를 세웠다.

"새로운 생강시로구나! 얼마든지 쳐 죽여주마!"

생강시는 땅에 떨어지자마자 양대산을 향해 달려왔다. 그 속도가 제비처럼 빨랐다.

양대산이 소리를 지르며 도끼를 휘둘렀다.

"이까짓 것!"

그의 도끼가 생강시의 몸을 때렸다. 생강시의 몸이 뒤로 주죽 밀렸다.

양대산은 손을 타고 올라오는 반탄력에 크게 놀랐다.

'다른 생강시와 다르다!'

손이 저릴 지경이었다. 그의 눈에 방금 쳐낸 생강시의 몸이 보였다. 옷은 도끼의 기운에 베여 나갔지만 그 안에 보이는 살은 멀쩡했다. 뽀얗게 보일 지경이었다.

양대산은 바짝 긴장했다. 생강시가 다시 달려들자 그는 도끼를 하나로 합치며 힘껏 휘둘렀다.

"죽엇!"

생강시의 몸이 다시 도끼에 맞아 뒤로 밀려났다. 하지만 양대산은 더 큰 반탄력 때문에 뒤로 몇 걸음이나 물러설 수밖에 없었다.

그의 눈이 커졌다.

"효과가 없어?"

놀랄 틈도 없었다. 어느새 생강시가 달려들며 주먹을 휘둘렀다.

'빠르다!'

양대산은 피할 틈이 없었다. 급히 도끼 하나를 들어 앞을 막았다.

쩌엉!

주먹에 맞은 도끼가 둘로 쪼개졌다. 숨 쉴 틈도 주지 않고 생강시의 주먹이 다시 날아왔다.

양대산은 이번에는 막지 못했다. 급히 몸을 비틀었지만 생강시의 주먹이 더 빨랐다. 그녀의 주먹이 양대산의 어깨를 때렸다.

"으아악!"

양대산은 목이 찢어져라 비명을 질렀다. 한쪽 어깨가 움푹 함몰됐다. 손에 든 도끼를 그대로 놓쳤다.

물러서는 그에게 생강시가 다시 달려들었다. 양대산은 다른 손에 든 반 조각 난 도끼를 힘껏 휘둘렀다.

도끼는 그녀의 몸을 때렸다. 하지만 이번에는 힘이 부족했다. 그녀는 그것을 몸으로 받아내며 양대산의 얼굴을 향해 주먹을 날렸다.

양대산의 눈앞에 순간적으로 인생이 흘러갔다.

'이렇게 죽는구나.'

갑자기 생강시가 주먹을 거두며 뒤로 물러났다. 그녀는 바람 같은 속도로 적풍을 향해 몸을 날렸다.

다른 생강시들도 마찬가지였다. 그녀들 역시 무사들을 학살하는 것을 멈추고 적풍에게 달려갔다.

죽다 살아난 양대산이 고개를 들어보았다. 누군가가 적풍을 향해 검을 휘두르고 있었다. 적풍이 두 손바닥으로 그 검을 막아냈다.

쨔앙!

폭음이 터지며 적풍이 뒤로 쭉 밀려갔다. 나타난 사람은 몸을 가볍게 띄워 다른 전각으로 이동했다. 위력 차이는 명확하게 드러났다.

생강시 열 명이 거의 동시에 적풍의 곁에 나타났다. 그녀들은 적풍을 보호하는 자세를 취했다.

적풍이 믿어지지 않는다는 듯이 외쳤다.

"서흑수! 네가 어떻게 이 무공을!"

무림맹 무사들은 생강시들을 제대로 상대하지 못하고 일

방적으로 무너졌었다. 이미 상당한 인명 피해가 발생했다. 곳곳에 시체가 굴러다녔다.

그들은 생강시들이 갑자기 물러서자 죽다 살아난 기분이었다.

그리고 그들 중에 일부는 서흑수에 대해서 들은 말이 있었다.

"서흑수? 조사단장 서흑수?"

"뭣? 조사단장 서흑수? 그럼 저자가 바로 신비협객 왕삼이란 말인가?"

"와, 왕삼? 마교 준호법 왕삼?"

서흑수가 최근에 벌인 일들은 규모가 너무 컸다. 특히 마교의 일이 결정적이었다. 그에 대해서는 꽤 많은 소문이 퍼져 있었다. 심지어 몇 명만이 알던 신비협객 이야기마저 그의 신원 조회를 하는 과정에서 무림에 널리 알려졌다.

서흑수는 더 이상 무공을 숨기지 않았다.

'적풍은 기본무공으로 상대할 수 있는 자가 아니야. 나에 대해서는 알려질 대로 알려졌어. 이젠 정말 사부님이 아셔도 할 수 없어. 잘못하면 다 죽어.'

생강시들을 둘러본 서흑수의 눈이 커졌다. 그가 믿어지지 않는다는 듯이 말했다.

"소라 아가씨?"

양대산을 거의 죽일 뻔했던 생강시는 바로 구소라였다. 그녀의 눈은 흐리멍텅했지만 미모는 여전했다.

서흑수가 스스로에 대한 분노로 부들부들 떨었다.

"내가, 너무 늦었어!"

적풍이 서흑수를 노려보았다.

'놈이 어떻게 저 무공을 아는지 알아내야 한다. 그리고 비급이 존재한다면 회수해야 해.'

그는 생강시들에게 명령을 내렸다.

"지존께서 내리신 명령이다. 저놈을 산 채로 잡아! 목숨만 붙어 있으면 된다!"

치밀어 오르는 분노가 서흑수의 정신을 잠식했다. 그의 몸에서 살기가 물씬물씬 피어올랐다.

"크흐흐흐. 감히 나를 산 채로 잡아? 다 죽여 버리겠다아!"

서흑수의 몸이 전각 지붕 위에서 공중으로 떠올랐다. 그를 잡기 위해 생강시 열 명이 동시에 솟아올랐다.

생강시들의 움직임은 마치 위로 쏘아진 화살 같았다. 열 개의 화살이 서흑수를 향해 스무 개의 손을 뻗었다.

살기에 잠식된 서흑수가 크게 소리치며 검을 휘둘렀다.

"으아아아!"

그의 검에 살기가 깃들었다. 살기와 금빛 검기가 뒤섞여 만들어진 마흔여덟 개의 빛줄기가 공간을 뒤덮었다.

하나의 생강시에게 네 개, 혹은 다섯 개의 빛줄기가 꽂혔다.

꽈아아앙!

거대한 폭음이 터지며 생강시들이 마치 분수처럼 사방으로 쫙 튕겨 나갔다. 서흑수의 몸이 그 반동을 받아 한층 높게 솟아올랐다.

그 모습을 본 적풍이 너무 놀라 입을 떡 벌렸다.

'동시에 마흔여덟 개의 검기를 뿌리다니. 그 검법의 마지막 단계까지 익혔구나! 그런 말도 안 되는 일이…….'

무림맹의 무사들도 입을 벌리고 있기는 마찬가지였다. 그들은 바로 조금 전 생강시에게 일방적으로 깨졌다. 그래서 지금 서흑수가 보여준 한 수의 위력이 얼마나 대단한지 뼈저리게 느꼈다.

누군가 중얼거렸다.

"검귀……."

다른 사람이 부정했다.

"아니, 검신이다."

까마득히 솟아오른 서흑수가 아래로 떨어져 내렸다. 적풍이 있는 곳을 향해서였다.

서흑수는 검에 공력을 잔뜩 밀어 넣었다. 미친 듯이 솟아오르는 살기도 아낌없이 뒤섞었다.

파산검법이 펼쳐졌다. 검끝에 산을 부술 듯한 위력이 깃들었다. 서흑수가 함성을 질렀다.

"적푸우웅!"

바닥에 내팽개쳐졌던 생강시들이 벌떡 일어나 다시 솟아
올랐다. 온몸으로 적풍을 감쌌다.

서흑수의 검이 막아서는 생강시의 가슴에 정통으로 꽂혔
다.

꾸아아아앙!

아까보다 더 큰 폭음이 터졌다. 칼이 생강시의 가슴을 우그
러뜨렸다. 가슴이 완전히 함몰되었다. 그녀의 몸이 뒤로 던져
지듯 날아갔다.

적풍의 눈이 더 커졌다.

'어떻게 저 검법까지… 그것도 완전한 위력으로……'

서흑수의 떨어지는 속도가 눈에 띄게 떨어졌다. 그런 그에
게 생강시의 주먹이 날아왔다. 아홉 명의 생강시가 열여덟 개
의 주먹을 뻗었다.

서흑수의 눈이 빛을 뿜었다. 그의 몸이 공중에서 뒤집혔
다. 날아오는 손을 쳐내며 그 반동으로 몸을 움직였다. 마치
허공에서 춤을 추는 나비 같았다. 서흑수의 몸이 적풍을 향해
빠르게 접근했다.

이제 적풍의 얼굴은 하얗게 질렸다.

'생강시가 놈을 막지 못한다.'

뒤로 물러서려고 했지만 이미 기회를 잃었다. 서흑수의 검
이 적풍의 목을 노렸다. 그의 입에서 고함 소리가 터져 나왔
다.

"죽어어어!"

열여덟 개의 주먹들 중에 특히 빠른 두 개가 있었다. 그중 하나가 서흑수를 노렸다.

서흑수의 본능이 위험을 알렸다. 머릿속에서 미친 듯이 종을 치는 듯했다. 몸이 위험해지자 살기가 더 진해졌다. 주먹 따위는 무시하고 적풍을 쳐 죽이고 싶었다.

하지만 그는 적풍을 포기했다. 몸을 급격히 비틀었다.

주먹이 서흑수를 스치고 지나갔다. 스치는 것만으로도 가슴이 답답했다. 어느새 몸이 튕겨 날아가고 있었다.

"크윽!"

살기에 잠식되어 있음에도 불구하고 신음 소리가 새어 나왔다.

서흑수가 자신을 때린 여자를 노려보았다. 구소라였다.

아는 얼굴을 보자 비로소 서흑수는 정신이 조금 들었다.

'진정해. 진정해. 소미, 소미를 구해야지. 그리고 내 손으로 어떻게 저 아가씨를 죽여? 웃어. 웃어!'

"크하하하!"

누가 봐도 마두의 웃음이었다. 입꼬리를 귀밑까지 올리고 웃는 그 모습을 협객답다고 볼 사람은 없었다.

서흑수를 바라만 보던 무림맹 무사들은 뒤통수가 시원해지는 기분이었다.

"마교의 준호법이라더니……."

"대마두… 일지도……."

놀란 것은 적풍도 마찬가지다.

'이 살기라니… 그 심법까지 익혔구나! 세 가지 전부 익혔
어!'

그의 얼굴에 공포가 서렸다.

'잘못하면 다 죽는다.'

그리고 독기가 서렸다.

'비급은 반드시 회수해야 해!'

그가 패를 흔들며 소리를 질렀다.

"지존께서 내리신 명령이다. 너희들이 가진 모든 것을 소
모해서라도 저놈을 잡아! 반드시 잡아!"

생강시 아홉이 땅을 박찼다. 땅바닥이 그녀들의 발 디딤을
버티지 못하고 푹푹 파여 나갔다. 아홉 개의 직선이 서흑수를
향해 달려들었다.

서흑수는 두려웠다. 생강시는 두렵지 않았다. 미쳐 버리는
것이 두려웠다. 하지만 마음 깊은 곳에서 유혹이 일었다.

누군가가 귓가에서 소곤거리는 것 같았다.

'살기에 몸을 맡겨. 그럼 편해져.'

그러고 싶었다. 살기가 그의 정신을 빠르게 장악했다.

第八章

서흑수가 검을 빙글 돌려 자신의 가슴을 찍었다. 칼날이 가슴의 혈도를 한 치쯤 파고들었다. 아팠다. 고통스러웠다. 이가 갈렸다. 이대로 죽을 것만 같았다.

하지만 정신이 들었다. 정신을 자극하는 혈도를 찢어놓은 것이 효과가 있었다.

'내가 살아야, 소미를 구한다!'

생강시들은 이미 지척에 도달해 있었다.

서흑수는 생강시 하나쯤은 상대할 요령을 가지고 있다. 하지만 상대는 아홉이다. 집어 던지는 예전의 방법은 통하지 않는다. 살기의 지배도 어느 정도 벗어났다. 본능이 아닌, 논리에 의한 싸움이 시작되었다.

'지금 믿을 것은 뇌전검법과 파산검법뿐. 그 두 가지로 승부를 본다!'

마흔여덟 개의 금빛 검기가 다시 뿌려졌다. 생강시들의 몸에 금빛 광채가 빨려 들어갔다.

그녀들의 몸이 폭발과 함께 뒤로 날아갔다.

모두 그런 것은 아니다. 구소라는 예외였다.

서흑수는 왜 실패했는지 알고 있었다.

'발 디딜 곳이 없던 하늘과 땅은 버티는 힘이 다르지. 젠장!'

지금 생강시 구소라가 서흑수에게 주먹을 날렸다. 뇌전검법을 극한으로 펼친 직후였다. 피하기가 쉽지 않았다.

서흑수가 빠르게 물러섰다. 구소라의 주먹이 조금 더 빨랐다. 주먹이 얼굴을 노렸다. 고개를 젖혔다. 주먹이 뺨을 스쳤다.

주먹에 베어진 뺨에서 피가 튀었다.

서흑수의 검이 반사적으로 날아갔다. 구소라의 가슴을 때렸지만 쇳소리만 요란하게 울렸다. 베려고 날린 검이 아니다. 그 반동을 이용해서 뒤로 물러섰다. 서흑수와 구소라 사이에 약간의 거리가 벌어졌다.

서흑수가 몸을 공중으로 띄웠다. 적풍을 향해 포물선을 그리며 날아갔다.

생강시들의 몸이 즉시 솟아올랐다. 적풍을 보호하기 위해서 서흑수를 막았다.

서흑수는 생강시들을 공중으로 유인했다. 다시 한 번 뇌전검법을 펼쳤다. 그녀들이 튕겨 나갔다. 서흑수의 몸이 솟아올랐다. 적풍은 이번에는 미리 눈치 채고 서흑수가 날아오기 전에 다른 곳으로 재빨리 이동했다.

서흑수는 이런 방법으로는 해결할 수 없다는 것을 깨달았다. 겨우 진정시켜 놓은 살기가 다시 끓어오르기 시작했다.

'어서 수를 찾아야 해. 안 그럼 정말 다 죽는다. 다 죽인다.'

서흑수는 땅으로 떨어지며 생각을 굴렸다. 살기에 정신을 정복당하기 전에 답을 찾기 위해 애썼다.

갑자기 그의 머릿속에 적풍이 처음에 외친 명령이 생각났다.

'적풍, 나를 산 채로 잡으라고 했다!'

적풍이 패를 꺼내 내밀며 소리쳤다.

"지존께서 내리신 명령이다! 놈이 땅에 떨어질 때를 기다렸다가 공격해!"

생강시들의 반응이 변했다. 그녀들은 서흑수가 땅에 떨어지기를 기다렸다.

서흑수가 땅에 내려섰다. 그녀들이 동시에 달려들었다.

서흑수는 그녀들을 노려보며 공력을 끌어 모았다. 땅을 단단히 디디고 있는 대로 끌어 모았다.

생강시들의 주먹이 일시에 서흑수를 향해 날아왔다.

서흑수는 그중 한 방향으로 움직였다. 날아오는 주먹을 향해 머리를 들이밀었다. 머리를 맞았다면 즉사할 듯한 순간이었다.

생강시 하나가 급히 주먹을 당기며 뒤로 움직였다. 달려들다 후퇴하는 동작이 자연스럽지 않았다. 생강시가 나동그라졌다.

'예상대로다. 적풍의 명령 때문에 나를 죽이지 못해!'

서흑수는 생강시가 완전히 쓰러지기도 전에 그녀를 밟고 앞으로 튀어나갔다.

다른 생강시들의 주먹이 서흑수의 몸을 스치고 지나갔다. 모두 피를 보았다. 그러나 치명상은 하나도 없었다.

서흑수는 적풍을 향해 달렸다. 그의 검에 강렬한 기운이 맺혔다.

"적풍!"

단숨에 쪼개줄 생각이었다. 질린 얼굴의 적풍이 코앞에 보였다.

그의 앞을 구소라가 가로막았다. 서흑수의 검이 비틀어졌다. 구소라의 주먹이 그를 후려쳤다.

"커윽!"

서흑수가 비명과 함께 뒤로 날아갔다.

그의 발이 먼저 땅에 닿았다. 큰 타격을 입었어도 쓰러지지 않았다. 가슴을 누르고 진기를 움직여 피해를 확인했다.

'역시. 죽지 않을 힘으로 때렸어.'

그의 눈이 주변을 훑었다.

'그렇다면 다른 생강시들도 마찬가지. 죽지 않을 세기로 때릴 거야. 이걸 이용해야 해!'

구경하던 사람들은 서흑수의 목표가 적풍임을 깨달았다.

양대산이 적풍을 가리키며 소리를 질렀다.

"저기, 저놈이 생강시를 조종하는 것이 틀림없다! 저놈을 잡아라!"

천여 명의 무사들 중에 섞인 수많은 고수들의 몸이 앞으로 쏘아졌다. 그들은 적풍을 노렸다.

지금까지 서흑수만을 상대하던 생강시들의 움직임에 변화가 생겼다. 그녀들은 서흑수를 공격하지 않았다. 즉시 적풍을 보호하기 위해서 움직였다.

서흑수는 그 순간에 기회를 잡았다.

'지금밖에 없어!'

이미 살기가 짙어져 스스로를 억제하기 어려웠다.

'싸움이 진행될수록 내 살기는 더 짙어져. 그렇다면 다음 기회는 생각할 수 없어. 이번에 실패하면, 다 죽는다.'

그의 발이 땅을 밟았다. 몸이 앞으로 쏘아졌다. 밟았던 땅이 한 박자 늦게 폭발했다.

서흑수가 노리는 대상도 적풍이었다.

생강시들은 우왕좌왕했다. 적풍을 노리는 대상이 너무 많았다.

그중에서 가장 위협적인 것은 틀림없이 서흑수였다. 생강시 하나가 서흑수에게 달려들었다.

서흑수는 무시했다. 반격하지 않았다. 달리는 속도를 조금이라도 증가시키기 위해서였다.

그녀의 주먹이 서흑수의 몸을 때렸다.

"큭!"

신음 소리가 참아지지 않았다. 온몸이 부서지는 것 같았다.

'그래도 견딜 만해!'

생강시의 주먹은 확실히 약했다. 서흑수를 죽이지 못할 만큼이었다. 대신에 상당한 타격을 입혔다.

서흑수는 이를 악물고 달렸다. 다른 생강시가 달려들어 그의 몸을 때렸다.

생강시에게 네 번을 얻어맞은 후, 서흑수는 모든 고수들의 선두로 튀어나갈 수 있었다. 그때까지 걸린 시간은 찰나였다.

이제 서흑수가 가장 먼저 적풍을 노렸다. 그의 뒤에 수많은 고수들이 뒤따랐다.

생강시들이 반응했다. 뒤에 남겨진 생강시들이 고수들을 차단했다. 고수들은 생강시에게 막혀 더 이상 전진하지 못했다.

그리고 하나 남은 생강시, 구소라가 서흑수의 앞을 막았다.

서흑수는 이번에도 무시했다. 구소라의 주먹이 날아왔다. 심상치 않았다.

서흑수가 몸을 조금 비틀었다. 달리는 속도를 최대한 유지하면서 충격 역시 줄이려는 동작이었다.

구소라의 주먹이 서흑수의 등을 때렸다.

"컥!"

서흑수의 다리가 휘청거렸다. 하마터면 그대로 땅바닥에 처박힐 뻔했다.

'갈비뼈가 나갔다!'

하지만 이를 악물고 그대로 달렸다.

'생강시들이 나를 살리라는 명령보다 적풍을 보호하는 것을 더 중요시하게 되면 이 방법은 못 써. 그럼 정말 방법이 없다!'

그의 걱정은 사실이었다. 구소라의 움직임이 변했다. 그녀의 주먹에 조금 전과는 비교도 할 수 없을 만큼 강한 힘이 깃들었다. 그녀가 서흑수를 노리고 움직였다. 서흑수가 지금 최대한의 가속을 했음에도 불구하고 둘 사이의 거리가 급격히 가까워졌다.

서흑수가 한발 빨랐다. 그의 검이 적풍의 몸을 베었다.

적풍은 배교의 마지막 장로다. 단 한 수에 당하지는 않는다. 그는 즉시 혈수장을 뿌려대며 뒤로 몸을 날렸다. 서흑수의 몸에 붉은색 장인이 퍽퍽 찍혔다.

서흑수의 몸이 더 이상 버티지 못했다. 그의 몸이 적풍을 스치다 옆으로 쭉 밀려났다.

"크윽!"

서흑수가 쓰러지지 않기 위해서 검으로 땅을 짚었다. 왼손을 뒤로 돌렸다. 몸이 흔들거렸다.

사람들의 얼굴에 공포가 깃들었다.

"왕삼마저 실패인가……."

적풍은 현 상황을 이해할 수 없었다.

"왜 공격을 멈췄지?"

구소라는 더 이상 서흑수를 공격하고 있지 않았다. 생강시들 역시 전투를 멈추었다.

적풍이 손을 들어 소리를 질렀다.

"지존께서 내리신 명……."

그때서야 자기 손이 비어 있음을 깨달았다. 너무 흥분해서 그것마저 깨닫지 못했었다.

서흑수가 씩 웃으며 왼손을 들었다. 그의 손에 생강시를 조종하는 패가 들려 있었다.

"이거 찾나?"

적풍의 얼굴에 땀방울이 솟았다.

무사들이 함성을 질렀다.

"와아아!"

“패를 빼앗았다!”

“처음부터 패를 빼앗으려는 거였어!”

“역시 서흑수 대협!”

“왕삼 대협!”

적풍은 오래 고민하지 않았다. 그 즉시 몸을 날려 도망쳤다. 한소리 외치는 것을 잊지 않았다.

“서흑수, 정말 대단하구나! 하지만 아직 끝난 것이 아니야!”

서흑수는 적풍을 쫓으려 했다.

‘놈을 잡아야 해. 놈은 모든 비밀을 알아!’

그러나 몸이 말을 듣지 않았다. 진기의 흐름이 자유롭지 않았고, 온몸이 부서져 나가는 것처럼 아팠다.

“큭!”

더구나 살기에게서 자유롭지도 않았다.

무사들을 보았다. 그들 중 누구도 적풍보다 경공이 빠를 것 같지는 않았다. 빠르다고 한들 적풍의 상대가 될 리 없었다.

게다가 살기가 극에 달해 있었다. 이젠 입을 열기도 두려웠다. 무슨 소리가 튀어나올지 알 수 없었다.

할 수 없이 적풍을 포기했다.

그는 그 자리에 선 채로 조용히 눈을 감았다.

‘한계야. 더 이상 싸울 수 없어. 놈을 쫓다가는 나를 잃게 된다. 마음을 가라앉히자. 마음을 가라앉히자.’

모두 서흑수를 긴장한 눈으로 쳐다보았다. 거의 대부분은 서흑수가 왜 눈을 감고 서 있는지 이해하지 못했다.

화기중이 그에게 다가갔다.

"서 대협, 정말 감사합니다."

그가 팔을 뻗어 서흑수의 팔을 잡으려고 했다. 서흑수는 그 기척을 느끼고 당황했다.

'몸이 자동으로 반응할 거야. 잘못하면 폭주한다. 다 죽는다!'

화기중은 서흑수의 팔을 잡지 못했다. 개벽쌍부 양대산이 멀쩡한 쪽 손으로 화기중의 손목을 잡아챘다.

"화기중, 이게 무슨 짓이오?"

눈을 부라리는 그를 보며 화기중이 더듬거렸다.

"아니, 나는 그저 고마운 마음에……."

양대산이 화기중을 끌고 갔다.

"건드리지 마시오. 서흑수 대협은 지금 운기를 하는 것 같소."

"서 있지 않습니까? 무슨 운기를 서서 합니까?"

"그건 나도 모르지. 여하튼 손대면 안 되는 상태요. 건드리지 마시오."

"아, 알겠습니다."

양대산의 무공은 변화보다는 파괴력에 집중되어 있어 약점이 많다. 하지만 상황에 따라서는 그것이 더 압도적인 위력

을 발휘하기도 한다. 어쨌든 그는 이곳에 모인 사람들 중 최
고수였다.

무공이 높은 그는 서흑수를 건드리면 안 된다는 것을 눈치
챘다.

양대산이 서흑수의 곁에서 호법을 섰다. 한쪽 어깨를 심하
게 다쳐 도끼는 하나밖에 들지 못했다. 어차피 나머지 하나는
반쪽이 나 있어서 볼품이 없었다.

그래도 그는 부상당한 상태로 굳건히 서서 사람들이 접근
하지 못하도록 막았다. 사람들의 접근을 차단하느라 자기 어
깨조차 치료하지 못했다.

그는 서흑수의 상태가 심상치 않다는 것을 깨닫고 있었다.
본능적인 감각으로 그것을 알아챘다.

다른 무사들은 시체들을 치우고 부상자들을 치료했다. 내
상을 입은 사람들은 운기조식을 했고 멀쩡한 사람들은 주변
을 경계했다.

다른 사람들은 가져온 전서구를 이용해 이곳에서 일어난
일을 무림맹에 보고했다. 일부 사람들은 자기들의 소속 문파
에 소식을 전하기 위해 전서상회가 있는 곳으로 떠났다.

그렇게 시간은 빠르게 흘렀다.

서흑수의 몸속에서 살기가 조금씩 가라앉았다. 워낙에 깊
게 피어올랐던 살기는 가라앉는 데 많은 시간을 잡아먹었다.

싸움의 시작은 새벽이었다. 어느새 해가 중천에 떠오르고

사람들이 점심을 챙기기 시작했다.

그때, 서흑수가 눈을 떴다.

양대산이 급히 그를 보고 질문했다.

"서 대협, 괜찮으십니까?"

서흑수가 가볍게 고개를 숙였다.

"호법을 서주서서 감사합니다."

양대산이 호탕하게 웃었다.

"하하하. 목숨을 구해주신 것에 비하면 작디작은 일이었습니다."

다른 무사들도 다가왔다.

"서 대협, 구명지은에 감사드립니다."

"제가 필요하면 언제든지 말씀만 하십시오. 한달음에 달려가겠습니다."

"화산은 이 일을 잊지 않을 겁니다."

"언제 우리 곤륜에 한번 들르십시오."

서흑수는 스스로의 몸을 통제하게 되는 데 몇 시진의 시간을 소모했다. 그는 그 시간이 아까워서 미칠 지경이었다.

"도망친 적풍은 누가 추격했습니까?"

양대산이 말했다.

"죄송합니다. 추격에 능한 사람이 많았지만 모두 실패했습니다. 그자의 경공은 초상비를 넘어서는 것이었습니다. 아무런 흔적이 남아 있지 않습니다."

“장원을 수색해 보셨습니까?”

“물론입니다. 이 잡듯이 샅샅이 뒤졌습니다.”

“뭘 찾아내셨습니까?”

“아무것도 없었습니다. 이곳은 완전히 청소되어 있습니다.”

“그만한 짐을 옮겨냈다면 흔적이 남지 않을 리 없습니다.”

“최소한 하루 이상 시간이 지난 흔적들만이 남아 있습니다. 놈들은 흔적을 지우는 데까지 신경을 썼습니다. 그나마 찾아낸 것들도 사람의 통행이 잦은 곳과 겹쳐졌습니다. 추격이 불가능합니다.”

“흔적을 지우며 도망치는 쪽으로 충분한 기술을 가지고 있는 놈들이니까요.”

서흑수는 그 상황을 예상하고 있었다.

‘이건 무림맹에서 일찌감치 정보가 샜다는 증거야. 마교에서 얻은 정보와도 일치해. 무림맹에 청풍 아니면 청뢰가 있어. 가서 놈을 잡는다. 만약 한 놈이 아니라면? 무림맹이 그 현판을 유지하고 싶다면 그러지 않아야겠지.’

서흑수는 자신의 싸움을 뒤돌아보았다. 기억이 군데군데 끊겨 있었다. 싸움의 일부가 생각나지 않았다.

‘위험했다. 조금만 더 지났으면 완전히 미쳐서 아무것도 기억하지 못했겠지. 깨어나면 모두 죽어 있거나, 아니면 내가 죽었겠지.’

그때 한 무리의 사람들이 나타났다. 그들의 선두에서 당이환이 소리쳤다.

“흑수, 괜찮냐?”

사람들이 누가 왔는지 고개를 돌려 확인했다. 황금장에 머물던 당이환 등이 말을 타고 몰려왔다.

그들을 알아본 사람들이 말했다.

“당문제일검 당이환이다!”

“춘풍검 백현우 대협도 있다!”

“뒤따르는 부대는 적호대다!”

“그럼 저들이 바로 무림맹 조사단이군.”

당이환이 제일 먼저 달려와 말에서 뛰어내렸다.

“안 다쳤냐?”

안 다쳤을 리가 없다. 온몸이 피투성이에 전신에 타박상을 입었다. 갈비뼈까지 나갔다.

“멀쩡합니다.”

당이환도 서흑수가 멀쩡하지 않은 것을 안다. 얼마나 다쳤는지도 대충 구분했다.

“하긴. 네 녀석이 쉽게 당할 녀석이 아니지.”

사람들은 그들의 대화를 듣고 함부로 추측을 했다.

‘둘의 대화가 상당히 허물이 없는데?’

‘서로 친분이 대단한가?’

‘맞아. 둘이 같이 조사하러 다닌다고 했지.’

‘당문제일검 당이환. 신비협객 왕삼과 친한 사이라 그거

지? 보고해야 할 사항이다.'

갑자기 고세옥의 비명 소리가 들렸다.

"으악! 누나!"

서흑수의 고개가 획 돌아갔다.

'소미?'

고세옥은 구소라를 발견하고 달려갔다. 그녀를 와락 껴안았다.

"누나, 누나, 이게 어떻게 된 거야? 정신 차려봐. 정신 좀 차려봐!"

사람들은 구소라가 얼마나 무서운 생강시인지 똑똑히 보았다. 그들은 감히 가까이 다가가지도 못했다. 그저 멀리 떨어져서 고세옥과 구소라를 구경하기만 했다.

고세옥의 눈에서 닭똥 같은 눈물이 뚝뚝 떨어졌다. 서흑수가 그에게 다가가 어깨를 짚었다.

"진정해라."

고세옥이 서흑수를 돌아보았다.

"흑수 형, 소라 누나 어떻게 된 거야?"

"살아 있다."

"그렇지? 살아 있는 거지? 그런데 왜 날 못 알아봐? 어떻게 날 못 알아봐?"

"너를 알아보고 있다. 주변에서 무슨 일이 일어나고 있는지 모두 이해하고 있다."

“정말이야?”

“사실이다.”

“그런데 왜 이러고 있는 거야?”

서흑수는 대법에 당한 여자들이 깨어날 때 보인 반응으로 그녀들이 어떤 상태에 처해 있는지 추측해 냈다.

“소라 아가씨에게 가해진 대법은 배교의 비전이다. 아주 지독하다. 그녀의 정신은 지금 스스로 움직일 수 없는 공간에 갇혀 있다. 몸이 그녀의 의지대로 움직이지 않는다.”

고세옥이 구소라를 돌아보았다. 여전히 눈물을 흘리고 있었다.

“소라 누나, 힘들겠구나. 하지만 걱정 마. 내가 왔잖아. 내가 반드시 낫게 해줄게.”

고세옥의 표정은 애절했다. 당이환이나 남궁진미, 제갈무한과 팽도천이 그에게 다가왔지만 감히 말을 붙이지 못했다.

서흑수는 그 모습을 보다가 갑자기 떠오르는 생각이 있었다.

‘아는 동네 누나를 대하는 태도가 아니다. 혹시?

그는 고가장에 있을 때의 일 하나가 생각났다.

‘담장을 고칠 때, 세옥이가 겨뤄달라고 찾아왔지. 소라 아가씨도 찾아오고. 소라 아가씨가 세옥이를 보고 정말 환하게 웃었어. 내가 노 총관님이랑 술 마시러 가는 곳까지 둘이 함께 쫓아왔지. 둘이 함께.’

그는 고세옥과 구소라의 관계를 깨달았다.

'세옥이의 짝이 소라 아가씨였구나! 그래서 이 녀석이 계속 누나들을 찾아야 한다고 했구나. 누나가 아니라……'

서흑수만 그런 생각을 한 것이 아니다. 제갈무한과 팽도천이 뒤쪽에서 수군거렸다.

"세옥이 녀석 말대로 예쁘긴 예쁘네."

"거의 남궁 소저에 버금가는데?"

"그러면 뭐 해? 펑펑 우는 꼴을 보라고. 둘이 보통 사이가 아니야."

"세옥이 녀석이 우리를 놀렸군. 자기 애인 예쁘다고 자랑한 거였어."

"뭐, 사실이니 인정하지 않을 수는 없군. 그래도 내게는 남궁 소저가 나아 보인다네."

"어허. 제갈 형, 나도 그렇게 생각한다네."

"팽 형, 자네는 조금 전에 저 아가씨가 남궁 소저에 버금간다고 말했네만?"

"이 친구가. 그건 그냥 한 말이네, 그냥."

당이환이 그들의 뒤통수를 후려쳤다.

"이것들이 이 상황에서 무슨 헛소리야!"

남궁진미는 두 사람보다는 현실적이었다. 그녀는 고세옥에게 다가가 말했다.

"고 공자, 진정해요."

고세옥이 푹 젖은 눈으로 남궁진미를 돌아보았다.

"하지만……."

"어떻게든 정상으로 돌릴 방법이 있을 거예요. 걱정하지 말아요."

"그래야지요. 반드시 정상으로 되돌려야지요. 누나, 이리 와. 나랑 가자."

고세옥이 구소라의 손을 잡아당겼다. 그러나 구소라는 꿈쩍도 하지 않았다. 고세옥의 얼굴이 다시 울상으로 변했다. 그가 서흑수를 돌아보았다.

서흑수는 심각한 고민에 빠져 있었다. 고세옥과 눈이 마주친 그가 질문했다.

"세옥아, 너와 소라 아가씨는 가까운 사이지?"

"응."

"그런데 그걸 왜 숨겼지?"

"우리 누나가 싫어했거든."

"소미가 소라 아가씨를 싫어해서?"

"아니, 내가 자기 친구와 결혼이라도 하게 될까 봐 싫어했어. 그래서 그 일로 둘이 대판 싸우고는 사이가 나빠졌어. 그 다음부터는 내놓고 사귀지 못했어. 몰래 만났지."

서흑수의 귀가 번쩍 뜨였다.

"둘이 사이가 나빠지다니. 원래 관계는 어땠는데?"

"제일 친한 단짝이었지."

서흑수의 표정은 심각했다.

"사이가 나빠진 지 얼마나 됐지?"

"내가 소라 누나랑 사귄다는 걸 누나에게 들킨 게 흑수 형이 오기 한 달쯤 전이야. 그 다음부터 매일같이 시비가 붙는 유명한 앙숙이 됐어. 원래 친했으니까 앙숙이 된 게 더 유명해졌지."

서흑수가 주먹을 꽉 쥐었다.

'내가 놓치고 있던 게 이거야. 소미와 소라 아가씨. 지존은 이 두 명이 음지체임을 어떻게 알았을까?

"둘이 같이 어울려 다니는 일이 많았어?"

"당연하지. 언제나 붙어 다녔는걸?"

"좋아, 좋았어."

"뭐가 좋아?"

"아니다. 아무것도 아니다."

서흑수는 환성이라도 지르고 싶었다.

'확실한 단서다. 두 사람이 같이 들른 곳을 확인해야 해. 많지는 않아. 소미는 여행을 거의 못해봤다고 했어. 찾아보면 몇 군데 없을 거야. 최악의 경우에도 추격할 수 있는 끈을 하나 찾아냈어. 하지만 지금은 무림맹이 먼저야. 거기 숨은 놈을 끄집어내야 해. 그놈이 여섯 왕 중 하나니까.'

서흑수가 사람들을 둘러보고 선언했다.

"저는 이번 일을 해결하기 위해서 무림맹으로 가겠습니다."

사람들이 너도나도 찬성했다.

"당연히 그러셔야지요."

"무림맹에 큰 도움이 될 겁니다."

"하하하, 마교의 준호법이 되셨다는 소문을 듣고 걱정했었습니다. 무림맹으로 가신다니 기쁘기 그지없습니다."

서흑수가 아홉 명의 생강시에게 다가가서 패를 내밀었다.

"지존께서 내리신 명령이다. 대법을 극복하고 제정신을 차려라."

생강시들은 그 명령에 반응을 보이지 않았다.

"예상대로 이런 방법으로는 소용없군. 이렇게 쉽게 풀릴 리가 없지."

사람들은 그 모습에서 새로운 사실을 깨달았다.

"저 패를 들고 명령만 내리면 생강시들을 조종할 수 있나 본데?"

"그렇다면 저 패는 보물이라고 할 수 있군."

서흑수가 그들을 보더니 미리 선언했다.

"이 아가씨들을 싸움에 이용할 생각은 마십시오."

화기중이 앞에 나섰다. 그는 이곳을 습격한 무사들 중에서 두 번째 고수였다.

"그것들은 큰 전력이 됩니다. 어째서 쓰지 말라고 하십니까?"

"이 아가씨들은 자유의지에 의해서 싸운 것이 아닙니다."

"하지만 이건 대의를 위한 것입니다."

"생강시가 왜 이렇게 강력한지 아십니까? 진원지기를 소모하기 때문입니다. 싸움을 거듭하면 이 아가씨들은 결국 죽습니다."

사람들이 깜짝 놀랐다.

"헛! 생명의 근본을……."

"지독한 배교의 술법이로군."

화기중은 물러서지 않았다.

"대를 위해서 소를 희생해야 합니다."

서흑수는 화기중의 목소리가 귀에 익었다. 그를 노려보았다.

'내가 살기를 누르기 위해서 서 있을 때 내 팔을 잡으려던 자의 목소리다. 이자는 왜 그랬을까? 모르고 했을까? 아니면 알면서?

"대? 소? 무엇이 대고 무엇이 소이지? 사람을 생체병기로 만들어서 사용하는 것이 소인가? 그런 것을 아무 거리낌 없이 저지른다면 그게 정의를 숭앙하는 무림맹이야?"

"하, 하지만 배교를 처단하기 위해서는 어쩔 수 없소."

"옳지 않은 수단이야."

"이건 배교의 무기로 배교를 치는 거요. 결코 잘못된 일이 아니오."

"웃기지 마."

"서 대협, 이렇게 나온다면 강제로 그것을 빼앗겠소."

서흑수가 피식 웃었다. 두 다리로 땅을 단단히 디디고, 왼손에 패에 달린 끈을 감았다.

"능력이 된다면 빼앗아봐."

그 단호한 태도에 화기중이 이를 악물었다.

'나 혼자 싸워서는 절대로 못 이긴다.'

그가 무림맹 무사들을 돌아보며 외쳤다.

"이건 대를 위해서 하는 일이오! 저 패가 없으면 그만큼 많은 무림 동도들이 피를 흘릴 것이오! 다들 힘을 합쳐 패를 빼앗읍시다!"

그의 말에 일부 무림인들이 움직였다. 그러나 일부뿐이었다.

화기중은 만족했다.

'백 명은 족히 되는군. 저자가 아무리 대단해도 어찌 정파 무인 백 명을 죽일 수 있을까? 차마 못하겠지. 결국 내놓고 말거야.'

양대산이 서흑수의 곁으로 다가갔다. 서흑수는 양대산의 눈빛을 보고 그가 뭘 하려는지 깨달았다. 다가오는 것을 막지 않았다.

양대산이 서흑수의 앞에 서서 소리쳤다.

"먼저 나를 쓰러뜨리고 그 다음에 서 대협에게 도전해라!"

화기중이 당황했다.

"야, 양 대협, 이게 무슨 짓입니까?"

"나 양대산, 지금까지 살아오면서 옳지 않은 일을 한 번도 안 했다고는 말 못하지. 하지만 이건 아니야!"

"이건 대의를 위해서 하는 일이오!"

"화기중, 이건 대의가 아니야! 생강시를 싸움에 동원한다면 우리가 배교나 마교와 다를 게 뭔가!"

그의 곁으로 무사들이 하나둘씩 모여들었다. 그 숫자가 어느새 수백 명으로 늘어났다. 그들이 거대한 성벽을 쌓았다.

어쩌지를 못하고 구경만 하던 무사들도 결국 그 대열에 동참했다.

처음 화기중 편에 백여 명이 섰을 때는 그 수가 대단히 많아 보였다. 아직 그 숫자는 같지만 이제 한 줌도 안 돼 보였다.

화기중은 더 이상 고집을 부리지 못했다.

"알았소. 할 수 없지."

서흑수는 물러서는 화기중을 보며 속으로 질문했다.

'그런데 넌 뭘 가지고 있지? 누가 널 이 부대에 넣었지? 그게 누구지?'

서흑수의 입꼬리가 쓰윽 올라갔다.

서흑수는 아홉 명의 생강시에게 돌아섰다. 그리고 패를 내밀며 말했다.

"지존께서 내리신 명령이다. 더 이상 남을 위해 싸우지 마라. 스스로를 보호하기 위해서만 싸움을 해라."

서흑수가 양대산을 가리켰다.

"여기 이 사람이 너희들을 보호해 줄 것이다."

그리고 고세옥을 가리켰다.

"여기 이 사람도 너희들을 보호해 줄 것이다. 이들의 말을 들어라. 그러나 누구라도 싸우라고 명령한다면 듣지 마라. 이 것이 마지막으로 내리는 명령이다. 이후에는 나 이외의 그 누가 패를 들고 오더라도 무시해라."

서흑수는 생강시들의 이성은 정상이란 것을 잘 알고 있다.

'이들에게 그럴 수 있는 적당한 이유만 제공한다면 싸울 리가 없어.'

서흑수가 패를 품속에 집어넣고 양대산에게 말했다.

"양 대협, 배교를 무찌를 때까지 이 아가씨들의 안전을 부탁드리고 싶습니다."

양대산이 온전한 한쪽 팔로 가슴을 치며 말했다.

"나 양대산, 개벽쌍부라는 무림명을 걸고 그 누구도 이 여인들을 이용하지 못하게 하겠습니다."

"이제 누구도 이용할 수 없습니다. 그때까지 남들의 연구 대상이 되지 않도록 보호만 해주시면 됩니다. 어차피."

서흑수가 화기중을 돌아보며 말했다.

"누군가 강제로 이 아가씨들을 차지하려고 하면, 생강시가 왜 무서운지 목숨을 내놓으면서 알게 될 테니까요. 전 이 아가씨들의 자기보호 본능은 억제하지 않았습니다.”

무사들은 서흑수의 의도를 이해했다. 그들이 서로 속닥거렸다.

“이제 아무도 생강시들에게 명령을 내리지 못하겠군.”

“그렇지. 강제로 뭔가를 조종하려고 시도했다가는 생강시의 그 무서운 주먹에 맞아 죽을 테니까.”

“하지만 저 패를 차지한다면 혹시 가능하지 않을까?”

“어떻게? 신비협객 왕삼의 손에서?”

“그는 검귀나 검신이라고 불려야 할 사람. 누가 감히 저 대단한 고수의 손에서 그걸 빼앗을 수 있을까?”

“하긴. 그러다가 그를 다치게라도 하면 정파무림은 둘째 치고 당장 마교 손에 죽겠지.”

서흑수가 한혈보마를 향해 말했다.

“번개야, 가자!”

한쪽에서 풀을 뜯으며 쉬고 있던 한혈보마가 꼬리를 흔들며 달려왔다.

서흑수가 말에 올라탈 때 남궁진미가 다가왔다.

“서 공자, 그냥 가시게요?”

“시간이 많지 않습니다.”

“검선께서 황금장에 계세요. 가서 만나뵙고 같이 가시지 않겠어요?"

서흑수는 검선도 조사하고 싶었다.

"그에게 이 부대를 편성할 권한이 있습니까?"

"네? 그런 권한이 있을 리가……."

"여기 온 사람들 중에 그와 친분이 있는 사람이 있습니까?"

"왜 그런 걸 물으시는지 모르겠어요. 하지만 그분은 이십 년이나 무림을 떠나 계시던 분, 아마 없을 거예요."

서흑수는 결론을 내렸다.

'그럼 그는 적어도 무림맹에 숨어 있던 왕은 아니야. 지금은 왕을 잡는 게 먼저야. 소라 아가씨가 당했어. 소미에게 남은 시간이 많지 않아.'

"번개가 아무리 명마라지만 둘이나 태우고 거기까지 달리게 하고 싶지는 않습니다. 이 녀석, 지금 꽤 지쳤습니다."

"하지만 그분의 무림맹에서의 위치는 무척 높아요. 그분과 함께라면 무림맹에서 서 공자의 말을 허투루 듣지 않을 거예요."

서흑수가 피식 웃었다.

"무림맹이 지금 내 말을 무시할 수 있을까요?"

남궁진미는 반박하지 못했다.

'얼핏 들으면 광오한 말. 하지만 사실이지. 지금 세상에서 누가 서 공자의 말을 무시할 수 있을까?'

"알았어요. 우리는 검선을 뵙고 뒤따라갈게요."

서혹수는 번개를 타고 달렸다. 달리면서 말의 목을 쓰다듬었다.

"네가 정말 명마는 명마로구나. 그거 잠깐 쉬었다고 이렇게 힘을 내서 달리다니."

번개가 마치 대답이라도 하듯 크게 울었다.

히히힝!

서혹수는 품속의 패를 꺼내보았다. 최초에 정미란과 싸운 후 챙겼던 패와 마교에서 가져온 패, 그리고 이번에 확보한 패를 비교해 보았다.

"문양에 차이는 있어. 하지만 특별한 의미는 없어. 역시 어느 패를 각인시켰냐가 중요한 것이지, 패 자체에 특별한 장치가 된 건 아니야."

자그마한 기대를 가져보았다.

"적풍은 이 패 하나로 열 명의 생강시에게 명령을 내렸어. 그럼 다른 생강시들에게도 이게 먹힐까? 아니면 이번 열 명이 전부일까? 시험해 봐야겠지. 잘됐으면 좋겠는데."

서혹수가 패를 품에 넣고 번개의 목을 쓰다듬으며 말했다.

"달려라, 번개야. 청풍인지 청뢰인지, 아니면 두 놈 다 있든지 상관없다. 무림맹에 숨어 있는 놈들을 전부 잡으러 가자."

　　　　　*　　　　　*　　　　　*

　무림맹의 정문은 녹록하지 않다. 평소에도 자존심 강한 무사들이 지키는 곳이다. 지금처럼 전쟁이 터지느니 마느니 하는 시절에는 그 규모가 몇 배는 증강된다. 그리고 경비대장이 직접 정문에서 근무를 선다.

　서혹수는 번개를 타고 죽어라 달려왔다.

　그동안 쉬어본 날이 손에 꼽을 정도다. 그나마도 한혈보마 번개가 체력을 회복하면 그 즉시 출발했다.

　객잔 같은 곳에서 번개를 쉬게 해줄 때, 점소이에게 몇 푼 주고 시켜 옷을 구해오게 했다.

　'싸우느라 걸레 조각이 된 옷을 입고 무림맹에 들어가면 꼬장꼬장한 사람들은 모욕당했다고 화를 낼지도 몰라.'

　점소이는 자신이 평소에 입던 옷을 넘겼다. 그런 옷의 질이 좋을 리가 없다.

　고소미가 납치된 후로 마음 편히 목욕이라도 해본 적이 없다. 지난 며칠 동안은 쉬지 않고 달렸다. 지금 그의 상태는 거지꼴이었다.

　더러운 꼴의 남자 한 명이 말을 타고 달려오자 무림맹의 무사들은 창과 칼을 세웠다. 무사들 중 고참이 소리쳤다.

　"멈춰라!"

　서혹수가 말을 세우고 나자 무사가 그를 쭉 훑어보았다.

“허리에 매듭이 없으니 개방은 아닐 테고. 말을 타고 왔으니 그냥 거지는 아닐 테고. 낡은 옷 꼴이나 땟물이 흐르는 얼굴을 보니 명문세가도 아닐 테고. 그래, 어디서 무슨 일로 찾아오셨소?”

그의 말투에는 우습게보는 기색이 가득했다.

무사의 기색이 곱지 않으니 서흑수의 입에서도 좋은 소리가 튀어나오지 않았다.

“맹주님 좀 봅시다.”

“맹주님을 뵙겠다? 혹시 사문이 구파일방이나 오대세가, 아니면 그에 준하는 명문 분이시오?”

“사문에는 사부님과 나뿐이오.”

무사의 목소리가 거칠어졌다.

“이거 큰일 낼 사람이군. 이곳은 무림맹이다. 맹주님이 아무나 뵐 수 있는 분인 줄 알아?”

서흑수도 슬슬 짜증이 났다. 마음이 급해 죽겠는데 쓸데없이 시간을 잡아먹는 무사가 마음에 들지 않았다.

“왜 못 보는데?”

“너 같은 것들이 하루에도 수십 놈 찾아온다. 맹주님을 뵙고 싶다면 높은 어른이 쓴 추천장이라도 가져와라.”

“알았다. 들어가서 아는 사람을 찾아보지.”

“건방진 놈. 네놈은 못 들여보내 준다.”

“왜?”

“이놈! 내 마음이다. 억울하면 너도 무림맹의 경비무사가 되어라!”

서흑수가 인상을 썼다.

‘그냥 뚫고 들어갈까?’

그때 정문 안쪽에서 하얀 수염의 남자가 걸어나왔다.

“왜 이렇게 소란스러우냐?”

무사들이 즉시 포권을 했다.

“대장님을 뵙습니다.”

“무슨 일이냐고 물었다.”

“옛. 이 거지꼴을 한 놈이 감히 맹주님을 뵙겠다고 해서 쫓아내는 중이었습니다.”

경비대장이 서흑수를 돌아보았다.

“그렇다고 해서 사람을 그리 매정하게 박대…….”

부하를 꾸짖던 그는 뭔가 이상함을 느꼈다.

‘옷이 낡고 꼴이 거지꼴이지만 말은 상당히 좋아 보인다. 흔들림없는 자세 역시 일반 거지는 아니야. 무림엔 기인이 많은 법… 확인해서 나쁠 것이 없겠지.’

그가 혹시나 하는 마음에 질문했다.

“성함이 어떻게 되십니까?”

“서흑수입니다.”

경비대장이 펄쩍 뛰었다.

“허억! 신비협객 왕삼!”

경비무사들도 깜짝 놀랐다.

"대, 대장님, 농담이시겠지요?"

"그, 그분이 왜 이런 꼴로……."

"이마에 영웅건 두르고 천하를 질타하는 분으로 생각했는데……."

서흑수는 쓴웃음을 지었다.

'나도 그러고 싶었지. 미쳐 버리기 전에는.'

경비대장이 급히 그를 맞았다.

"오시자마자 맹주님께 모시라는 명령을 들었습니다. 저를 따라오십시오."

서흑수가 경비대장을 따라 들어가다가 고개를 돌렸다. 방금까지 그와 시비가 붙었던 무사가 차려 자세를 취한 채 눈동자도 굴리지 못하고 있었다.

서흑수는 조금 미안해졌다. 이대로 들어가면 그가 어떤 처벌을 받을지 뻔히 보였다.

그의 손에 번개의 말고삐를 쥐어주었다.

"고생 많이 한 녀석이니 잘 먹여주시오."

경비무사가 소리를 빽 질렀다.

"알겠습니다!"

무림맹주와 군사, 장로들은 서흑수가 무림맹에 들어왔다는 통보를 받았다.

장로 한 명이 말했다.

"우리가 앉아서 기다리는 것은 관례에 어긋나는 일이니 나가야 하지 않겠습니까?"

제갈관우가 주장했다.

"그가 아무리 대단하다 하나 개인입니다. 큰 명성을 떨쳤다 하나 젊은 나이입니다. 그런 개인에게 무림맹의 수뇌부가 모두 나서서 맞는 것은 옳지 않습니다."

"그래도 마교의 준호법 아니오?"

"그게 문제입니다. 그를 나서서 맞는다는 것의 의미는 간단하지 않습니다. 우리가 그를 마교의 준호법으로 인정한다는 뜻이 됩니다. 그건 마교에 힘을 실어주는 일. 절대로 그런 일을 해서는 안 됩니다."

혁천세도 동의했다.

"군사의 말이 옳지. 우리는 어떻게든 그와 마교 사이를 갈라놓아야 하오."

"그렇습니다. 그를 준호법으로 인정하는 순간, 우리는 더 이상 서흑수에게 손을 댈 수 없게 됩니다."

그들은 결국 회의실에서 한 발자국도 벗어나지 않았다.

"그를 어떻게 대우해야 할지 논의합시다."

사람들이 수군거리기 시작했다.

회의실 문이 열리고 서흑수가 들어섰다. 정문 경비대장이 말했다.

"서흑수 대협이 오셨습니다."

그의 뒤를 따라 서흑수가 들어섰다. 그는 실내의 공기가 예상과 조금 다름을 느꼈다.

'뭔가 자연스럽지 않아. 이들은 뭘 조심하는 거지?'

모든 사람들은 의자에 몸을 묻고 있었다. 군사 제갈관우가 앉은 채로 말했다.

"젊은이가 서흑수 조사단장인가?"

"그렇습니다."

"어서 오게. 환영하네. 내가 바로 무림맹 군사 제갈관우라네."

그들의 의도는 서흑수에게 신분의 차이를 느끼게 해주려는 것이었다. 무림맹 기준에서 보면 조사단장보다 군사가 훨씬 높은 직위라고 알려주고 싶어했다.

문제는 서흑수의 생각이었다.

'무림맹 자체가 이 모든 일의 배후일 가능성이 있어. 그런 놈들이 뭔가 꿍꿍이를 가진 채 나를 보고 있어. 수상한데? 정말로 너희들 전부가 범인이냐?'

의심이 들자 마음이 삐딱해졌다.

"제갈관유 대협이시군요."

"허험, 관유가 아니라 관우라네."

"아, 제갈관우 대협. 죄송합니다. 처음 듣는 이름이라 실수했습니다.”

사람들의 안색이 확 변했다.

장로 한 명이 나서서 말했다.

“어찌 무림맹 조사단장인 그대가 군사의 이름조차 모르는 가?”

“알아야 합니까?”

“조사단장으로서 당연한 것을!”

“그럼 자르십시오.”

서흑수도 무림맹의 힘이 필요하다. 그러나 무림맹은 그걸 깨닫지 못했다. 오히려 지금 무림맹에는 서흑수와 같은 고수가 간절히 필요하다.

긴장된 분위기는 얼마 가지도 못했다. 맹주 혁천세가 너털웃음을 터뜨리며 일어섰다.

“허허허. 내가 혁천세라네.”

그가 일어서며 자신을 밝히자 다른 사람들도 어쩔 수 없이 일어섰다.

서흑수는 기세 싸움에서 자기가 이겼음을 깨달았다.

‘단순히 내 기를 누르려는 생각이었군. 그리고 나를 아주 필요로 하는군. 맹주가 항복할 만큼.’

그는 즉시 포권을 취하며 허리를 살짝 구부렸다.

“서흑수입니다.”

“그래. 서흑수, 자네의 명성에 귀가 따가웠다네.”

"전부 헛소문입니다."

"허허, 오뢰상단, 동정호화루, 하남제일학관, 산동거지의 일이 모두 헛소문이란 말인가? 그 외에 무림과 상관없는 곳에서 자네 도움을 받은 일이 여러 건이 있다며? 그것도 모두 헛소문인가?"

서흑수는 무림맹이 자신에 대해 조금 안다는 것을 백현우에게 이미 들었었다.

'무림맹이 알아낸 것이 더 늘었군.'

"어쩌다 보니 개입한 일입니다."

혁천세도 그것이 서흑수가 한 일임을 이미 파악하고 있었다. 그래도 인사치레로 말했다.

"내 백 대협에게 듣고도 믿기지 않더니, 이렇게 자네가 직접 인정하는 걸 보니 믿지 않을 수가 없군. 신비협객 왕삼."

서흑수는 후회했다.

'역시 가명을 여럿 만들었어야 했어. 그 이름을 너무 많이 썼어.'

"서흑수입니다."

"하하, 그렇지. 자네는 서흑수지. 서흑수가 왕삼보다는 낫지. 내가 아는 분 중에는 협객은 이름이 멋있어야 한다고 주장하는 분도 계시거든."

"제가 아는 분도 그런 말씀을 하십니다."

"그래? 그분과는 어떤 관계이신가?"

“지금 중요한 문제는 그런 것이 아닙니다.”

“험험. 미안하네. 항상 궁금했던 일이라 내 실수했네. 그래, 무슨 일로 우리 무림맹까지 달려왔나? 자네가 사천에서 이곳으로 출발했다는 소식은 전서구를 통해 받았네만 그 이유까지는 알지 못하네.”

서혹수가 출입문을 슬쩍 닫았다. 회의실은 순식간에 밀실로 변했다. 서혹수가 문 앞에 서서 말했다.

“배교를 추격하는 과정에서 몇 가지 묻고 싶은 일이 생겼습니다.”

“뭐든지 물어보게. 자네가 묻는 일인데 적극적으로 대답해 주겠네.”

“조사단의 지원 부대 이동 경로는 누가 알고 있습니까?”

제갈관우가 벌떡 일어섰다.

“서혹수, 설마 그걸 조사하러…….”

서혹수가 제갈관우를 노려보았다.

“만약 군사 혼자 알고 있다면 더 이상 질문할 필요가 없습니다.”

제갈관우가 혀를 찼다.

“쯧쯧. 서혹수, 생각보다 훨씬 경솔하군.”

“무슨 뜻입니까?”

“다섯 개의 전투 부대가 매복에 당해 궤멸당했지. 그 정보가 샌 곳을 찾기 위해서 나도 조사 중이었네. 하지만 그 사실을 이렇게 공개적으로 떠들어 버리면 조사가 얼마나 어렵겠나?"

"그 말뜻은 정보가 이 안에서 샜다는 뜻입니까?"

제갈관우가 장로들을 둘러보다가 한숨을 쉬었다.

"휴우. 나를 돕는 참모들 중에 다섯 부대 모두의 이동 경로를 아는 사람은 없었네. 그걸 모두 종합한 정보는 나만이 알고 있었지."

서흑수의 몸에서 강렬한 기세가 일어나기 시작했다. 자신을 향한 적대적인 기운을 느낀 제갈관우가 재빨리 말했다.

"그리고 난 그걸 수뇌부 회의에서 보고했네. 바로 여기 있는 분들에게만."

서흑수의 기세가 변했다. 그는 이제 장로 전원을 노려보았다.

"이 안에 범인이 있다는 소리."

제갈관우가 보충 설명했다.

"그렇게 쉽지 않다네. 이분들은 모두 자기 일을 돕는 보좌관들을 거느리고 있네. 그들 중 누군가에게 이야기가 전해지고, 그곳에서 샜을지도 모르지. 그래서 나는 조사 중이었네."

서흑수가 고개를 가로저었다.

"아니, 범인은 반드시 이 안에 있습니다."

"어째서 그렇게 확신하는가?"

"일개 보좌관이 왕이 될 수는 없으니까."

"왕?"

"지존에게는 여섯 명의 왕이 있습니다. 각각 청풍, 청우, 청뢰, 적풍, 적우, 적뢰라고 불립니다. 이들의 신분은 한 문파의 수장이나 그에 준하는 직위의 인물입니다. 즉, 무림맹의 장로나 군사쯤 돼야 그중 하나가 될 수 있습니다."

"자네 말이 사실이라고 치더라도 그게 여기 배교의 여섯 왕 중 하나가 있다는 뜻이 되지는 않네. 단지 더 하급의 첩자에게 실수로 흘렸을 수 있으니까."

"아니, 이 중에 그 여섯 왕 중의 하나가 반드시 있습니다. 어쩌면 둘일지도 모릅니다."

'아니면 무림맹 자체가 모든 것의 배후이거나.'

사람들이 화를 냈다.

"우리를 모욕하는구나!"

"말도 안 되는 소리!"

서흑수가 싸늘하게 말했다.

"질문을 계속하겠습니다. 처음의 다섯 부대 외에 소마 북건곤이 죽은 일과 연루가 되어 전멸당한 추가 지원 부대. 그 부대의 이동 경로는 누가 관리했습니까?"

사람들이 일제히 제갈관우를 쳐다보았다.

第九章

제갈관우가 말했다.

"내가 관리했다네."

"혼자 관리했습니까?"

"물론이지."

서흑수가 제갈관우를 노려보며 말했다.

"지금까지 조사한 바에 의하면 그 이백 명의 무사들이 북건곤과 만난 것은 우연이 아닙니다."

"우연이 아니라니?"

"지존은, 그러니까 배교는 그 일을 치밀하게 계획했습니다. 무림맹이 뒤집어쓰게 하기 위해서 그들이 서로 만나게 했

습니다. 소마가 배교의 뜻대로 움직였을 리는 없습니다. 그
말은 무림맹의 전투 부대가 배교의 계획대로 이동했다는 뜻
입니다.”

“우리는 북건곤이 경호 부대와 헤어졌다는 말을 듣고 걱정
했다네. 그가 죽으면 지금과 같은 사태가 벌어지리란 걸 예상
했지. 그래서 그를 지키게 하기 위해서 그들을 소마에게 돌렸
네. 소마를 지키는 것이 그들의 임무였지.”

“누가 그렇게 했습니까?”

“물론, 내가 그렇게 했네.”

개방 장로 검걸개가 벌떡 일어서서 소리쳤다.

“군사, 당신이 배신을 했구나!”

다른 장로들도 아우성을 쳤다.

“맞아. 그 일은 군사가 선조치하고 사후 결재를 받았지.”

“다른 사람도 아니고 군사가 그럴 줄은 몰랐다!”

서흑수는 사람들을 둘러보며 생각을 정리했다.

‘가장 가능성이 높은 건 군사 제갈관우. 점창이 당했다면
제갈세가 역시 당할 수 있어. 청풍이나 청뢰를 군사로 만든다
면 배교의 일은 쉬웠겠지. 무림맹이 배교의 손발이 돼서 움직
일 수도 있었을 거야. 그나마 무림맹이 일의 배후가 아니라
다행이군. 그럼 슬슬 올가미를 조여볼까?

서흑수의 말투가 변했다.

“제룡장에 무인들을 보내 습격하도록 계획을 짠 것도 당신

인가?"

"물론이다. 그것이 군사가 해야 하는 일이니까."

"인원 편성도 당신이 했고?"

제갈관우의 얼굴이 와락 일그러졌다.

"내가 한 것이나 다름없다."

서흑수가 공력을 끌어올렸다. 한 걸음 앞으로 나서며 말했다.

"화기중은 왜 끼워 넣었지?"

제갈관우의 표정이 변했다.

"화기중? 그걸 왜 묻지?"

"묻는 말에 대답해라. 왜 그를 끼워 넣었지?"

제갈관우의 고개가 검걸개 쪽으로 돌아갔다. 서흑수의 눈도 따라 돌아갔다.

검걸개가 조금 굳은 얼굴로 일어서 있었다.

서흑수의 머릿속에 퍼뜩 떠오르는 것이 있었다.

'개방! 정파의 정보를 쥐고 있는 곳!'

제갈관우가 믿어지지 않는다는 얼굴로 검걸개에게 질문했다.

"검걸개 장로님, 화기중은 검 장로님의 의견으로 추가시킨 인물입니다. 그 이야기가 왜 지금 나오는 겁니까?"

검걸개가 고개를 급하게 가로저었다.

"나도 모르오. 그가 무슨 짓이라도 저질렀소?"

서흑수는 화기중에 대해서 의심은 했어도 확신은 없었다. 하지만 상황이 돌아가는 것을 보고 그는 자신이 잘못 생각했다는 것을 깨달았다.

그가 제갈관우에게 질문했다. 말투가 다시 예전으로 돌아갔다.

"무림맹 지원 부대의 임무를 북건곤의 경호로 돌리는 일에 개방이 개입했습니까?"

제갈관우는 서흑수의 말투에서 이제 자신은 의심에서 벗어났음을 깨달았다.

"그렇지. 검걸개 장로께서 북건곤의 현재 위치에 대한 정보를 최대한 수집해 줬으니까."

"그 말은, 검걸개 장로가 말하는 곳으로 지원 부대가 가야 했다는 뜻입니까?"

제갈관우가 순순히 대답했다.

"그렇다."

"이번 제룡장의 습격 전에, 감시 임무도 개방이 맡았습니까?"

"물론이다. 적이 눈치 채지 못하게 조사하는 건 거지가 제격이니까."

"그리고 화기중을 끼워 넣고?"

"편성 중에 검걸개 장로가 부탁했지. 잘 아는 사람이니 공을 세우게 해달라고. 딱히 문제되는 청탁도 아니라 받아주었다네.”

서혹수가 몸을 돌렸다. 검걸개를 향해 뚜벅뚜벅 걸어갔다.

“검걸개, 너는 청풍이냐? 아니면 청뢰냐?”

검걸개가 뒤로 주춤주춤 물러섰다.

“네, 네 이놈! 무슨 소리냐! 누명을 씌우지 마라.”

“누명?”

“그렇지. 누명이지. 나는 이날 이때까지 무림을 위해서 이 한 몸 바쳐 일했다. 이제 와서 마교의 준호법인 네가 나에게 누명을 씌우려고 하는구나!”

“검걸개, 조사하면 다 나와.”

“서혹수, 감히 개방을 외부인이 조사해?”

“서혹수라는 이름으로는 못하지.”

검걸개가 득의양양해서 코웃음을 쳤다.

“홍. 그런 놈이 감히……”

서혹수가 한마디 던졌다.

“하지만 산동의 거지 왕삼이라는 이름으로도 못할까?”

검걸개의 얼굴이 흙빛으로 변했다. 서혹수가 몰아붙였다.

“산동의 거지 왕삼은 검걸개 당신이 지금 이 자리에 올라올 때까지 무슨 일을 해왔는지 샅샅이 조사할 수 있어. 그 과정에서 돈이라도 많이 뿌린 건 아닐까? 그 돈은 어디서 나왔을까? 삼보전장? 제룡장? 황금장에서 그 두 곳에 대한 조사를 적극적으로 하고 있어. 어디가 됐든 추적하면 다 나와.”

"거, 거지라고 부자가 되지 말란 법이……."

"웃기지 마. 그리고 이번 일과 관련해서 당신이 무슨 행동을 했는지 추격하면? 지난 한두 달 동안 일이 급박하게 흘렀지. 당신도 무리수를 많이 뒀을 거야. 조사하면 다 나와. 당신은 이미 끝났어. 인정하지 않으면, 비참하게 죽을 거야."

검걸개가 털썩 주저앉았다.

"나, 나는……."

혁천세가 벌떡 일어섰다.

"검걸개! 이 일의 배후가 개방이었나!"

검걸개가 고개를 격렬히 흔들었다.

"아, 아닙니다. 단지, 단지 나 혼자……."

서혹수가 한마디 뱉었다.

"실토했군."

검걸개의 얼굴이 창백해졌다. 하지만 이미 뱉은 말을 주워 담을 수는 없었다.

혁천세가 검을 뽑았다.

"감히 배교의 끄나풀이 된 자가 살기를 바라지는 않겠지? 너를 죽이고 개방에 따지겠다!"

서혹수가 혁천세에게 손바닥을 내밀었다.

"멈추십시오."

"살려둘 수 없는 자다!"

"이자를 죽이는 자, 배교의 여섯 왕 중 하나라고 생각하겠습니다.”

“뭐, 뭣이?”

“지금 죽이면 살인멸구가 되니까.”

혁천세는 흠칫했다. 기분이 나빴지만 틀린 말이 아니다. 머쓱한 마음을 감추며 검을 집어넣었다.

“크흠. 인정한다. 우리는 배교에 대해서 들어야 할 이야기가 많지.”

서혹수가 검걸개에게 말했다.

“너는 청풍이냐? 청뢰냐?”

검걸개가 서혹수를 올려다보고 질문했다.

“나머지 왕들은 다 파악했나 보군?”

“물론.”

“휴우. 서혹수, 네가 아는 것이 내가 아는 것보다 많구나. 나도 그들이 누구인지 모르는데.”

“독정이 발작할 때까지라도 살고 싶으면 질문에 대답이나 해.”

그 말을 들은 검걸개는 모든 것을 포기한 표정을 지었다. 그가 탄식하며 대답했다.

“휴우. 결국 이렇게 끝나는군. 나는, 나는, 청뢰다.”

“임무는?”

“지존의 계획을 위해서는 무림맹과 마교가 서로 싸워야 해. 나는 그렇게 되도록 무림맹을 조종하는 임무를 맡았다.”

사람들이 소리를 질렀다.

"감히 그런 짓을 하다니!"

"검걸개! 싸우자!"

서흑수가 손을 휘저어 사람들을 조용히 시키고 말했다.

"청우는 개과천선했다. 죄를 뉘우쳤다. 그래서 살아남았지. 청뢰 당신도 그럴 수 있다."

별로 살려주고 싶지 않았다. 하지만 검걸개 하나의 목숨보다는 소미에 대한 정보가 훨씬 더 중요했다.

"후후. 청우는 운이 좋군. 누구인지 밝혀지지 않았으니까. 하지만 나는 정체가 드러났다. 뉘우쳐도 죗값을 치르겠지."

"청우의 죄는 당신보다 가벼웠으니까. 그리고 그는 이미 그 벌을 받았으니까. 하지만 당신은 너무 많은 사람을 죽게 만들었어."

"할 수 없었다. 내가 독정에 중독된 것은 십오 년 전. 그때 나는 한창 나이였다. 살고 싶었다. 그렇게 십오 년을 살아오면서 지존은 특별한 것은 요구하지 않았다. 무림맹에 박혀 지위가 오르기만을 요구했지. 나의 지위 향상을 위해 많은 돈을 주었지. 나는 그동안 조금의 죄만 지었어. 그러니 별로 죄책감을 느낄 필요도 없었다."

"웃기는군. 결국 배교가 무림을 어떻게 할지 알았잖아. 너는 그걸 위해서 존재했다."

"그건 미래의 일, 미래의 일이라고만 생각했다. 어떻게든 잘 해결될 거라고 생각했어.”

“잘 해결? 너 때문에 죽은 정파의 무인이 최소한 이백 명이
다. 아니, 다섯 개의 전투 부대와 제룡장에서의 피해를 다 합
치면 오백 이상일까? 내가 아는 것만 세도 그만큼이지.”

“그들에게는 미안하게 생각하고 있다. 하지만 난 어쩔 수
없었다.”

“개소리하지 말고 네가 아는 것을 말해라. 지존은 지금 어
디 있지?”

“그걸 내가 어떻게 알겠나?”

“청우나 적우의 경우 지존에 대해 은밀히 조사했다. 너는
정보를 취급하는 개방. 십오 년이나 지났으니 뭔가 더 나은
정보를 알고 있겠지.”

검결개가 다시 한숨을 쉬었다.

‘이놈은 정말 모르는 게 없군.’

“휴우. 지존은 아마 그곳에 있을 거다.”

“그곳?”

“이 모든 일이 시작된 곳. 천년독각사를 잡은 곳. 제룡장마
저 날아간 지금, 아무 곳에나 숨을 리가 없다. 거기가 가장 확
실하지.”

“그곳이 어디지?”

“그건 나도 모른다. 하지만 적풍이나 청풍이라면 알겠지.”

“그들은 특별한가?”

"여섯 왕 사이에도 등급이 있다. 다른 네 왕은 서로 비슷한 비중을 가지고 있지만, 적풍과 청풍은 특별한 대우를 받는다. 지존이 함부로 대하지 않아. 느낌이었다. 그들이라면 알고 있을 거야."

"누구인지도 모른다면서? 그렇다면 본 적도 없을 텐데 어째서 그렇게 생각하지?"

"지존은 그들에 대해 이야기할 때 다른 왕들과 차별을 뒀다. 나는 오랜 세월 고민했다. 그들은 왜 특별한 대우를 받을까? 한 가지 의문이 더 들더군. 지존은 젊다. 천년독각사는 최소한 십오 년 전에 잡혔다. 내가 금제를 당한 것이 그때니까."

서흑수는 뒤통수를 한 대 얻어맞는 기분이었다.

'아차! 이 일은 이십 년 이상 진행된 것. 놈의 나이가 맞지 않아!'

"지존은 정말 젊어. 천년독각사가 잡힐 때 지존은 애송이였겠구나."

"그렇지. 아무리 많이 쳐줘도 그 당시 십대 초반이었을 거야. 아마 열 살도 되지 않는 어린애였겠지. 그 나이에는 어떤 기연을 얻더라도 천년독각사와 같은 영물을 잡을 무공이 없다. 누군가 도와줘야 했지. 그리고 그때부터 지존에게 도움을 줬다면, 아마 특별 대우를 받을 만하겠지."

서흑수의 머리가 팽팽 돌았다.

'정파의 누군가가 이 일의 시작부터 개입해 있었어. 누굴

까? 내게는 아직 실마리가 남아 있어. 그리고 알아낸 정보도 많아. 찾아낼 수 있어.'

서흑수가 그 실마리를 조사하기 위해 검결개를 쥐어짰다.

"너도 여자들이 음지체임을 알아내는 일에 개입했나?"

"약간. 음지체로 의심되는 사람이 발견되면 그 정보를 넘겨주는 일을 했다. 하지만 내가 확인하지는 않았다."

"맞아. 지존은 그걸 확인하기 위해서 사람을 잠입시키고는 했지. 그럼 사천 고가장에서 고소미를 납치한 일. 그 일에도 개방이 개입했나?"

"사천 고가장? 아니, 그런 적 없다. 내가 개입한 일은 모두 기억한다."

서흑수는 확신에 가까운 가정을 세웠다.

'청우, 점창의 유본기는 그 일을 하지 않았어. 적우, 마교의 복양소도 마찬가지야. 산적인 적뢰 조행천은 그런 정보를 얻을 방법이 없어. 그리고 청뢰, 개방의 검결개도 아니야. 그럼 남는 것은 적풍과 청풍뿐. 소미가 음지체임을 안 자가 그 둘 중 하나다. 적풍은 얼굴을 드러내고 다녀도 되는 자. 알려진 세력이 없다는 뜻. 그럼 범인은 청풍이다. 놈을 잡으면 배교의 모든 비밀을 알아낼 수 있어!'

서흑수가 혁천세에게 말했다.

"여섯 왕 중 마지막, 청풍을 찾아야겠습니다."

혁천세는 그들의 대화를 듣고 크게 감탄한 상태였다.

‘이 사람은 어찌 이리도 많은 이야기를 알고 있을까? 추격을 시작한 지 얼마 되지 않은 것으로 아는데.’

“당연히 그래야지.”

“무림맹이 도와줘야겠습니다.”

“모든 것을 아낌없이 지원하겠네. 무림맹을 자네 손발처럼 사용하게나.”

배신자로 몰리다가 겨우 빠져나온 제갈관우가 재빨리 제안했다.

“서흑수가 일을 편하게 하기 위해선 조사단장의 직함으로는 부족합니다.”

이 제안은 서흑수가 들어오기 전에 미리 합의된 것이다. 검걸개 때문에 놀란 혁천세지만 준비한 대로의 대사를 읊었다.

“그렇지. 이를 어쩐다. 그렇지. 그를 우리 무림맹의 준호법에 임명하는 것이 좋겠군.”

서흑수가 얼굴을 찡그렸다.

“준호법?”

“그렇지. 좌우호법은 이미 있으니 그 자리를 줄 수는 없고, 준호법 정도라면 적당하지 않겠는가? 그 정도 직위는 있어야 우리 무림맹의 여러 지부에서 협조를 받기 편하겠지.”

서흑수는 이들의 의도를 알 수 있었다.

‘마교와 똑같은 자리. 이들은 내가 마교에 종속되기를 바라지 않는군. 이 자리를 내가 받아들인다면 나는 어느 쪽에도 같은 정도로 발을 들여놓은 것. 다른 말로는 일단 중립. 거기에 무림맹 조사단으로 활동한 것이 있으니 무림맹 쪽 성향을 가진 정사지간의 인물로 비춰지겠군. 더구나 준호법은 언제든지 쫓아낼 수 있는 임시직. 무림맹도 영악하군.'

서흑수가 고개를 살짝 숙였다.

"감사합니다."

'무림맹. 소미를 찾고 배교를 무찌르는 데 얼마든지 써주지.'

혁천세의 얼굴이 환해졌다.

"하하하. 그렇게 흔쾌히 받아들이니 내 기분이 다 좋구만."

제갈관우가 말했다.

"불미스러운 일이 있는 와중에 이런 경사가 생겼습니다. 이야말로 불행 중 다행이 아니겠습니까?"

"그렇지. 그렇고말고."

그 후로도 검걸개에 대한 심문은 계속되었다. 그러나 서흑수가 이미 알고 있는 것 이상의 이야기는 나오지 않았다.

서흑수가 물러서자 제갈관우가 나섰다.

"이젠 내가 좀 물어보고 싶은 것이 있지. 여기서는 곤란하고, 좀 조용한 데로 데려가서 물어봤으면 하는데……."

서흑수는 뒤로 물러섰다.

"마음대로 하시지요."

'제갈관우, 당신도 뭔가 알고 있지?

서흑수는 무림맹 수뇌부와 업무 협조에 관한 이야기를 여러 가지 나누었다. 어떻게 배교를 추격할지 등에 관한 것이었다. 일반론에 가까운 이야기들을 나눈 후, 그들은 잠시 휴식 시간을 가졌다.

서흑수는 외부의 특별한 손님들을 맞을 때 쓰는 용봉각에 안내되었다. 열 개의 방 중 비어 있는 다섯 번째 방에 들어간 그는 간단히 운기조식을 하며 기다렸다.

얼마 시간이 지나지도 않았는데 누군가 문 앞에 와서 인기척을 냈다.

"허험. 서 준호법, 내 잠시 들어가도 되겠소?"

감았던 서흑수의 눈이 가늘게 떠졌다.

'군사 제갈관우. 역시 뭔가 있었어.'

"들어오시지요."

제갈관우가 조용히 그의 방으로 들어왔다.

"험. 실례가 되지 않았는지 모르겠소."

"실례는 무슨. 기다렸습니다."

"나를?"

"할 말이 있을 테니까요."

제갈관우의 입이 살짝 벌어졌다.

"서 준호법, 그대는 정말 사람을 끝없이 놀라게 하는군."

"간단한 재주입니다."

“기다리고 있다니 내 부담없이 말하겠소.”

“전 가볼 곳이 있어 시간이 모자랍니다. 본론부터 말씀하시지요.”

그의 입에서 나온 말은 서흑수가 기대한 것 이상이었다.

“청풍에 관한 정보가 있소.”

서흑수의 눈이 크게 떠졌다. 그의 말이 거칠어졌다.

“뭐라고? 그걸 어떻게 알았지?”

제갈관우가 급히 손을 내밀며 말했다.

“진정하시오. 단지 추측일 뿐이오.”

서흑수는 여전히 의심스러운 눈초리였다.

“뭘 알고 있습니까?”

“사실 나는 이번 일이 있기 전부터 무림에 이상한 기류가 흐른다는 생각을 하고 있었소.”

“언제부터?”

“예전부터요. 뭔가 앞뒤가 맞지 않는 일이 여러 번 있었으니까. 물론, 그 일들 중 일부는 서 준호법이 개입한 것이더군. 사실 나는 신비협객 왕삼이 정말로 존재해서 혼자 그 모든 일들을 해결했다고는 믿지 않았소. 그러니까 이상하게 생각할 수밖에 없었지.”

“별로 소문낼 만한 일이 아니었습니다.”

“그거야 서 준호법 생각이고. 어쨌든, 그것 말고도 이상한 일들이 좀 있었는데, 그것 때문에 가문의 아이들을 풀어 조사를 하던 중이오.”

“그러다 뭘 발견했습니까?”

“남궁세가에 대해서 어떻게 생각하시오?”

서혹수의 눈빛이 변했다.

‘남궁세가는 찰거머리의 집.’

“남들이 아는 것 이상은 알지 못합니다. 하지만 청풍이 남궁세가라고 해서 존재하지 못할 리는 없지요.”

“그 대상이 남궁세가의 가주인 남궁현천이라도?”

“소림사의 금원 대사라고 해도 증거만 내밀 수 있다면 믿어드리지요. 제게 필요한 건 증거입니다. 남궁현천이 청풍이라는 증거는 있습니까?”

제갈관우가 고개를 가로저었다.

“아니, 당연히 없소. 있다면 벌써 조치를 취했겠지.”

“그럼?”

“하지만 남궁세가주는 뭔가 이상하오. 그가 남궁세가의 것이 아닌 무공을 쓴 적이 있다는 첩보가 있소.”

“그것만으로 의심하기는 어렵습니다.”

“그는 가끔 사라지오. 그가 그 기간에 어디서 무얼 하는지 아무도 알지 못하오.”

“의심스럽기는 하지만 여전히 부족합니다.”

“남궁진미 역시 마찬가지요.”

서혹수가 좀 더 관심을 보였다.

“남궁진미?”

‘찰거머리. 의심스러운 구석이 많은 아가씨이기는 하지. 뭔가 있기는 있어. 하지만 배교와 상관이 있을까? 이번 일에 도움이 많이 된 아가씨인데?

“무한이 녀석이 서 준호법을 따라다니고 있지 않소?”

“맞습니다.”

“그 녀석은 내 조카라오. 본래 남궁진미를 감시하기 위해서 딸려 보낸 녀석이지. 어쩌다 보니 서 준호법과도 같이 행동하게 됐지만.”

서흑수는 퍼뜩 떠오르는 것이 있었다.

“우리가 점창파를 떠나기 전날, 제갈무한과 팽도천이 제갈세가와 하북팽가에 익명으로 전서구를 날린 적이 있습니다. 그 일은 어떻게 된 겁니까?”

제갈관우가 혀를 찼다.

“쯧쯧. 그 녀석. 그런 것 하나 조심해서 처리하지 못하다니. 무한이 녀석이 내게 상황 보고를 한 것이오. 만에 하나 있을지 모르는 추격을 따돌리기 위해서 먼저 세가로 보내고, 그것이 다시 나에게 오도록 되어 있었지.”

“가명을 쓰는 바보짓을 한 건 자기의 판단이었나 보군요?”

“내가 그렇게 시킬 리가 없지. 만약 들킨다면 본명으로 보내는 것이 훨씬 의심을 덜 받을 테니까.”

“그럼 팽도천은 뭡니까?”

"무한이 혼자 따라붙으면 의심을 받지 않겠소? 팽도천이라는 녀석은 무공은 괜찮은데 줏대가 없지. 그리고 남궁진미에게 마음이 있고. 무한이 녀석이 부추기기만 하면 쉽게 따라붙는다고 하더군. 전서구를 같이 날린 건 무한이 녀석이 나름대로 머리를 써서 꼬드긴 거겠지."

"제갈무한은 남궁진미에게 흑심이 없었습니까?"

"모르오. 한창 젊은 녀석이니 조금쯤 좋아할지도 모르오. 그녀의 마음을 얻는 것이 정보를 빼내기 더 좋다고 생각할 수도 있고. 그건 중요하지 않소."

"좋습니다. 그래서요?"

"이번에는 내가 하나 묻겠소. 무한이 녀석이 전서구를 날린 것, 그건 어떻게 아셨소?"

"남궁진미에게 들었습니다."

"역시."

"역시?"

"복면미녀를 아시오?"

"그건 또 누구입니까?"

"서 준호법이 신비협객이라고 불리는 것은 우리 무림맹의 비각에서 그런 별명을 붙여서라오. 비각의 녀석들은 어떤 여자 도둑에게 복면미녀라는 별명을 붙였소."

"복면을 썼는데 미녀인지 어떻게 안다는 말입니까?"

"이건 비각에서도 몇 명만이 아는 건데, 우리는 그 복면미녀가 남궁진미가 아닐까 의심하고 있다오. 복면을 쓴 남궁진미. 남궁진미는 미녀. 복면미녀. 비각 녀석들, 정말 적절한 별명을 찾아냈다고 좋아했소.”

서혹수의 얼굴이 심각해졌다.

“남궁진미. 오대세가 중에서도 최강이라는 남궁세가, 그곳 가주의 손녀딸. 하지만 사실은 도둑이라⋯⋯.”

“복면미녀는 대단히 희한한 도둑이오. 부잣집을 여러 번 털었는데, 실제로 아무것도 훔쳐 가지는 않았소. 보물이 보관된 곳을 뒤엎기만 하고 사라지지. 왜 그러는지 이유는 알 수 없소.”

“보물을 찾지만 훔치지 않는 도둑.”

“남궁진미는 하나의 예에 불과하오. 남궁세가에는 뭔가 있소. 특히 남궁현천이 의심스럽소. 하지만 대놓고 조사할 수는 없었지. 우리 무림맹에만 해도 이 사실을 알면 남궁세가에 가서 고자질할 사람이 많으니까.”

“들키지 않도록 조금씩 자료를 수집했겠군요?”

“그렇소. 그러다 아까 일을 겪으며 깨달았소. 만약 청풍이 정파의 인물이라면, 그는 남궁세가의 사람일 거요. 그게 가능성이 가장 높소.”

서혹수는 아니라고 말할 근거가 없었다. 굳이 남궁세가의 변호를 해줄 필요성도 느끼지 못했다.

‘소림사라도 의심해야 할 판에, 남궁세가라고 해서 못할

288

건 없지.’
　“그래서 어쩌기를 원하십니까?”
　“내가 부리는 사람들은 남궁세가와 이해관계가 얽힌 경우
가 많소. 남궁세가 몰래 조사하려면 여러 가지 어려움이 많
소. 하지만 서 준호법, 당신은 아무것도 없는 상태에서 일을
이만큼이나 진행시킨 사람이오. 당신이 남궁세가를 조사해
주시오.”
　“직접 남궁세가를 찾아가서 뒤집으라는 뜻은 아니겠지요?”
　“남궁세가주가 머지않아 무림맹에 올 것이오. 당신이라면
뭔가 방법을 내지 않겠소?”
　서흑수가 제갈관우를 쳐다보며 생각했다.
　‘나는 이 사람을 얼마나 믿어야 할까? 이 사람이 청풍이라
면? 역으로 수를 쓰는 거라면? 어차피 부탁해야 할 일이 있으
니 넘어가 줄까?
　“대신에 내 일을 하나 해주십시오.”
　“말하시오. 서 준호법이 말하는 거라면 뭐든지 들어드리겠
소.”
　“배교에 납치된 아가씨들. 그 아가씨들은 모두 음지체의
체질을 가지고 있습니다.”
　“그 이야기를 듣고 나도 많이 놀랐소.”
　“하지만 그녀들이 음지체임을 정작 가족들은 아무도 몰랐
습니다.”

"하긴. 그걸 알았다면 이미 유명 문파에 알려 제자로 삼게
했겠지. 삼음지체 이상은 정말 탐나는 체질이니까. 하지만 실
종된 여자들은 모두 무공을 모르는 상태였소."

"놈들이 그 아가씨들이 음지체임을 어떻게 알았는지 알아
봐 주십시오. 그 아가씨들을 진찰한 적이 있는 의원들을 조사
해 보면 뭔가 나올지도 모릅니다."

제갈관우가 곤혹스러운 표정을 지었다.

"쉽지 않은 일이군."

"해내셔야 합니다."

'당신의 능력으로 실패한다면, 스스로 청풍이라고 주장하는
거니까. 당신이 정말 청풍이라도, 이제 와서 그 일과 관련된 증
거를 감추지는 못해. 실종된 아가씨들의 수가 너무 많으니까.'

"최선을 다해보겠소."

"시간이 없습니다. 최대한 빨리 답을 주십시오."

'시간이 늦어지는 것만으로도 당신을 의심하겠어.'

"서 준호법이 도와주시오."

"물론입니다."

'소미와 구소라. 그 둘은 내가 직접 조사하겠어. 그녀들이
돌아다닌 곳이 어디인지는 당신 귀에 들어가지 않게 하겠어.
내가 뭔가 알아냈다는 것을 당신이 몰라야 하니까.'

*　　　*　　　*

마교의 가장 큰 세력은 교주 북만극이 거느렸던 세력이다. 그 다음으로 일곱 장로의 가문이 주축이 되는 일곱 세력이 있다.

교주의 세력이 가장 컸지만, 나머지 일곱 가문도 녹록치 않았다.

교주 북만극은 일곱 가문의 힘을 견제하는 짓은 하지 않았다. 오히려 그들의 힘이 성장하도록 도왔다. 그들의 힘이 강해질수록 마교 자체의 무력이 더 강해지기 때문이다.

과거의 교주들은 그 일곱 세력의 힘을 누르기에 급급했다. 그래서 무림을 확실히 누를 만큼 힘을 키우기가 곤란했다.

하지만 북만극은 그들을 오히려 더 키움으로써 마교가 무림맹을 압도하도록 만들었다.

북만극이 대단하다고 평가를 받는 것은 그것만이 아니다. 그는 어느 가문의 세력보다 더 강한 힘을 자신의 직속으로 두었다. 다른 세력들이 감히 반란을 꿈꾸지 못하도록 교 내의 움직임도 확실히 장악하고 있었다. 생강시를 이용한 암습 이외에는 현실적으로 마교를 뒤집을 방법은 없었다.

그래서 마교에서 가장 강한 세력은 북만극이 만들어놓은 세력이다.

그 교주의 세력을 갈라먹기 위해서 여섯 장로가 머리를 싸맸다. 복양소를 제외한 여섯이었다.

장로 한천양이 기분 상한 목소리로 말했다.

"사람들이 양심이 좀 있어보시오. 내 휘하의 부대들을 찢어먹으려고 들었으면 미안한 마음을 가져야지."

장로 교소양이 불평했다.

"그 부대들이야 모두 돌려주지 않았소?"

"흥. 나를 기다리지 않고 다른 장로들 밑으로 가려던 대장들. 그놈들의 충성심을 의심해야 하는 상황이니 내 마음이 얼마나 불편하겠소?"

"어차피 우리 교에서 일어나는 일이 다 그렇지."

"그래도 그런 사정을 좀 감안해 줘야 할 것 아니오?"

"그렇다고 천마대를 가지겠다니. 그건 너무 무리한 요구요."

"천마대가 아무리 전투 서열 일위의 부대라지만 그래 봐야 전투 부대 중 하나일 뿐이오."

"한 장로께서는 지금 그것 하나만 달라는 것이 아니지 않소?"

"어허, 그 정도 편의야……."

갑자기 회의실 문이 벌컥 열렸다. 한천양이 고개를 돌리며 화를 벌컥 냈다.

"아무도 들이지 말라고 하지 않았느냐! 흐엇!"

여섯 장로가 벌떡 일어섰다.

"이, 이럴 수가!"

한천양이 제일 먼저 정신을 차리고 더듬거렸다.

"소, 소교주, 살아 있었소?"

문을 열고 들어온 사람은 소마 북건곤이었다. 행색이 초라했지만 틀림없는 그였다.

북건곤이 히죽 웃었다.

"왜? 내가 살아 있으면 안 되는 일이라도 있어?"

여섯 장로 모두의 머리가 팽팽 돌았다. 그중 가장 머리 회전이 빠른 것은 한천양이었다.

'이놈은 무늬만 소교주가 아니다. 강력한 힘을 가진 자. 교주의 세력을 갈라먹기는 글렀다.'

"그럴 리가 있소? 너무 놀라서 그런 거지. 우리는 소교주가 죽은 줄로만 알고 있었으니까."

"죽을 뻔했지."

"고생 많이 하셨나 보오. 일단 좀 쉬셔야 하지 않겠소?"

북건곤은 한천양의 말을 무시하고 회의실 안으로 걸어 들어왔다. 그는 가장 상석의 화려한 의자에 털썩 앉았다. 교주 북만극이 앉던 의자였다.

"아버지가 돌아가셨다는 말을 들었다."

한천양은 침을 삼켰다.

'성질 더러운 이놈이 발작하지 않게 하려면 화살을 돌려야 한다.'

"복양소 그놈이 배교의 생강시들을 끌어들였소. 다섯의 생강시가 덤볐소."

"생강시 다섯. 나도 다섯과 싸워봤어. 천하의 나 소마 북건 곤이 도망칠 정도로 대단했지."

"교주께서는 그 다섯 중 넷을 박살 내셨소. 하지만 마지막 하나가 지급이라고 불리는 한 차원 강력한 것이라, 그것에 당하셨소."

"역시 아버지. 넷이나 부수다니. 그래서 하나 남은 지급은 어디 있어?"

한천양이 거짓말을 했다.

'내가 맡아두고 있다고 하면 내놓으라고 하겠지. 어차피 조종하는 패는 왕삼이 가져갔는데……'

"왕삼 준호법이 복양소에게서 빼앗은 후 데려갔소."

"준호법?"

"소문 듣지 못하셨소?"

"그 꼴을 당한 내가 누구를 믿을 수 있겠어? 산을 타며 최대한 남들 눈에 뜨이지 않게 행동했다. 나를 본 놈들은 모두 죽여가면서 겨우 돌아왔어. 아버지가 돌아가셨다는 것도 총단에 들어오고 나서 알았어."

한천양이 속으로 혀를 찼다.

'사람 잘 죽이는 그 성질머리는 그대로군.'

"교주님께서 돌아가시기 전에 임명한 사람이오."

북건곤의 말투가 뻐딱해졌다.

"그럼 교에서 비중있는 인물일 거 아냐? 그런데 난 왜 처음

294

들어?”

“왕삼 준호법은 원래 신비협객이라 불리던 사람으로, 정체를 숨기고 활동하던 인물이오. 그가 최근에 교에 들어왔기에 소교주가 모르는 게요.”

북건곤이 코웃음을 쳤다.

“흥. 그런다고 멋있을 줄 아나? 노괴물이 무슨……..”

“젊소.”

“뭣?”

“이제 이십대 중반이나 됐을까 싶은 사람이오.”

“나보다 어린 놈이 무공으로 싸워서 빼앗았을 리는 없고. 아버지도 당하지 못한 생강시를 놈의 손에서 어떻게 빼앗았을까? 무슨 대단한 계략을 쓴 거군? 놈은 모사인가?”

“무공으로 싸워서 빼앗았소.”

북건곤의 얼굴이 붉어졌다.

“그게 말이 돼?”

“교주님께서도 그에게 패하셨소.”

그 소리를 들은 북건곤의 얼굴이 점점 더 붉어졌다. 터져 버릴 것처럼 붉어졌다.

갑자기 얼굴빛이 정상으로 돌아왔다. 창백해 보일 지경이었다.

그가 낮은 목소리로 중얼거렸다.

“흐흐. 그렇단 말이지. 이거 재미있게 됐군. 세상이 너무 심심했는데 갑자기 이런 재미있는 일들이 연달아 터지다니. 그래서? 아버지는 왜 그놈을 준호법에 임명하신 거야? 무공이 강해서?"

"왕삼 준호법은 배교를 추격하던 중이었소. 배교가 지금 이렇게 급히 행동하는 건 모두 그의 추격 때문이오. 그 덕분에 우리는 배교에 대해서 많은 것을 알아냈소."

"이제 이해되는군. 그 추격하는 재주를 이용해서 배교를 잡으라는 뜻으로 준호법에 임명한 거군."

"아마 그럴 거요."

"그래도 불쾌한 놈이군. 그자는 지금 어디 있어?"

"무림맹으로 갔다는 소문이 있소."

"무림맹? 우리 교의 준호법이 왜 무림맹에 가?"

"소교주도 알다시피, 준호법이란 건 임시로 임명하는 자리. 그는 사실 우리 교의 사람이 아니오. 교주께서 그를 끌어들이고 싶어서 자리를 떠맡긴 것이오."

"자리를 떠맡겨?"

"그는 본래 우리보다 무림맹과 먼저 관계를 맺었소."

"정말 기분 나쁜 놈이군. 상관없어. 급한 일부터 처리하지. 저 빈자리는 복양소의 자리지?"

"그렇소. 그는 현재 지하감옥에 수감되어 있소. 최고의 고수들로 단단히 지키고 있으니 절대로 도망치지 못하오."

북건곤이 일어섰다.

"가자. 복양소를 만나봐야겠다."

지하감옥으로 걸어가면서 한천양이 질문했다.
"그런데 소교주. 소교주가 지금 이렇게 살아 있으면, 우리가 챙긴 시체는 누구요?"
"흐흐흐? 그놈? 나도 모르지."
"무슨 말인지 이해를 못하겠소."
"나는 생강시 다섯에게 쫓겨서 도망치다가 벼랑에까지 몰렸다."
"생강시가 다섯이나 공격해 왔다면 도망친다고 해서 흉이 되지는 않소."
"당연하지. 하여튼 여기저기 부러지고 터져서 힘들어 죽겠는데, 그때 마침 어떤 사람이 다가오는 거야."
"어떤 사람이었소?"
"몰라. 그냥 삼류무사였어. 중요한 건 그게 아니지. 그놈이 나랑 나이나 체격이 비슷하다는 거였어."
"그럼……."
"정말 죽다 살아난 기분이었지. 즉시 그놈을 죽이고 옷을 갈아입었다. 내가 가진 패나 돈도 모조리 그놈 품에 넣어두었지. 내가 다친 곳과 똑같은 상처들도 만들어놓고. 결정적으로, 그 벼랑에 걸린 다리 중간까지 끌고 가서 얼굴을 깨버린 후에 벼랑 아래로 던졌어."

한천양이 손뼉을 쳤다.

"대단하오. 완벽한 금선탈각의 계책이오."

북건곤도 그렇게 생각했다.

"당연하지. 그 다리까지 끊어버렸으니 정말 완벽했지. 멀리 숨어서 봤더니 나를 쫓던 놈들은 내가 다리를 건너다 그게 끊어져서 떨어져 죽은 줄 알더라고. 그것만 확인하고 조용히 도망쳤어."

한천양이 고개를 갸웃거렸다.

"그런데 이상하군. 소교주만 한 고수가 다리가 끊어졌다고 해서 죽겠소? 그걸 용케 믿었구려."

"믿을 만했지. 그때 내 상태가 얼마나 개판이었는지 알아? 나 정말 죽다 살아났다니까. 나니까 살아남았지 한 장로 당신이었으면 죽었어."

한천양은 울컥하는 감정을 느꼈다.

'젠장, 참자. 이놈 무공이 나보다 높은 건 사실이지. 적으로 삼기엔 너무 강해.'

"잘하셨소. 그놈도 소교주님을 살리는 데 쓰였으니 영광으로 생각할 거요. 그런데 소교주, 그럼 무공은……."

"이제 다 회복됐어."

한천양이 속으로 투덜댔다.

'쳇. 아깝군. 좋은 기회였는데.'

"축하하오."

“하지만 부족해. 왕삼이란 놈이 그렇게 대단하단 말이지? 생강시들도 그렇고.”

“그거야 어쩔 수 없지 않소? 소교주는 무공의 천재이니 꾸준히 수련하면 결국 왕삼을 넘어서게 될 것이오.”

“꾸준히? 개 풀 뜯어 먹는 소리 하고 있네.”

“그, 그렇게까지 말할 거야…….”

북건곤이 으르렁거렸다.

“나보다 어린 놈이 나보다 강한 거, 난 그런 거 용납 못해. 아니, 아버지가 죽었으니 이제 그 누구도 나보다 강해서는 안 돼. 그런 놈은 다 죽여 버릴 거야.”

지하감옥의 가장 아래층에 내려간 북건곤이 쇠로 된 창살 너머를 보았다.

복양소는 단단히 결박되어 있었다. 그를 결박하고 있는 것은 쇠사슬이었다. 그리고 그 사슬들은 다시 커다란 쇳덩어리에 붙어 있었다.

북건곤이 그걸 보고 말했다.

“저거 튼튼해?”

한천양이 설명했다.

“저게 만들어진 지 오백 년이 지났소. 저기 묶인 중죄인이 많았소. 그중에는 대단한 고수도 있었지만 누구도 빠져나가지 못했소.”

북건곤이 음침하게 웃었다.

"흐흐흐. 마음에 들어. 좋아, 저 배신자는 내가 심문할 테니 다들 나가."

한천양이 부하들에게 명령했다.

"어서 나가지 않고 뭐 하는 게냐?"

"한 장로, 당신도 나가야지?"

"나, 나도 말이오?"

"둘이 조용히 할 이야기가 있어."

한천양은 기분이 나빴다. 하지만 남아 있을 명분이 없었다.

"커험. 알았소."

주변의 사람을 모두 내보낸 북건곤이 문을 열고 안으로 들어갔다.

"복 장로, 나를 죽이려는 데 너도 한몫했다며?"

복양소가 몸을 부들부들 떨었다.

"미, 미안하오, 소교주. 하지만 난 정말 어쩔 수가 없었소."

"아버지를 네가 죽였고."

"그, 그것도 정말 미안하오."

"그 둘 중 하나만 해도 널 죽이기에 충분한 일이야. 둘 다 저질러 놓고 살기를 바라나? 사람이 염치가 있어야지."

복양소가 엎드리려고 몸을 움직였다. 쇠사슬이 그를 잡고 있어 철커거리는 소리만 요란하게 들렸다.

"살려주시오. 살려주시오, 소교주. 살려만 준다면 내 소교주를 위해서 목숨 바쳐 일하겠소."

"말꼬리가 짧은데?"

복양소가 즉시 말투를 바꿨다.

"살려주십시오. 이 복양소, 소교주님께 충성을 맹세하겠습니다."

북건곤이 웃었다.

"확실히 복양소, 네 덕분에 적어도 세 가지 좋은 일이 생겼어."

복양소의 얼굴이 조금 밝아졌다.

"소교주님께서 좋으시다니 저도 기쁘기 그지없습니다."

"무슨 일인지 알아도 그렇게 기쁠까?"

"무, 무슨 일이시온지……."

"첫째. 내가 교주가 될 시간이 빨라졌지. 아버지가 보통 정정하셨어야 말이지. 난 내가 환갑이 지난 다음에나 교주가 될 줄 알았거든."

"교주가 되시게 된 걸 경하드립니다."

"둘째. 아버지가 교주로 계신 동안은 무림제패는 꿈도 꿀 수 없었지. 무림을 다 때려 부수고 싶은데 아버지가 살아계신 동안은 그럴 수가 없잖아. 난 그래서 사는 게 지루했어. 삼십 년 이상 기다릴 생각을 하니 따분하더라고. 그런데 네 덕분에 그게 당겨졌어."

“소인, 교주님의 앞에서 선봉장이 되어 무림맹 놈들을 때려잡겠습니다.”

“그리고 셋째가 있는데 말이야.”

이제 복양소의 얼굴은 환해져 있었다.

‘이놈에게 좋은 일이 세 개나 되다니. 이건 나에게도 좋은 일이다. 잘하면 살아날지도 모르겠구나.’

“셋째는 어떤 좋은 일입니까?”

북건곤이 웃었다.

“흐흐흐. 내 무공이 훨씬 강해지게 됐거든.”

복양소는 그 말을 이해하지 못했다.

‘교주가 되면 새로운 무공을 배울 수 있다는 건가? 내가 교주가 되면 그럴 수 있지. 하지만 소교주는 후계자. 교주만이 배울 수 있는 무공이라고 해도 이미 대충 익히고 있을 텐데?’

이해하지 못해도 대답은 즉시 튀어나왔다.

“어떤 방법으로 강해지실 건지 모르겠지만 제가 최선을 다해 돕겠습니다.”

“아, 그래야지. 복 장로의 도움이 아주 크게 필요하거든.”

“충심을 다하겠습니다.”

“고마워. 복 장로가 그렇게 말하니 나도 마음이 편해.”

“이 쇠사슬을 풀어주신다면 소교주님, 아니, 교주님의 개가 되겠습니다.”

“그건 안 되지. 그게 풀리면 나를 못 돕잖아.”

복양소는 북건곤의 말을 이해할 수 없었다.

"예?"

"공력을 빼앗기는 고통을 어떻게 참겠어? 반항할 거잖아. 반항하면 이거 실패한단 말이야."

복양소의 얼굴이 창백해졌다.

"서, 설마……."

"복 장로도 들어봤을 거야. 흡정마공이라고."

"흐, 흡정마공! 그 금단의 마공을!"

"이거 왜 이러나? 다 사람 익히라고 나온 무공인 것을."

"사람 익히라고 나오다니. 그걸 익힌 자는 인간의 심성을 잃고 살인마가 되는 금단의 마공 아닙니까?"

"그거야 자질 떨어지는 놈들 이야기고. 나는 다르지. 난 천재잖아. 이미 그걸 익혔지만 멀쩡하잖아. 예전에도 몇 놈 잡아먹어 봤는데 별문제는 없었어. 그리고 왕삼 따위, 단숨에 뒤집으려면 이걸 쓰는 게 제일 빨라. 그러니까 복양소."

북건곤이 환하게 웃었다.

"그냥 잡아먹혀."

북건곤의 오른손이 묶여 있는 복양소의 단전에 올려졌다. 복양소는 몸을 비틀며 비명을 질렀다.

"안 돼!"

하지만 그의 몸은 쇠사슬을 벗어나지 못했다.

북건곤이 밝은 목소리로 말했다.

"누가 묶었는지 단단히 잘도 묶었네. 나중에 상을 줘야겠어."

북건곤이 몸속의 기운을 돌렸다. 흡정마공의 심법으로 기를 운용해 복양소의 몸에 흘려 넣었다.

흘러들어 간 내공의 힘이 복양소의 단전을 건드렸다. 서로의 공력이 눌어붙기 시작했다.

단전이 녹아나는 고통에 복양소가 비명을 질렀다.

"으아아악!"

북건곤이 흡정마공을 펼치는 상황에서 입을 열었다.

"억울하면 내공 좀 더 키워놓지 그랬어? 복 장로 것이 더 강했다면 내 내공이 빨려 나갔을 텐데."

다음 순간, 북건곤은 흘려 넣었던 내공을 빨아들였다. 자신의 것이 먼저 돌아오고, 그 뒤를 따라 복양소의 내공이 쭉쭉 빨려 들어왔다.

북건곤의 얼굴에 희열의 빛이 떠올랐다.

"으흐흐흐. 이거야, 이거야, 이거야!"

북건곤은 온몸이 짜릿짜릿했다. 뇌리를 관통하는 쾌감이 몸을 지배했다. 눈이 부신 미녀를 품에 안았을 때도 이런 쾌감은 느껴보지 못했다. 입에서 달아오른 신음 소리가 새어 나왔다.

"흐으으으. 흐아아. 크흐으하아아아!"

第十章

그가 공력을 빨아들일수록, 복양소의 몸은 생기를 잃어
갔다. 이제 복양소는 비명도 지르지 못했다.

마침내 빨려 들어오는 내공이 현격히 줄어들었다. 북건곤
의 얼굴에 아쉬운 표정이 가득했다.

"벌써 끝이야? 복양소. 생각보다 못하네?"

북건곤은 복양소에게서 손을 뗐다. 그 즉시 가부좌를 하고
앉았다.

평소의 북건곤이라면 운기를 하는데 가부좌까지 할 필요
가 없었다. 그러나 지금은 상황이 달랐다.

그의 몸속에서 두 개의 내공이 움직였다. 훨씬 강력한 것이

북건곤의 내공이다. 그리고 꽤나 비슷한 성향을 보이는 내공이 하나 더 있었다. 그건 비슷한 계열의 마공을 익힌 복양소의 것이다.

북건곤은 그 두 가지를 하나로 합치려고 시도했다. 이미 두 개의 내공은 서로 연결된 상태였다. 복양소의 것이 잠시 반항했다. 하지만 얼마 버티지 못하고 북건곤의 내공에 녹아들어 갔다.

그대로 한 시진을 운기한 후 북건곤의 눈이 번쩍 떠졌다.

"크흐흐흐. 역시 난 천재야. 저주받은 마공이라고? 흥. 내 앞에서는 소용없는 소리. 복양소의 내공을 단숨에 내 것으로 만들었어. 부작용 따위는 없어. 난 완벽해!"

북건곤이 일어섰다. 복양소를 내려다보았다.

복양소는 이미 죽어 있었다. 늘어진 채 쇠사슬에 축 걸려 있었다. 언뜻 보기에는 죽기 전과 별 차이가 없었다.

"장로들이 보면 생기가 빨려 나간 걸 단숨에 알아채겠지. 귀찮게 될 거야."

자세히 보면 피부의 윤기가 사라지고 머리가 푸석해진 것을 구분할 수 있었다. 온몸에는 눈으로 구분하기 힘든 잔금이 잔뜩 가 있었다.

북건곤은 처음부터 복양소의 내공을 노리고 지하감옥에 들어왔다. 당연히 뒤처리할 준비도 챙겨두었다.

그가 품에서 작은 병을 꺼냈다. 등잔불을 켜는 데 사용하는 기름이었다.

북건곤이 복양소를 향해 병을 뒤집었다. 그러나 병 속의 기름은 굳어 있었다. 잘 흘러내리지 않았다.

북건곤이 손에 공력을 운기했다. 그의 손에서 열양지력이 일어났다. 그 열기에 기름이 순식간에 녹아내렸다.

북건곤은 복양소의 몸에 충분히 기름을 친 후 손을 댔다. 지금까지와는 비교도 할 수 없을 만큼 강력한 열양지력이 그의 손에서 뿜어졌다. 쇠를 녹일 듯한 열기가 뿜어지자 복양소의 몸은 즉시 타오르기 시작했다.

북건곤이 불타는 복양소를 보며 히죽 웃었다.

"복 장로, 고마워. 여러 가지로."

그는 그대로 뒤돌아서 지하감옥을 걸어나갔다.

그가 감옥 최하층을 빠져나오자, 그의 뒤를 따라 열기가 새어 나왔다. 바깥에서 기다리던 사람들은 깜짝 놀랐다.

"불이 났다!"

한천양이 무사들에게 명령했다.

"뭣들 하느냐? 어서 들어가서 끄지 않고!"

교소양도 질세라 소리쳤다.

"물을 가져오너라! 모래도!"

북건곤이 조용히 말했다.

"놔둬라."

한천양이 질문했다.

“하지만 소교주, 불이 났소이다. 안에는 아직 복양소가 있단 말이오.”

“복양소는 내가 태워 죽였다.”

한천양이 입을 떡 벌렸다.

“헉! 산 채로 말이오?”

“철천지원수인 놈이다.”

한천양이 즉시 놀란 마음을 가라앉히고 아부했다.

“잘하셨소. 죽어 싼 놈이지.”

‘죽다 살아와도 그 독한 성질은 하나도 변하지 않았군.’

하지만 아직 문제는 있었다.

“지하감옥에는 복양소 말고도 죄인이 많이 있소이다. 그들이라도 구해내야 하지 않겠소?”

북건곤이 피식 웃었다.

“놔둬. 어차피 죄를 진 놈들. 이 기회에 다 죽으라고 해.”

*   *   *

지존은 목이 찢어져라 소리를 질렀다.

“이런 제기라아아알!”

적풍이 안타까운 표정으로 말했다.

“지존, 이미 지난 일입니다.”

“적풍 할아범, 할아범은 어떻게 그렇게 속이 편해?”

“아직 다 끝난 것이 아니잖습니까?”

“다 끝났잖아!”

“생강시는 아직 많이 있습니다.”

“지금보다 더 많았을 때도 있었어. 그리고 마교와 정파 모두를 우리 마음대로 움직일 수 있었을 때도 있었어. 하지만 지금 우리에게 뭐가 남았어? 생강시? 생강시만 가지고 어떻게 무림을 멸망시켜!”

“아직 남은 방법이 있습니다.”

지존의 얼굴이 조금 풀어졌다.

“남은 방법이 있어? 그거 성공할 만한 거야?”

“계획대로만 되면 반드시 성공합니다. 하지만 서흑수가 존재하는 한 함부로 움직이기 곤란합니다. 그는 완벽한 우리의 준비를 무너뜨린 놈입니다. 다른 수를 쓴다고 해도 놈이 방해할 공산이 큽니다.”

“젠장. 서흑수. 이게 전부 다 서흑수 그놈 때문이야. 그놈을 진즉에 제거했어야 했어. 적풍 할아범, 할아범은 그놈을 제거하지 않고 뭐 한 거야? 왜 쫓겨오냐고!”

“저는 이번 일에 생강시 열을 동원했습니다. 새로 만든 지급을 포함시킨 열입니다. 그건 마교 교주 북만극을 상대할 때보다 더 강한 전력이었습니다. 하지만 그 정도 전력으로도 서흑수에게는 통하지 않았습니다.”

“그렇다고 생강시를 다 뺏겨? 그게 잘한 거야?”

"그는 그만큼 대단한 놈입니다."

"그럼 더 많이 동원했어야지!"

"숫자만 많다고 되는 일이 아닙니다. 지급 하나로는 잡을 수 없는 인간입니다."

지존이 소리를 바락바락 질렀다.

"젠장. 지급 하나로 안 되다니. 이제 지급은 하나도 없잖아!"

"고소미가 있습니다."

"그래 봐야 지급 하나!"

"그 아이는 다른 것들과 체질 자체가 다릅니다. 아마 사상 최강의 생강시가 될 겁니다."

지존이 얼굴을 살짝 찡그렸다.

"젠장. 결국 고소미까지 써야 하다니. 알았어. 그런데 그년, 칠음지체인지 팔음지체인지 아직 파악이 안 됐어?"

"지금 정밀 조사 중입니다. 곧 결과가 나올 겁니다."

지존이 턱을 쓰다듬었다.

"가만있자. 고소미… 그년이 서흑수 그놈과 그렇고 그런 사이라고 했지?"

"서흑수가 이 일에 개입한 것이 고소미 때문이라고 알고 있습니다."

지존이 음흉하게 웃었다.

"호호호. 그렇단 말이지. 그러면 서흑수 그놈은 고소미를 죽이지 못하겠군?"

"모르는 일입니다. 세상에는 자기가 살기 위해서 연인을 죽이는 사람도 많습니다."

"그래도 망설이기는 할 거 아냐. 사상 최강의 생강시 앞에서 망설이고서 살 수는 없지. 안 그래?"

"그것도 그렇습니다."

"팔음지체였으면 좋겠군. 어디서 진찰하고 있어? 가자."

"굳이 가실 필요는 없습니다."

"아니야. 가서 괴롭혀 주겠어. 나를 괴롭힌 서흑수 그놈과 그렇고 그런 년이라며? 괴롭혀 주겠어."

적풍이 지존을 물끄러미 바라보았다.

'역시 고소미에 대한 대우만 달라. 지금까지 어떤 여자를 데려다 놓아도 이런 반응을 보인 적이 없어. 아주 좋은 현상이야. 이번 일은 지존에게 좋은 약이 될 거야. 그 후엔 나를 죽일 마음을 먹지는 않겠지.'

"이쪽으로 오십시오."

고소미는 눈을 말똥말똥 뜬 채 침대에 누워 있었다. 의원 몇 명이 그녀를 진맥하며 서로 의견을 나누었다.

그들의 표정은 별로 좋지 않았다.

"상황이 이러면 곤란한데……."

"그러게 말이오. 이걸 어쩐다……."

“하지만 이제 와서 생강시로 만들면 안 된다고 하면, 우린 다 죽을지도 몰라.”

“큰일이군. 큰일이야.”

고소미는 그들의 대화에 혹시나 하는 희망을 가졌다.

‘날 잘못 진찰했던 걸까? 그럼 좋겠다. 기연이나 소라처럼 되기는 싫어.’

의원들이 난처한 표정으로 진찰하고 있을 때, 그들이 있는 곳의 문이 열렸다.

적풍이 들어오며 말했다.

“지존께서 오신다. 예의를 갖춰라.”

의원 세 명이 즉시 머리를 조아렸다.

“지존을 뵙습니다!”

지존이 적풍의 뒤를 따라 들어왔다. 그의 눈이 누워 있는 고소미의 전신을 훑었다. 침을 꿀꺽 삼키고 질문했다.

“칠음지체야? 팔음지체야? 이제 대충 답이 나올 때가 됐잖아. 아직도 모르면 네놈들이 무능한 거고.”

의원 세 명이 서로의 얼굴만 보며 대답하지 못했다.

적풍이 호통을 쳤다.

“지존께서 물으셨다. 죽고 싶으냐!”

의원 하나가 급히 대답했다.

“그것이, 약간의 문제가 있어 정확한 진단이 되지 않습니다.”

지존의 얼굴이 걸레처럼 구겨졌다.

"지금 상황이 어떤 상황인지 알고 문제니 뭐니 떠들어? 다 죽여줄까?"

의원들이 즉시 땅에 머리를 박았다.

"목숨만 살려주십시오!"

그들은 절대로 죽을죄를 졌다는 말은 하지 않았다. 지존에게 그 말을 했다가 정말로 죽어버린 자를 몇 명이나 알기 때문이다.

"살 짓을 해야 살려주지! 그냥 죽어!"

정말로 죽일 것 같은 기세였다.

적풍이 나섰다.

"이만한 실력의 의원들은 귀합니다."

"그래도 없는 건 아니잖아. 이 기회에 다 죽여 버리고 새로 구하자."

의원들의 등에 식은땀이 배어 나왔다.

적풍이 난처한 표정을 지었다.

"무림맹과 마교 놈들의 감시가 심합니다. 우리가 그동안 이용했던 의원들에 대해서도 조사가 들어가 있습니다. 당장은 뺄 수 없습니다."

지존이 아쉽다는 듯이 혀를 찼다.

"쳇. 이놈들. 운이 좋군. 하지만 계속 이렇게 못하겠다고 하면 한 놈만 살려두겠어."

적풍은 지존의 말이 농담이 아님을 안다. 그는 의원들이 빠져나갈 구멍을 만들어주기 위해서 그들에게 질문했다.

"무슨 문제가 있느냐?"

의원 하나가 망설이다 대답했다.

"아무래도, 이 여자는 예전에 뭔가를 먹은 것 같습니다."

"먹다니?"

"상당히 음기가 강한 것을 먹은 것 같습니다."

적풍의 얼굴이 어두워졌다.

"천년하수오 같은 영약을 말하는 것이냐?"

"그 정도라면 처음부터 진단해 냈겠지만 그건 아닙니다."

"답답하구나. 그럼 뭐냐?"

"그것보다는 많이 약하기는 한데……."

의원이 고소미에게 질문했다.

"너, 예전에 음기가 강한 준영약을 먹은 적이 있느냐?"

고소미는 이 상황을 어떻게 이용할지 열심히 머리를 굴리고 있었다.

'나도 모르게 옛날에 뭔가 먹었나 봐. 그런 적 없다고 하면? 아니야. 분위기를 보니까 내가 정말 뭘 먹긴 먹었나 봐. 그런데 뭘 먹었다고 해야 날 포기할까?

"물론 먹었죠. 우리 집은 아주 부자거든요."

"뭘 먹었느냐? 혹시 백년하수오 같은 걸 먹지 않았느냐?"

고소미가 즉시 대답했다.

'백년하수오? 백 년이나 됐으면 아주 크겠지?'

"맞아요. 백년하수오. 그걸 먹었어요. 그 큰 걸 먹으려고 며칠 동안 얼마나 배가 불렀는지 아세요? 아주 혼났어요."

의원이 고개를 갸웃거렸다.

"백년하수오는 그렇게 크지 않다. 크기는 한 십 년짜리 정도지."

고소미는 퍼뜩 떠오르는 것이 있었다.

'거지가 캐다 줬던 하수오. 내 얼굴에 붙였던 그거!'

"혹시 그거, 맛이 시원하고 달짝지근하지 않아요?"

"맞다. 그게 바로 백년하수오다. 백년하수오나 천년하수오 모두 십 년의 크기에서 더 이상 성장하지 않는다. 대신에 내부에 음기를 응축시켜 영약으로 변하지."

"아, 그게 그거였구나."

적풍이 인상을 썼다.

"더 들을 것도 없군. 네가 어떻게 그 귀한 것을 먹었느냐? 시골 장원 따위는 통째로 팔아도 살 수 없는 비싼 것이거늘."

고소미의 눈에 눈물이 글썽거렸다.

"우리 거지가, 나 얼굴 하얘지라고, 캐다 줬는데… 흑, 그게 그런 거면 그런 거라고 말이나 하고 주지."

지존의 얼굴은 이미 걸레처럼 구겨져 있었다.

"거지? 역시 개방 놈들이 개입한 거지? 청뢰 일을 눈치 채고 조사 들어온 거지? 젠장. 역시 거지를 청뢰로 만드는 게 아넜어.”

적풍이 설명했다.

“거지라고 하는 건, 서혹수의 별명입니다.”

지존이 참지 못하고 소리를 버럭 질렀다.

“서혹수? 으아아악! 그 개자식이 너한테 그걸 줬다고? 그 자식은 정신이 있는 거야, 없는 거야!”

적풍은 지존의 분노가 심상치 않다는 것을 깨달았다.

‘분노가 지나치게 크다. 뭔가 수를 내야 한다.’

그는 의원들에게 급히 질문했다.

“그래서 이 아이가 백년하수오를 먹은 것이 얼마나 큰 문제가 되느냐?”

“아시다시피 백년하수오는 음기의 집약체입니다. 물론 복용 후 운기를 하지 않고 놔두면 좋은 보약 정도의 효과만 내고 사라집니다. 하지만 이 여자는 아시다시피 음지체, 그것도 칠음이나 팔음지체라…….”

“그래서?”

“백년하수오의 음기가 사라지지 않고 혈맥에 그대로 들어 있습니다. 그것이 방해를 하여 저희도 정확한 체질을 알아내기 어렵습니다.”

“단지 그것뿐인가?”

“아마도…….”

답답해진 지존이 소리를 버럭 질렀다.

“뭐가 어떻게 되는데!”

의원들이 즉시 땅에 머리를 박았다.

“인급 생강시를 만들 때 음기에 안 좋은 영향을 받은 경우가 몇 번 있었습니다. 순수한 음지체가 유지되지 못하는 여자로 생강시를 만들면 뭔가 결함이 생길 수 있습니다.”

“으아아아! 이년을 생강시로 만드는 것도 아까운데, 최강의 무기에 결함까지 생긴단 말이야? 지금 그런 개소리를 한 거냐? 어?”

지존이 검을 뽑았다.

의원들의 얼굴이 창백해졌다.

‘우린 다 죽었다.’

적풍이 그를 말렸다.

“그렇다고 못 쓰게 된 건 아닙니다. 결함이 있더라도 써먹을 수는 있습니다.”

“그래도 기분이 나쁘잖아! 결함이라니!”

적풍이 지존을 말리며 의원들에게 질문했다.

“그래서? 어떤 문제가 있을 수 있느냐?”

의원들이 적풍을 간절히 바라보며 말했다.

“지금까지의 경우를 보면 워낙 다양한 반응이 나타나는지라 정확히 예상할 수 없습니다.”

“살고 싶으면 예상을 해보아라.”

“예, 옛. 특정 명령을 거부하는 경우가 있을 수 있습니다.

몸에 제대로 보호되지 못하는 약한 부분이 생길 수 있습니다. 전투력이 떨어지는 경우도 있습니다."

"그렇지. 정미란을 생강시로 만들었더니 명령을 거부하고 황보헌앙의 시체를 보호하려고 했지. 천기연을 생강시로 만들었을 땐 복부에 약점이 생겼었고."

"그렇습니다."

"그럼 그중에 어떤 경우가 가장 가능성이 높은가?"

"그게… 기존에는 모두 남자를 알아 양기의 침입을 받은 경우입니다. 하지만 이번은 오히려 음기의 침입을 받은 것이라 정확한 예측이 어렵습니다."

"너희들에게 보여준 비급에 그에 관한 언급이 있었을 텐데?"

"과거의 자료는, 천년하수오를 먹은 사람에게는 대법이 먹히지 않는다는 것 정도였습니다. 백년하수오는 워낙에 어중간한 약효를 가진 것입니다. 이에 대한 예는 전혀 언급된 것이 없습니다."

적풍의 눈이 날카로워졌다.

"그래서 모르겠다?"

의원들은 이제 덜덜 떨기 시작했다.

'적풍 어르신마저 화를 내신다.'

'이제 정말 죽는다!'

지존이 다시 나섰다.

"적풍 할아범, 비켜. 어차피 모르겠다잖아. 죽여 버리고 다른 쓸 만한 놈을 구하자.”

적풍이 속으로 한숨을 쉬었다.

‘휴우. 지존의 성격은 날이 갈수록 정도를 벗어나는구나. 사람을 죽이고 싶은 마음을 참지 못하다니. 심법의 한계를 극복하지 못하고 있다. 할 수 없지. 괴물이 되지 않게 하려면 내가 옆에서 애쓰는 수밖에.’

“이들의 목숨은 하찮습니다. 이까짓 목숨 몇 개를 없애는 건 아무것도 아닙니다.”

의원들은 이제 정말 다 살았다는 표정이었다. 반면에 지존은 신이 났다.

“적풍 할아범도 그렇게 생각하지? 좋아. 그럼 내가 직접 목을 치겠어.”

“워낙에 하찮은 목숨이니 구태여 죽이는 것보다는 생강시를 만드는 데 써먹는 것이 낫습니다.”

“뭐?”

“이깟 놈들 죽인다고 해서 뭐 즐거운 일이 있겠습니까? 하지만 살려두면 이놈들의 도움으로 지급 생강시를 만들 수 있습니다.”

“결함이 생긴다며?”

“그 결함을 줄이려면 이 일을 많이 해본 놈이 필요하지 않겠습니까? 이 녀석들을 그런 용도로 쓰십시오. 개가 아무 곳에나 오줌을 갈겼다고 해서, 그 개를 버릇없다고 죽이지는 않습니다."

지존이 잠시 생각했다.

"쳇. 죽여 버리고 싶었는데. 지금은 이까짓 놈들이나마 아쉬우니 넘어가 주지."

의원들이 땅에 머리를 박았다.

"감사합니다!"

적풍이 말했다.

"그래서 생강시로 못 만드는 건 아니지?"

"물론입니다. 백년하수오의 약효는 천년하수오에 비하면 보잘것없습니다. 생강시로 만들 수 있는 건 말할 것도 없습니다."

"알았다. 이 아이의 상태가 그러하니 앞으로는 극히 조심해서 다루도록 해라. 지금 입은 작은 상처 하나조차도 대법을 시행한 후에 약점으로 변할 수 있으니 신주단지 모시듯 해야 한다."

"알겠습니다."

한쪽에서 가만히 이야기를 듣고 있던 고소미가 그 말을 듣자마자 갑자기 외쳤다.

"야!"

모든 사람들이 고소미를 돌아보았다. 고소미는 지존을 노려보고 있었다.

지존이 어이없다는 듯한 표정으로 질문했다.

"나를 불렀어?"

“이 싸가지없는 놈아. 넌 인간이 왜 그따위야?”

“이년이, 예뻐해 줬더니 버릇이 없구나!”

“네가 언제 나를 예뻐해 줬어? 헛소리하지 마!”

지존은 화를 참는 종류의 인간이 아니다. 그는 즉시 검을 빼 들었다.

“죽여 버리겠다!”

고소미는 조금도 꿀리지 않았다.

“어, 너 말 잘했다. 나도 기연이나 소라처럼 변하기는 싫다 이거야. 죽여봐. 죽여!”

“소원이라면 죽여주지!”

적풍이 급히 지존을 붙잡았다.

“마지막 남은 지급입니다. 그것도 최고의 지급입니다. 생강시로 만들면 천하의 그 누구라도 죽일 수 있습니다. 이 아이가 없으면 우리 일은 성공하기 어렵습니다.”

지존이 화를 억눌렀다.

“크윽. 그렇지. 젠장.”

고소미는 기가 살았다.

“못 죽여? 흥. 그럼 내가 죽어주지. 이야앗!”

그녀는 갑자기 벽을 향해 달렸다. 머리라도 들이받을 기세였다.

적풍이 사라졌다. 보법을 발휘했다.

고소미의 이마는 적풍의 손바닥 안에 감싸였다. 그녀는 뭔가 부드러운 기운에 싸이는 느낌을 받았다.

적풍이 고소미의 이마를 손으로 막은 후 가볍게 밀었다. 고소미가 뒤로 밀려 나갔다.

적풍이 날카로운 눈빛으로 말했다.

"지존 앞에서 방자하구나."

고소미의 눈에도 독기가 서렸다.

"방자? 그럼 그대로 죽으란 말이야?"

"생강시가 되는 것은 죽는 것이 아니다. 다만 네 육체의 의지를 구속당하는 것뿐이지."

"웃기지 마!"

지존이 고소미에게 다가가 뺨이라도 칠 듯이 손을 높이 들었다.

"가만히 있지 않으면 혼내주겠다!"

고소미가 뺨을 내밀었다.

"혼? 혼 가지고 되겠어? 죽여! 죽이라니까!"

지존이 손을 부들부들 떨었다.

"저, 정말로 죽인다!"

"제발 좀 죽여달라니까!"

지존은 선뜻 손이 나가지 않았다.

"크윽. 환장하겠군. 때렸다가 잘못하면 약점이 남을 텐데……"

고소미는 기가 한껏 살았다.

'흥. 나에게 함부로 손대지 못한다며? 내 앞에서 그 소리를 하고도 내가 순순히 말을 들을 줄 알았어? 이 사람들, 바보 아냐?'

그녀는 자신이 안전하다는 판단이 들자 본래의 성격을 유감없이 드러냈다.

"난 이제 니들이 주는 약 따위 안 먹을 거얏!"

지존이 이를 악물고 적풍을 돌아보았다.

"적풍 할아범, 이년 약 강제로 먹일 수 있지?"

적풍은 걱정하지 않았다.

'약을 강제로 먹이면 목 쪽에 결함이 생길 가능성이 있어. 목에 약점이 있는 생강시는 가치가 없다. 하지만 그거야 적당히 속여서 먹이면 되니까 문제가 아닌데…….'

그는 새로운 계획을 하나 세웠다.

'그리고 이걸 잘 이용할 수 있겠군. 지존이 가진 결함이 너무 커졌어. 고소미를 이용해서 손을 쓰자.'

그가 재빨리 얼굴색을 바꾸고 말했다.

"불가능합니다."

"그, 그럼 이제 어떻게 해야 하는 거야?"

"나가 계시면 제가 이 아이와 잘 이야기해 보겠습니다."

"그래서 될까?"

고소미가 코웃음을 쳤다.

"흥. 되기는 뭘 돼? 난 죽을 거얏!"

지존이 쫓겨나고, 의원들도 나간 후 적풍이 고소미에게 말했다.

"죽겠다는 말은 거짓임을 안다."

"흥. 정말 죽어버릴 거야."

"넌 절대로 자살할 아이가 아니다. 네 거지를 보기 전에는 그럴 리가 없지."

고소미가 멈칫했다. 하지만 곧바로 냉랭한 표정으로 말했다.

"흥. 거지 따위. 별로 보고 싶지도 않아."

"네가 이렇게 나오면 다른 아이들이 너 때문에 죽는다."

고소미는 마음을 독하게 먹었다.

"어차피 내가 생강시가 되면 사람들을 많이 죽게 할 거잖아! 그 아이들도 다 그렇게 변해서 싸우다 죽게 만들 거잖아! 그러니까 싫어! 마음대로 해!"

"그러지 말고 협상을 하자꾸나."

협상이라는 말이 고소미의 구미를 자극했다.

"협상? 풀어준다는 말이야?"

"네가 하기에 따라서 그럴 수도 있다."

"어떻게 하면 풀어줄 건데?"

"일단 너는 약을 꼬박꼬박 먹어야 한다."

고소미가 소리를 빽 질렀다.

"날 바보로 보지 맛!"

적풍은 여유만만했다.

"네가 먹지 않으려고 해도 나는 강제로 먹일 방법이 있다."

"못 먹인다고 한 거 다 들었어!"

적풍이 슬슬 거짓말을 시작했다.

"그건 너와 협상을 하기 위해서 지존을 속인 것이지. 너는 내가 기연이에게 약을 어떻게 먹였는지 잊었느냐?"

고소미가 그 일을 기억해 내고 움찔했다.

'혈도 몇 군데를 꾹꾹 찌르니까 기연이가 약을 삼켰어.'

적풍이 사람 좋은 표정으로 웃으며 달렸다.

"기연이에게 먹인 것은 용혈로 만든 환약. 양이 적지. 하지만 강제로 먹일 수 있어. 네게도 그 방법을 쓰면 돼. 그 많은 약들을 그렇게 먹으면 정말 고통스럽지."

"저, 정말?"

"정말이다."

'네 경우는 결함이 있음이 발견됐으니 사정이 다르지. 그렇게 무리해서 먹이면 나중에 무슨 문제가 생길지 몰라 쓸 수 없는 방법.'

고소미는 의심을 풀지 않았다. 다시 소리를 질러댔다.

"그런데 왜 나를 설득하려는 거야? 그럼 그렇게 먹이면 되잖아!"

적풍은 귀가 아팠다. 하지만 내색하지 않고 한껏 부드러운 표정을 지었다.

“네가 보기에 지존의 성격이 어떠하더냐?”

“개차반이지. 그게 어디 인간이야?”

“맞다. 지존은 사람 목숨을 파리 목숨으로 안다. 하지만 원래부터 그랬던 것은 아니다.”

“원래부터 그랬을 것 같은데?”

“아니라니까. 하지만 심법 한 가지를 익힌 영향으로 그리 되었다.”

“본래 싸가지가 없었겠지.”

“어쨌든 지존은 근본이 나쁜 사람은 아니다.”

“웃기지 마. 그런 놈이 나쁘지 않으면 세상에는 좋은 사람밖에 없게?”

“어허. 중요한 건 그게 아니지. 나는 지쳤단다.”

“지치다니? 뭐에 지쳐? 사람들 죽이는 게 지쳤어?”

“그렇다. 그 일에 지쳤다.”

고소미가 입을 다물었다. 그녀는 의심스러운 눈초리로 적풍을 보았다.

“정말이야?”

“그래. 나는 이제 그만두고 싶구나. 지존은 엄청난 부자다. 굳이 무림을 제패하지 않아도 평생 떵떵거리며 행복하게 살 수 있다.”

“그런 놈이 왜 이런 짓을 벌여?”

적풍이 의도적으로 서흑수의 칭찬을 했다.

"그것은 선대의 은원과 관계되어 있지. 하지만 이제 와서는 그것이 어려워졌지. 서흑수라는 놈이 우리 계획을 무너뜨렸다. 그놈은 정말 대단하더구나. 내가 본 사람 중에 최고라고 할 수 있지."

고소미가 자랑스러운 표정으로 어깨를 으쓱댔다.

"내가 그랬잖아. 우리 거지만 오면 다 죽는다고."

"그래. 그 말을 심각하게 생각하지 않았는데. 사실이더구나."

"그러니까 나를 풀어주지 않으면 우리 거지는 화가 나서 다 끝장내 버릴지도 몰라."

"나도 그렇게 생각한다. 풀어주고 싶다. 하지만 지존은 포기하지 않지."

"포기시키면 되잖아."

"딱 하나 방법이 있는데……."

"그럼 그 방법을 써."

"네가 없어지는 것. 그게 유일한 방법이다. 네가 없다면 남은 힘으로 무림제패는 불가능하다. 아무리 지존이라고 해도 포기할 수밖에 없지."

고소미가 침을 꿀꺽 삼켰다.

'이거 설마 나를 죽여 버린다는 뜻?'

그녀의 목소리가 가늘게 떨렸다.

"그게 무, 무슨 소리야?"

"나는 무림제패를 위해 지존을 도와야 한다. 그것이 나의 임무. 하지만 서흑수가 존재하는 한 그 일은 불가능에 가깝다고 본다."

"그러니까 포기를……."

"지존이 포기하기 전에는 그럴 수 없다."

"그럼 포기를 시켜야지."

"네가 그 일을 해줘야 한다."

고소미의 눈이 동그래졌다.

"응?"

"너밖에 할 수 있는 사람이 없다."

"이해가 안 돼. 내가 어떻게 포기시켜?"

"지존에게 무림제패를 포기하라고 하고도 살아남을 수 있는 사람은 없다. 그걸 주장하면 나조차도 살아남지 못한다. 하지만 너는 예외지."

고소미가 고개를 절레절레 흔들었다.

"내가 말한다고 들을 이유가 없잖아."

"지존이 너를 생강시로 만들지 않겠다고 결정하면 된다."

"이해가 안 돼. 어떻게 해야 그렇게 되는데?"

적풍은 이 말을 하기 위해서 지금까지 거짓말과 참말을 섞어 늘어놓았다. 그가 진짜 요구 사항을 이야기했다.

"지존이 너를 좋아하게 되면, 무림제패보다 너를 더 좋아하게 되면 가능하지. 그렇게 돼서 너를 생강시로 만들지 못한다면, 지존은 더 이상 무림제패를 꿈꾸지 못한다. 네가 생강시가 되지 않으면, 우리는 서흑수가 있는 무림을 이길 수 없으니까."

고소미는 하도 황당해서 더듬거렸다.

"그, 그 말이. 나보고 그 개자식을 꼬시라는 거야?"

"바로 그 말이다."

"하, 미쳤나 봐. 가능할 거라고 생각해?"

"지존은 나와 함께 사람이 드나들지 않는 절지에서 어린 시절을 보냈다. 그가 자라면서 만난 사람들은 대부분 남자다. 여자를 사귀는 방법을 모른다."

"돈 많다며? 찾아보면 돈 많은 남자 좋아하는 여자 많아."

"철이 들고 나서는 사람 죽이는 것에만 관심을 가졌다. 여자에게는 일절 관심을 보이지 않았다. 하지만 너에게는 약간의 관심을 가지더구나. 그러니까 네가 지존의 마음을 얻어주어야겠다."

고소미는 한 가지 의문이 있었다. 그녀는 망설이다가 겨우 입을 뗐다.

"내가 죽었다고 하면 간단히 해결되지 않아? 아니지. 날 도망치게 해줘도 되잖아."

적풍이 고개를 가로저었다.

"그러면 관련자 전원이 지존의 손에 죽는다. 나도 마찬가지. 쓸 수 없는 방법이다.”

고소미는 수상했다.

“이상해. 너무 이상한 방법이야.”

“너를 살리고 싶은 마음도 있구나. 기연이와 소라의 일은 미안하게 됐다. 너라도 살리고 싶구나.”

고소미는 심각하게 고민했다.

‘가만있으면 난 생강시가 되는 거잖아. 확실히 내가 선택할 수 있는 방법은 없어. 에라. 밑져야 본전이다. 어쨌든 그 개자식의 마음만 돌리면 되는 거라 그거지? 내가 한 미모 하니까 잘하면 될지도 몰라.’

“어떻게 꼬셔야 하는데?”

적풍의 얼굴이 환해졌다.

“이제 지존은 너와 함께 최대한 많은 시간을 보내게 될 것이다. 그 시간을 이용해라.”

고소미가 어쩔 수 없다는 듯이 말했다.

“쳇. 할 수 없네. 알았어.”

‘그놈을 가짜로 꼬셔서라도 살아남을 거야. 생강시만은 되고 싶지 않아.’

“네게 대법이 시행되기 전까지 지존의 마음을 돌려야 한다. 최선을 다해라.”

고소미가 침을 삼키고 질문했다.

“그때까지 얼마나 남았는데?”

적풍이 고개를 가로저었다.

"그건 아무도 모르지. 지금까지 너만큼 좋은 체질을 가진 여자는 없었으니까."

적풍은 이번에는 지존을 찾았다.

지존은 초조한 표정으로 어슬렁거리고 있었다. 그에게 적풍이 다가갔다.

"설득했습니다."

지존의 얼굴이 환해졌다.

"그래? 와하하. 역시 적풍 할아범은 달라."

"하지만 조건을 하나 걸어왔습니다."

"조건? 무슨 조건?"

"가능한 한 많은 시간을 지존과 함께 보내고 싶답니다."

"뭐? 그게 무슨 소리야?"

"지존의 남자다움에 반한 것 같습니다."

"흥. 나를 꼬셔서 살아남으려는 수작은 아니고?"

"어쨌든 협상 조건이 그렇습니다. 지존께서 수고해 주셔야겠습니다."

"싫어."

"하지 않으시면 안 됩니다. 억지로 약을 먹이면 아마 목 부위에 심각한 결함이 생길 겁니다. 천기연의 경우처럼 방어력이 약해질 위험이 큽니다. 저 아이를 이용해서 죽여야 하는 자들은 모두 고수입니다. 목을 노리지 않을 리가 없습니다."

"쳇. 그렇군."

"목이 약하면 반드시 당합니다. 무용지물이 됩니다. 그러니 지존께서 수고해 주셔야 합니다."

"그래도 가능한 한 오래라니……."

"사실 그 아이가 그걸 요구하지 않았다고 하더라도 지존께서는 이제부터 계속 그 아이와 함께 지내셔야 합니다. 지금은 잠시 무사들에게 맡겨놓았지만 그 녀석들은 무공이 낮아 영 불안합니다."

"왜 내가 그년이랑 같이 있어야 하는데?"

"그 아이가 스스로의 몸에 상처를 낸다면 어떻게 되겠습니까?"

지존의 얼굴이 굳었다.

"그런……."

"지금은 무사들이 감시하고 있어서 그러지 못하고 있습니다. 게다가 지존의 마음을 얻으려는 생각에 자해를 하지 않고 있습니다. 그러니 대법을 시행하게 될 때까지 지존께서 그 아이가 스스로의 몸을 다치지 못하도록 지켜주셔야 합니다."

지존이 못 이기는 척 말했다.

"알았어. 어쨌든 내가 놀아주기만 하면 된다는 거 아냐?"

"기왕이면 방에서 둘만 있고 싶다고 합니다."

"이런 헤픈 년 같으니라고. 어쨌든 여자 따위가 나를 움직일 수는 없지. 알았다."

적풍은 지존을 고소미에게 보내고 나서 생각했다.

'지존이 그 아이를 정말로 좋아하게 됐으면 좋겠군. 사랑하는 사람을 자기 손으로 생강시로 만들고 나면 가까운 사람의 가치에 대해서 알게 될 테니까. 그럼 앞으로 지존을 키운 나는 절대로 못 죽이겠지. 내가 무슨 짓을 한다고 해도.'

적풍이 혼잣말로 중얼거렸다.

"그 아이에게는 미안하지만, 무림제패를 포기할 수는 없지. 내 목숨도."

지존이 고소미가 있는 방으로 들어섰다. 그녀를 감시하던 무사들을 내보내고 나서 퉁명스럽게 한마디 던졌다.

"네년이 내가 보고 싶다고 했느냐?"

첫마디부터 욕을 들어먹은 고소미의 얼굴에 경련이 일어났다. 그러나 그녀는 억지로 참고 웃음을 지었다.

"이야기가 하고 싶어서요."

지존이 의기양양한 얼굴로 말했다.

"흥. 미친년. 네년이 무슨 짓을 해도 나는 꿈쩍도 하지 않는다."

고소미가 주먹을 살짝 쥐었다.

'참자, 참아야지. 생강시가 되지 않으려면, 그리고 살아서 우리 거지랑 엄마, 세옥이를 만나려면 참아야 해.'

"그런데 공자님은 성함이 어떻게 되세요?"

"용자룡이다."

"아, 용자룡 공자님. 이름이 참 좋으시네요."

"네년 부르기 좋으라고 가진 이름이 아니다."

고소미는 갑자기 화가 치밀었다.

'뭐 이리 차가워? 쳇. 내가 언제 남을 꼬셔봤어야지. 언제나 남이 먼저 나를 좋아했다고.'

그녀는 천장을 올려다보며 한숨을 푹 쉬었다.

"휴우. 미치겠네."

"뭐? 미치겠네? 네년이 그따위로 말하고도 나를 꼬실 수 있을 것 같으냐?"

고소미는 이들에게 끌려 다니면서 쌓인 것이 많다. 천기연과 구소라가 변하는 것을 보며 상처도 많이 받았다.

'이놈이 모든 일의 배후라 그거지? 기연이도 소라도 모두 이놈 때문에 그렇게 변한 거지? 나쁜 놈이라서 그런지 엄청 띠껍게 구네?'

갑자기 울컥하는 마음이 일었다.

'내가 겨우 이따위 놈하고……'

그녀가 소리를 빽 질렀다.

"이 개자식아! 안 꼬셔, 안 꼬시면 될 거 아냐!"

그 격렬한 반응에 지존이 당황했다.

"아니, 내가 꼭 안 꼬셔진다는 게 아니라……."

"닥쳐. 이 개자식아!"

고소미가 지존을 향해 발길질을 했다.

지존은 발이 날아오는 것을 보고도 내심 코웃음을 쳤다.

'흥. 나의 반탄강기에 오히려 발이 호되게 아플…….'

그의 얼굴빛이 급변했다.

'아차. 지금 다치게 되면 나중에 결함으로 변할 텐데!'

그는 급히 뒤로 물러서서 고소미의 발을 피했다. 헛발질을 한 고소미가 넘어질 듯 휘청거렸다.

지존은 크게 놀랐다.

'넘어져서 다쳐도 안 돼!'

그는 급히 고소미에게 달려들어 그녀의 몸을 붙잡았다. 넘어지지 않게 하기 위해서 받쳤다.

지존이 고소미를 반쯤 안는 꼴이 되었다. 고소미는 몸에 소름이 돋았다.

"이 개자식이 어딜 만져!"

그녀가 머리로 지존을 들이받았다. 지존은 급히 물러서며 그 공격을 피했다. 자연스럽게 고소미의 몸에서 손이 떨어졌다.

"꺄악!"

고소미가 다시 바닥으로 넘어졌다. 지존은 크게 놀라며 달려들었다. 고소미의 몸이 충격을 받지 않도록 재빨리 붙잡았다. 그녀를 조심스럽게 일으켜 세웠다.

세워진 고소미가 즉시 주먹을 날렸다. 지존은 빠르게 몸을 움직여 그 공격을 피했다. 몇 번의 주먹질이 더해졌지만 지존에게는 통하지 않았다.

"이익!"

그녀는 계속 주먹질을 했다. 뒤로 피하던 지존의 등이 벽 모서리에 몰렸다. 피할 곳이 없어졌다. 하지만 지존은 여유가 있었다.

기회를 잡은 고소미가 바닥을 밟으며 주먹을 힘껏 날렸다. 지금까지와는 달랐다. 몸속의 기운이 주먹을 타고 흘렀다.

고소미의 주먹 속도에 익숙해져 있던 지존은 크게 놀랐다.

'이번엔 제법 위력이 있다.'

그래서 맞아줄 수 없었다.

'내 반탄지기에 충돌하면 이년의 손은 박살난다.'

피할 곳도 부족했다.

'지금 피하면 저 주먹으로 벽을 치겠지. 이 벽 뒤는 돌로 보강되어 있다. 이년의 손이 버티지 못해!'

그는 손바닥을 내밀어 고소미의 주먹을 부드럽게 감쌌다. 고소미의 주먹에서 뿜어지는 힘은 예상보다 훨씬 강했다.

'팔음지체의 체질이 백년하수오와 그동안 먹인 약에서 기운을 끌어내나 보다!'

고소미의 주먹을 막는 데 너무 강한 힘을 쓸 수도 없었다.

'완충시킬 공간이 부족해. 너무 강하게 막으면 이년의 손목에 부담을 준다. 진짜 환장하겠군.'

지존은 고소미의 주먹을 손으로 감싸며 막았다. 약하게 힘을 주었다. 그의 손이 고소미에게 상처 주지 않기 위해서 뒤로 쭉 밀렸다.

너무 밀렸다. 고소미의 주먹이 지존의 눈두덩을 때렸다.

지존은 호신기공도 함부로 일으킬 수 없었다. 자연스럽게 일어나는 호신기공을 일부러 흐트러뜨렸다.

눈앞에서 별이 번쩍이는 것 같았다.

"켁!"

고소미의 주먹에 깃든 힘은 대부분 지존의 손에서 사라진 상태였다. 마지막 일격에 담긴 힘은 크지 않았다.

하지만 호신기공을 흐트러뜨린 지존의 눈 주위는 보통 사람의 것보다 조금 나은 방어력을 가졌을 뿐이다.

지존은 한 대 맞은 후 옆으로 재빨리 빠졌다. 속이 부글부글 끓어올렸다. 살기가 솟았다.

"주, 죽여 버린다!"

고소미는 지존에게 한 대 제대로 먹이고 나자 속이 다 시원했다. 기운이 펄펄 살았다.

“죽이라니까!”

그녀가 다시 달려들었다. 그녀의 주먹이 지존의 얼굴을 집중적으로 노렸다.

지존은 조금 전과 같은 실수는 하지 않았다. 그는 벽에 몰리지 않도록 신경 쓰며 고소미의 주먹을 피했다.

방은 좁았다. 피할 곳이 많지 않았다. 게다가 고소미의 주먹은 느릿하게 날아오는 사이사이에 갑자기 강해지고는 했다.

지존이 소리를 질렀다.

“환장하겠네!”

고소미도 소리를 질렀다.

“그럼 날 놓아줘!”

한참의 싸움 후에, 고소미가 바닥에 널브러졌다.

“헉헉. 조금, 조금 쉬었다 하자.”

지존은 이를 부득부득 갈았다.

“또 하겠다고?”

“널 때려잡을 거야.”

“쌍년.”

“개새끼.”

그날 저녁, 적풍은 지존의 얼굴을 보고 깜짝 놀랐다.

"헉! 지존, 눈이 왜……."

지존의 한쪽 눈은 시퍼렇게 멍들어 있었다.

"그년에게 맞았다."

"지존의 실력에 왜 그 아이에게 맞습니까?"

"그년 주먹이 가끔가다가 강해져. 고수의 주먹 못지않아. 그런데 그게 워낙 갑작스럽게 나오는 거야. 대비하기 불편하게. 게다가 그걸 그냥 피하면 곤란하잖아. 그 주먹으로 벽이라도 쳤다가는 손목이 부러질 거 아냐?"

"그럼 큰일 납니다. 분명히 결함이 될 겁니다."

"알아. 그래서 안 다치게 하려고 애쓰다가 한 대 맞았어."

적풍은 아쉬웠다.

'이래서야 둘이 친해지기는 글렀군.'

"괜찮으십니까?"

"어쩔 수 없잖아. 그년이 있어야 무림제패를 할 수 있다며?"

"물론 그렇습니다."

"밥 챙겨와. 먹고 다시 간다. 최대한 오래 있으라고 했지? 아주 지겹게 붙어 있어주지. 무림제패를 위해서."

"기왕이면 밥도 같이 드셔야 합니다. 무사들의 실력으로는 불안합니다."

"알았어. 알았다고. 앞으로는 그러면 될 거 아냐!"

"부탁드리겠습니다."

적풍이 허리를 숙인 채 생각했다.

'할 수 없지. 그 아이가 약을 잘 받아먹는 거로 만족해야겠군. 아쉽지만 지존의 실력이라면 다치지 않게 잘 다루겠지. 생강시로 만들 때까지.'

마교의 소교주 북건곤은 빠른 속도로 세력을 규합했다. 원래의 교주 파벌은 즉시 그에게 충성을 맹세했다.

마교 최고의 전투 부대인 천마대가 그를 경호했다. 천마대장 방대원이 그의 곁에서 눈을 부라리며 다가오는 사람들을 위협했다.

장로 한천양은 방대원이 자신까지 노려보자 기분이 나빠졌다. 그가 북건곤에게 말했다.

"소교주, 예전에는 경호 부대 따위는 귀찮다고 하더니. 저들이 따라다니면 불편하지 않소? 감히 소교주의 상대가 되지 못하는 자들이오."

북건곤이 피식 웃었다.

"생강시 그거 정말 무섭더라고. 내가 준비가 되기 전까지 조심해야지."

"천마대가 마교 최강의 전투 부대이기는 하오. 하지만 이들은 그래 봐야 겨우 전투 부대 하나요. 소교주를 위협할 정도로 강력한 생강시가 온다면 막아내지 못하오."

"괜찮아. 내가 안전한 곳으로 몸을 피할 때까지 시간만 벌면 돼."

"그, 그런 생각이라면야 뭐……."

북건곤은 그 외에도 복양소의 세력 흡수에 열을 기울였다. 다른 장로들도 복양소의 세력을 빼가려고 했다. 마교에서 치열한 영역 다툼이 일어났다.

북건곤이 마교 전투 부대 서열 십오위의 귀령대 대장을 비밀리에 만났다.

북건곤이 다짜고짜 말했다.

"귀령대장, 내 밑으로 들어와라."

귀령대장 강초웅이 북건곤에게 포권을 했다.

"죄송합니다. 저는 이미 한천양 장로님과 이야기가 되어 있습니다."

"복양소가 나에게 한 짓을 알잖아. 그 죄를 갚으려면 내 밑에 들어와서 충성을 해야지. 안 그래?"

강초웅이 웃었다.

"후후. 소교주님, 우리 교가 언제 그런 것을 따지는 곳이었습니까? 여기는 정파가 아닙니다."

북건곤도 웃었다.

"흐흐. 그렇지. 네 말이 맞아. 여기는 정파가 아니지."

"이해해 주셔서 감사합니다."

북건곤이 입맛을 다셨다.

"너도 이해해 준다니 고맙군."

"그게 무슨 말씀이십니까?"

북건곤이 갑자기 강초웅을 향해 손을 뻗었다.

강초웅은 마교 귀령대의 대장이다. 보통 고수가 아니다. 북건곤의 한 수에 담긴 의미가 가볍지 않다는 것을 눈치 챘다.

그가 큰 소리로 외치며 몸을 움직였다.

"무슨 짓입니까!"

북건곤의 손이 움직이는 강초웅을 쫓아왔다. 강초웅은 그 짧은 순간에 판단했다.

'저기 잡히면 죽는다.'

그는 더 생각할 것도 없이 반사적으로 검을 뽑아 휘둘렀다. 그의 검이 북건곤의 손을 노렸다.

북건곤의 손이 흐릿해졌다. 동시에 강초웅의 검이 강한 충격을 받고 튕겨 나갔다.

강초웅은 북건곤의 손이 어떤 모양으로 흐릿해지는지 똑똑히 보았다. 마치 귀신의 손과 같은 모양이었다. 그 귀신의 손이 자신의 검을 때려 튕겨내는 것을 보았음에도 어떻게 할 수가 없었다.

'혈마귀견수!'

북건곤의 손이 마침내 강초웅의 목을 움켜쥐었다.

"컥!"

강초웅은 저항하려고 했다. 하지만 몸이 통제를 제대로 따르지 않았다.

북건곤이 웃으며 말했다.

"뭘 그리 놀라? 어차피 누군가 익히라고 있던 무공이잖아. 내가 좀 익혔기로서니 뭘 그리 놀라나?"

"컥. 이, 이건 혈마의 무공… 금지된 마공…….."

"금지된 마공? 그건 자질이 부족한 놈들에게나 해당되는 이야기. 하지만 난 천재야. 다 극복할 수 있어. 이것만 익혔는지 알아? 이제부터 보여주는 건 더 놀라울걸?"

북건곤이 왼손을 휘둘렀다. 강초웅의 팔다리가 단숨에 부러져 나갔다.

"끄아악!"

"벌써부터 그러면 곤란하지. 진짜를 느껴보라고. 너도 들어봤을 거야. 흡정마공이라고."

강초웅의 눈이 크게 떠졌다.

"그 저주받은 마공을 익혔단 말이냐!"

"어. 그리고 너한테 베풀 거야."

북건곤의 눈은 열기로 이글거리고 있었다. 그의 손에서 공력이 풀려 나가 강초웅의 몸으로 스며들었다.

강초웅은 북건곤을 거부하기 위해서 발버둥 쳤다. 그러나 팔다리의 뼈가 여러 조각으로 부러지고 목까지 잡힌 상태에서는 효과적인 저항을 할 수 없었다.

북건곤의 공력은 어느새 강초웅의 단전에까지 이르렀다. 그곳에 버티고 있는 공력과 융합한 후 빠른 속도로 빠져나오기 시작했다.

강초웅은 강제로 공력을 빼앗기는 고통을 참지 못하고 비명을 질렀다.

"으아아악!"

북건곤은 희열을 느꼈다. 그의 눈이 서서히 뒤집어졌다.

"크하하하. 이거야. 바로 이거야. 이 맛이야!"

북건곤의 온몸이 짜릿짜릿했다. 몸 전체가 성감대라도 된 듯한 엄청난 자극을 느꼈다. 뇌가 버티지 못하고 터질 것만 같았다.

마침내 공력을 빨아들이는 행위가 끝났다. 강초웅은 이미 푸석거리는 시체가 되어 있었다.

북건곤의 얼굴에 아쉬움이 스쳐 지나갔다.

"후우. 복양소에 비해서 좀 짧군. 할 수 없지. 그래도 다른

녀석들보다는 길었으니까. 지금은 이걸로 만족하는 수밖
에.”

그는 가부좌를 틀고 앉아 몸속에 흡수된 내공을 자신의 것
으로 만들기 시작했다.

운기를 하던 북건곤의 얼굴이 찌푸려졌다.

‘공력을 합치는 것이 점점 어려워지는데?

북건곤의 몸속에는 이미 몇 명의 내공이 들어와 있었다. 복
양소 이후에 진기를 빨아들인 몇 명의 것은 그동안 큰 문제를
일으키지 않고 그의 내공으로 흡수되었다.

하지만 그것이 완벽하게 흡수된 것은 아니었다. 북건곤의
의지대로 움직이기는 하지만 외부의 공력임에는 틀림없었
다.

‘흡정마공으로 흡수한 공력은 운기를 해도 늘어나지 않아.
소모하면 확실히 사라지고. 그리고 내 것과 완전히 융합되지
도 않아. 전쟁이 벌어지면 쓴 만큼 계속 흡수해 줘야 하겠군.
게다가 강초웅의 것은 다른 놈들 것과 성격이 많이 다르네.
마치 물과 기름이 섞이지 않듯이……’

북건곤의 얼굴이 크게 일그러졌다.

‘이놈! 내공이 정파의 내공이구나!’

그는 억지로 운기를 강행했다. 막대한 북건곤의 내공이 강
초웅의 것을 힘으로 눌러 자신의 것으로 만들었다. 강초웅의
내공은 저항했지만 결국 북건곤의 단전에 모여들었다.

운기를 끝낸 북건곤이 일어섰다.

"젠장. 이놈. 정파의 첩자였군. 그동안 용케 들키지 않고 이 자리까지 올라왔어."

북건곤이 아랫배를 쓰다듬었다.

"단전이 거북한데? 이제 공력은 그만 흡수해야겠다. 그동안 빨아들인 것만 해도 버거워. 이제 좀 써줘야 하는데……."

그는 자신의 공력이 얼마나 되는지 추정해 보았다.

"이 정도면 아버지의 공력을 훨씬 넘어섰어. 생강시든 뭐든 내 손에 걸리면 다 박살 낼 수 있겠지. 그리고."

북건곤이 웃었다.

"흐흐흐. 복양소의 파벌에 있던 놈들. 내 밑으로 들어오기를 반대하던 놈들이 몇이나 실종됐지. 다른 놈들도 눈치가 있으면 더 이상 버티지 못하겠지."

그의 생각은 틀리지 않았다.

마풍대와 혈혼대는 모두 복양소의 휘하에 있던 전투 부대다. 그 두 부대의 대장이 조용히 만났다.

마풍대장이 말했다.

"이보게, 이번에는 귀령대장 강초웅이 사라졌다."

"저도 압니다. 귀령대에서 귀령대장님을 찾느라고 난리가 났습니다."

"그가 그냥 사라졌을 리는 없어. 아무래도 제거된 것 같아."

“당연한 것 아닙니까?”

“그를 제거할 사람은 역시 소교주밖에 없겠지?”

“뒷감당 생각하지 않고 일을 저지를 사람은 역시 그밖에 없습니다.”

“미치겠군. 들고일어나야 할까?”

“우리 파벌을 보는 분위기가 좋지 않습니다. 게다가 소교주의 무공은 엄청나게 높습니다. 우리 정도는 소리 소문 없이 제거할 수 있을 겁니다.”

“그럼 어떻게 해야 할까?”

“아무래도, 그에게 숙이고 들어가는 수밖에 없지 않겠습니까?”

“자기 밑으로 들어오라고 말하면 그냥 좋다고 해야 한다는 뜻인가? 역시 그 수밖에 없겠지?”

“그 정도가 아니지요. 저는 내일쯤 찾아가 볼 생각입니다.”

“먼저 머리를 숙이게? 버텨보는 것이 좀 더 좋은 대우를 받을 텐데?”

“마풍대는 그래도 꽤 인정받는 부대니까 여유가 있으신가 봅니다. 우리 혈혼대는 전투 부대들 중에서 바닥을 기는 곳입니다.”

“자네는 교 장로님과 이야기가 되어 있다며?”

“제가 알기로는 귀령대장님도 한 장로님과 이야기가 잘되어 있었습니다. 하지만 결과를 보십시오. 제거됐잖습니까?"

"하긴. 그것도 그래."

"그리고 생각해 보십시오. 소교주는 무공이 우리 교에서 가장 강한 무인입니다. 교주님 다음이었습니다. 직위도 소교주. 교주님의 세력도 그대로 물려받았습니다. 그가 교주가 될 것은 명확합니다."

"그렇지. 사실 나도 그 점을 생각해 보니 소교주 밑으로 가는 게 꼭 나쁜 건 아니다 싶더라고."

"소교주의 인간성을 생각하면 안 가는 것이 낫습니다. 하지만 목숨을 걸고 안 갈 필요는 없습니다. 어쨌든 교주 직계의 파벌이 되면 조금이라도 목에 힘을 줄 수 있으니까요."

"자네와 나의 의견이 비슷하군. 나는 제의가 오면 가려는 거지만 자네는 먼저 찾아간다는 것만 다르군."

"어쩔 수 있습니까? 살고 봐야지요."

소마 북건곤은 복양소의 계파에 포함된 전투 부대 상당수를 흡수했다. 반란 세력으로 몰린 복양소의 가문은 거의 봉문에 가까운 상태에 빠져 있었다. 그들은 전투 부대들이 떠나지 못하게 잡을 힘이 없었다.

그리고 다른 장로들도 그걸 막지 못했다. 소마는 손이 빨랐다. 그들이 상황을 정확히 파악하기 전에 복양소의 힘 중 태반이 소마의 밑으로 들어갔다.

소마는 충분한 힘을 모으자마자 선언했다.

"내가 교주가 되겠다."

장로 교소양이 반대했다.

"무작정 그렇게 나오시면 곤란하오."

장로 군유극이 교소양과 뜻을 같이했다.

"그렇소. 비록 당신이 소교주였다고 하나 그건 교주님이 살아계실 때 이야기. 지금은 상황이 바뀌었으니 모든 것을 처음부터 다시 논의해야지. 그것이 교의 법도이외다."

소마가 웃었다.

"크하하하. 우리 교의 법도? 가장 강한 자가 교주가 된다. 그것이 우리 교의 법도이지."

"그 강하다는 것이 꼭 무공의 강함을 이야기하는 건 아님을 알지 않소?"

"나의 무공이 가장 강하고, 나의 세력이 가장 강하다."

"우리 장로들 몇이 뭉친다면 세력의 강함은 역전될 수 있소이다."

북건곤이 웃었다.

"후후후. 그래서? 뭘 원하나? 설마 교주 자리를 원하는 건 아니겠지? 그건 내 자리야."

장로들이 서로를 둘러보았다. 장로들은 이미 자기들끼리 협상을 끝낸 상태였다.

장로 교소양이 대표로 말했다.

“우리 교에 이런 불의의 사태가 일어난 것은 안타깝게 생각하고 있소이다.”

“그 불의의 사태는 당신들 중 하나인 장로 복양소가 일으킨 거지.”

“맞소이다. 그것만 봐도, 힘을 가진 한 개인이 잘못되면 교 전체에 어떤 위험이 발생하는지 알 수 있소.”

“한 개인?”

“장로인 복양소의 힘만으로도 우리 교가 위기에 빠졌소이다. 만약 더 강한 힘을 가진 사람이 나쁜 마음을 먹으면 어떻게 되겠소?”

북건곤이 웃었다. 낮은 음성으로 웃으며 말했다.

“흐흐흐. 호법은 장로와 같은 위치지만 자기 세력이 없는 신분. 호법을 이야기하는 건 아니겠지. 그럼 내 힘을 낮춰보려는 생각인가?”

“소교주는 교주가 될 가능성이 가장 높은 인물. 하지만 그것이 확정된 것은 아니오.”

“알아. 제일 강한 놈이 교주가 되는 거지. 그래서?”

“우리는 소교주를 밀어주겠소. 소교주가 교주가 될 수 있도록 해주겠소.”

“대신에 뭘 원하지?”

“장로회의의 권한을 강화시켜 주셔야겠소.”

“강화?”

"교의 안위와 관계된 중요한 결정은 장로회의의 재가를 얻을 것. 그리고 장로는 교주가 함부로 처벌할 수 없게 할 것. 물론, 장로의 자리를 후계자에게 물려줄 때 개입하지 말 것."

북건곤이 음침하게 웃었다.

"흐흐흐. 나를 허수아비 교주로 만들겠다?"

웃음소리는 이미 마교 교주다웠다.

"허수아비라니. 교의 권한 대부분은 여전히 그대에게 있소. 우리는 거기서 일부만을 원하는 것뿐이오. 우리는 지금 권력을 유지할 수 있기만을 바라는 거요."

"내 손해가 너무 큰데?"

"교주가 된다면 여전히 가장 강한 권력을 가지게 되오. 우리는 작은 조각을 원할 뿐이오."

북건곤이 장로들을 쭉 둘러보고는 웃으며 말했다.

"하하하. 좋아. 그렇게 하지."

장로들의 얼굴이 환해졌다. 한천양이 다짐 삼아 말했다.

"소교주, 약속을 어긴다면, 우리 모두의 공격을 받을 것이오. 아무리 교주가 된다고 해도 아직은 우리 여섯 파벌 모두를 이길 수는 없소."

"걱정하지 말라니까. 나를 믿어. 원한다면 문서로 만들어줄까?"

"그래 준다면 더 바랄 게 없겠소."

북건곤은 순순히 증서를 만들어주었다. 장로들은 모두 증서 한 장씩을 챙겼다. 그들은 모두 기쁜 표정이었다.

북건곤이 그들을 보며 말했다.

"약속대로 내가 교주가 되어야겠다."

한천양이 고개를 숙였다.

"이제 교주이십니다. 정식 행사는 빠른 시일 내에 치르도록 하겠습니다."

"당장."

"예?"

"당장 교주 취임식을 한다."

"하, 하지만 취임식을 하려면 준비할 것이 많습니다. 당장 무림 전체에서 손님들부터 초대해야 하는데……."

"총단 내의 사람들만 가지고 한다. 나는 쓸데없는 행사 준비를 하느라 시간을 보내고 싶지 않다."

"그래도 최소한의……."

"한천양 장로, 교주가 돼서 처음 내리는 명령까지 반대하려는 건가?"

"아, 아닙니다. 즉시 준비하겠습니다."

"한 시진 주지."

"허억!"

장로들이 교주 취임식 준비를 서두르기 위해서 우르르 몰려 나갔다. 북건곤이 그들의 뒷모습을 보며 혼잣말을 중얼거렸다.

"호호호. 권력을 나눠달라고? 웃기는 소리야. 나중에 조용해지면 몇 놈 잡아먹어야겠군."

북건곤은 느긋한 표정으로 중얼거렸다.

"우선 무림부터 정복하고 나서 말이지. 어서 전쟁을 시작해야겠어."

그가 기지개를 쭉 켰다.

"아, 교주가 되니까 정말 좋구나. 전쟁을 마음대로 일으킬 수 있으니까."

*   *   *

백현우를 단장으로 하는 조사단은 사천에 남았다. 그들은 제갈관우의 지시를 받아 실종된 아가씨들의 주변 환경에 대한 조사에 들어갔다. 검선이 적극적으로 그들을 도왔다.

당이환이나 남궁진미 등은 그 조사에 참여하지 않았다. 그들은 서흑수의 뒤를 쫓아 무림맹으로 왔다.

남궁진미와 제갈무한, 팽도천은 무림맹 조사단의 자격을 가지고 이 일에 끼어들었다. 하지만 그들은 지금 조사단을 그만두고 서흑수를 지원하는 일을 맡았다.

그들은 간단한 절차를 거친 후 곧바로 서흑수를 찾았다. 남궁진미가 서흑수를 보더니 반갑게 말을 걸었다.

"서 공자, 오랜만이네요."

서흑수가 남궁진미의 얼굴을 물끄러미 바라보았다.

'찰거머리가 복면미녀라고?'

남궁진미의 얼굴이 살짝 붉어졌다.

"뚫어지겠네요."

제갈무한이 불쾌한 목소리로 말했다.

"서흑수, 도무지 예의를 모르는 놈인 건 알았지만 감히 남궁 소저에게 그딴 태도로 대하다니."

서흑수가 이번에는 제갈무한을 돌아보았다.

'생각없는 놈인 줄 알았더니. 임무수행 중이란 말이지. 역시 제갈세가는 만만하지 않군.'

제갈무한이 짜증을 냈다.

"잘생기기만 하면 남자라도 관심이 있느냐? 이런 쌍것을 봤나!"

팽도천이 눈치를 보다가 말했다.

"제갈 형, 그는 현재 무림맹 준호법이오. 그렇게 함부로 말을 해서야……."

"흥. 뭔가 잘못됐을 거야. 이런 녀석이 준호법이라니."

분위기가 나빠지자 결국 당이환이 나섰다.

"네 녀석이 그런 높은 자리에 오르다니. 네 능력을 알고는 있었지만 정말 놀랍구나."

"운이 좋았습니다."

"운이라… 운만 가지고 마교와 무림맹에서 동시에 준호법이 될 수는 없지. 그것만 해도 유래가 없는 일이야."

"이름뿐인 자리입니다."

"이름뿐이라… 자네가 무림이대세력 모두에서 준호법이 됐다는 건 아직 제대로 알려지지 않았다. 하지만 곧 소문이 퍼지겠지. 그러고 나면 그게 어떤 자리인지 실감하게 되겠지."

고세옥이 신이 나서 말했다.

"거기다가 신비협객 왕삼이라는 이름도요."

"그렇지. 그것도 있지. 네 녀석은 그동안 꽤 많은 일을 했더군."

"살다 보면 이런저런 일에 얽히는 법입니다."

"나도 꽤 대단한 일들을 경험했다고 생각하지만 네 녀석만큼은 아니다."

당이환이 제갈무한을 돌아보았다.

"그러니 이 녀석은 존중받을 가치가 있다. 너무 함부로 대하지 마라."

제갈무한은 여전히 불만 가득한 얼굴이었다.

"당 대협께서 그리 말씀하시니 이번엔 제가 참겠습니다."

일행은 각자의 볼일을 보기 위해서 움직였다. 고세옥을 제외한 모두는 자기네 세가 사람들을 만나기 위해서 이동했다.

제갈무한은 제갈관우를 찾았다. 군사의 집무실에 들어서던 그의 얼굴이 굳었다.

"네 녀석."

서흑수가 그곳에서 제갈관우와 함께 기다리고 있었다.

제갈관우가 말했다.

"어서 오너라."

"삼촌, 왜 저 녀석이 여기 있는 겁니까?"

"서 준호법은 이미 알 만큼 알고 있다. 우리 대화를 들어도 괜찮아."

"알 만큼이라니요?"

"그에게 남궁세가의 이야기를 해줬다."

제갈무한의 얼굴이 살짝 일그러졌다.

"그럼 제 일도 알고 있겠군요?"

"물론이지."

제갈무한이 서흑수에게 인상을 쓰며 말했다.

"서흑수, 알다시피 나는 임무가 있다. 네놈이 좋아서 따라다닌 게 아니란 말이다."

"성과는 있었나?"

"당연하지. 애초에 그녀가 복면미녀라는 것을 알아낸 사람이 바로 나다."

"참 오랫동안 따라붙었나 보군."

“그렇지. 내가 그녀의 꽁무니를 쫓아다닌다는 오해까지 받아가면서 쫓아다녔지.”

“오해?”

제갈무한의 얼굴이 조금 붉어졌다.

“험험. 관심이 아주 없는 건 아니지. 하지만 내가 그녀의 환심을 사려 한 이유는 임무를 위해서다. 네 녀석이 그녀에게 함부로 대했을 때 내가 화를 낸 것도 모두 임무를 위해서였다. 보통 여자들은 그러면 좋아하니까.”

“그거 효과가 없었잖아?”

“골빈 여자들에게는 효과가 있었겠지. 하지만 남궁진미에게는 잘 안 통하더군.”

“왜 방법을 바꾸지 않았나?”

제갈무한이 당당하게 말했다.

“여자를 꼬시는 다른 방법은 모른다.”

“장하다.”

“고맙다.”

“그래서 뭔가 새로운 성과를 얻은 것이 있나?”

제갈무한의 얼굴에 뿌듯함이 서렸다.

“물론이지. 아주 재미있는 걸 알아냈다.”

“뭐지?”

“조사단이 적호대와 함께 사천에 있다가 생강시에게 습격당했을 때, 그녀가 남궁세가의 것이 아닌 검법을 사용했다.”

"네가 남궁세가의 검법을 다 알아본다고?"

"그건 아니지. 하지만 남궁세가의 검법 중에 금빛 기운을 띠는 게 없다는 건 안다."

서흑수의 이맛살이 모아졌다.

"금빛?"

"그렇지. 최강의 상대를 만났을 때, 남궁세가의 무공이 아니라 다른 것을 사용했다. 이건 중요한 의미가 있는 일이야."

"어떤 무공이지?"

"한번 보고 구분하지는 못했다. 하지만 금빛 기운을 띠는 무공은 드물어. 더구나 그녀가 원래 가지고 있던 검법보다 더 파괴력이 좋은 것은 손에 꼽을 정도지. 그녀가 생강시에게 그것을 썼다는 건, 그게 자신이 가진 무공 중에 가장 파괴력이 강하다는 뜻이니까."

"맞는 말이야."

"그 무공의 비밀을 알아낸다면, 남궁세가의 비밀을 알아낼 수 있을지도 모르지."

"그럼 그녀가 익힌 무공은 뭘까?"

'내 뇌전검법도 경지에 오르면 금빛을 띠지. 하지만 그녀가 이걸 익히고 있을 리는 없고. 그럼 뭘 익혔을까?'

서흑수는 제갈관우의 얼굴이 심하게 어두운 것을 깨달았다.

"무슨 일이십니까?"

제갈관우가 한숨을 쉬었다.

"휴우. 남궁세가에 다른 사정이 있기를 바랐는데……."

"의심나는 무공이 있으십니까?"

제갈관우가 정색을 했다.

"이 이야기는 비밀이오. 서 준호법의 조사에 도움이 될 것 같아 말해주는 것이오. 누구에게도 누설하지 마시오."

"알겠습니다."

"무한이 너도. 남궁진미가 그런 무공을 썼다는 것을 남들에게 밝히지 마라."

"네."

"낙뢰검법이라는 것이 있소이다. 서 준호법, 들어보셨소?"

"처음 듣습니다."

"실전된 지 오래된 검법이라 모르는 것이 당연하오."

"그 검법이 금빛 기운을 띱니까?"

"낙뢰검법이 펼쳐지면 금빛 광채가 휘몰아치고, 높은 경지에 오르면 펼칠 때마다 천둥소리가 울린다고 하오. 천둥소리가 커질수록 파괴력이 높아진다고 하지."

서흑수는 뜨끔했다.

'뇌전검법과 비슷하다.'

"그런데 그 검법에 무슨 문제가 있습니까?"

"그건 배교의 삼대호교무공 중 하나요. 오래전에 실전된……."

서흑수의 눈이 치떠졌다.

"허억!"

그는 마음속으로 부정했다.

'뇌전검법은 사부님께 배운 것이야. 배교 따위의 무공일 리가 없어. 그것도 호교무공이라니. 말도 되지 않아. 그래, 천하에 무공은 많아. 그리고 만류귀종이라고 했어. 높은 경지에 오르다 보면 서로 다른 사람이 비슷한 무공을 만들 수 있어.'

제갈관우는 서흑수의 태도에서 어색함을 느꼈다.

'역시 서 준호법에게는 뭔가 비밀이 있어.'

제갈무한도 지금 들은 이야기를 받아들일 수 없었다.

'남궁 소저에게 비밀이 있다는 건 인정해. 하지만 배교라니. 그건 아니지.'

"하지만 남궁 소저의 검이 펼쳐질 때 천둥소리는 없었습니다."

"경지가 낮으면 소리가 나지 않는다고 한다."

서흑수도 겨우 안정을 되찾고 말했다.

"정상적인 경우라면 그것만 가지고 배교의 낙뢰검법이라고 보기는 어렵습니다. 하지만 우리는 남궁세가주가 배교의 여섯 왕 중 하나인 청풍일 수 있다고 의심하고 있습니다. 이런 때에 찰거… 남궁진미가 그런 무공을 썼습니다. 확실히 수상합니다."

제갈관우가 고개를 끄덕였다.

"수상한 정도가 아니오. 이 정도면 범인은 거의 확실히 밝혀졌다고 할 수 있소."

"하지만 문제가 없는 건 아닙니다. 그녀는 왜 배교의 무공으로 생강시를 공격했을까요? 정체가 드러날 위험을 감수하고. 그걸 뒤집어 생각하면 그녀가 쓴 것은 배교의 무공이 아니라는 뜻입니다."

"서 준호법은 상황을 너무 좋게 보는군. 모든 증거가 남궁세가를 의심하게 하고 있소. 생명의 위험을 느껴 실수한 거겠지. 틀림없소. 남궁세가주 남궁현천이 바로 배교의 여섯 왕 중 하나, 청풍이오."

서혹수도 그 주장을 부정하기 어려웠다. 하지만 어쩐지 부정하고 싶었다.

'찰거머리한테 정이라도 든 걸까?'

"동의합니다."

"철저히 조사하겠소. 서 준호법이 도와주시오."

서혹수는 제갈무한과 이후 할 일에 대해서 협의한 후, 고세옥이 있는 곳으로 돌아갔다.

그는 걸어가면서 생각했다.

'남궁현천을 잡으면 진실을 알 수 있겠지. 하지만 그는 남궁세가의 가주. 증거없이 핍박할 수는 없어. 어떻게 해야 할까? 역시 남궁진미를 건드려 봐야겠지?'

고세옥은 무공 수련 중이었다. 땀이 쏟아지도록 검을 휘두
르던 그는 서흑수를 발견하고 손을 흔들었다.

"흑수 형!"

서흑수도 가볍게 손을 들었다.

"많이 좋아졌구나."

"당연하지. 나 정말 열심히 노력하고 있어."

"당 대협은?"

"아직 안 돌아오셨어."

서흑수는 주변을 둘러보았다. 그들 외에는 아무도 없었다.

'그걸 물어볼 때다.'

"세옥아, 소미가 소라 아가씨와 친했다고 했지?"

"어. 단짝이었어. 이번 일만 없었다면 아마 지금쯤 화해했
을 거야."

"둘이 같이 놀러 다닌 곳이 어디인지 아니?"

"술집부터 옷 집까지 안 다닌 곳이 없는데?"

"수유현 말고. 수유현을 벗어나서 어디까지 갔지?"

"창현과 번현 정도? 소라 누나 아버님이 워낙에 엄하셔서
더 멀리 여행은 못 가게 하셨어."

서흑수가 생각했다.

'아니야. 그 두 곳은 규모가 너무 작아. 특이점도 없어.'

"좀 더 번화한 곳이나, 특별한 곳은 간 적 없어?"

"특별한 곳? 우리 가족이 외갓집에 놀러 갈 때 소라 누나가

따라온 적이 있지만, 그거 말고는……."

서흑수는 등골을 타고 번개가 흐르는 것 같았다.

"당문!"

"당연히 당문이지. 우리 외갓집이야 방계지만……."

서흑수의 머리가 팽팽 돌았다.

'당문은 독의 명문. 사람의 체질을 잘 알겠지. 당연히 음지체를 알아볼 만한 사람들이 있어.'

"세옥아, 네 외갓집은 어느 정도 수준이지?"

"어느 정도냐니?"

"당문이잖아. 실력자들이 얼마나 있지?"

고세옥이 불평했다.

"외삼촌들은 약하대. 그리고 우리 외갓집은 당문의 방계 중에서도 아주 작고 약한 곳이래."

서흑수는 고민했다.

'그림이 딱 맞아. 언젠가 같이 당문을 방문했고, 거기서 누군가가 소미와 소라 아가씨의 체질을 알아봤어.'

그는 급히 고개를 가로저었다.

'하지만 그걸 알아보려면 실력이 좋아야 해. 세옥이가 약하다고 할 정도의 수준이라면 음지체를 알아보기는 어려워. 소미의 외삼촌들은 아니야. 체질을 알아볼 재주가 모자랄 거야. 정보가 완전하지 않아.'

고세옥이 서흑수를 보고 고개를 갸우뚱거리며 질문했다.

"흑수 형, 왜 그래?"

서흑수가 웃어주었다.

"아무것도 아니다. 계속 수련해라."

서흑수는 방으로 걸어 들어갔다. 방에 들어선 그의 얼굴이 차갑게 변했다.

'이제 추격의 끝이 다가오고 있다. 내가 아직 파악하지 못한 배교의 왕은 단 한 명. 모든 비밀을 쥐고 있는 청풍뿐이야. 용의자는 이제 두 명. 남궁세가주 남궁현천과 사천당문주 당백결. 둘 중 누가 배교의 왕이지? 누가 청풍이지?

그의 눈빛이 독해졌다.

'남궁진미와 당이환, 둘 중 하나가 답을 가지고 있어.'

6권 끝

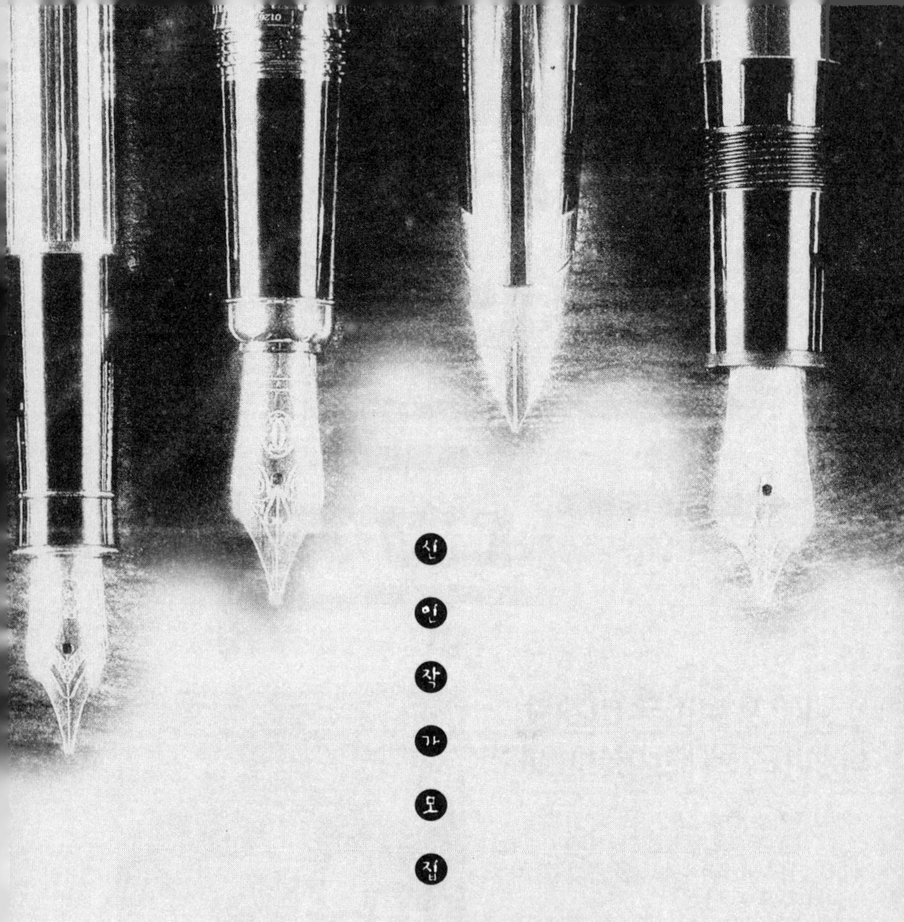

지금 유전자가 말하는 사랑과 성의 관한 솔직 대담한 진실이 펼쳐집니다!

남편의 후광을 등에 업는 것은 까마귀와 인간뿐…

모두에게 바보 취급받던 독신 암컷이 단번에 인생대역전을 해서
서열 1위인 수컷의 아내 자리를 차지하게 될 수도 있다는 말입니다.
모든 여성이 이상형의 남자와 결혼할 수 있는 것은 아닙니다.
적당한 선에서 타협하여 적당한 사람과 결혼하지요.
하지만 솔직히 말해서 당연히 멋진 남자가 더 좋지 않겠습니까?
따라서 여성은 생각합니다.
'그럼 어떻게 하지? 유전자만이라면 가질 수 있어!'
그리하여 장기계획형이나 단기승부형과 같은 여러 가지 방법의
외도가 생겨나는 것입니다.
물론 모든 여성이 이를 실행에 옮기지는 않습니다.

하지만 기회가 있다면 어떨까요?
다른 조건과 이미 타협을 봤다면?
남편이 사소한 일은 눈치 못 채는 둔한 남자라면?
뭔가 유전자의 음모가 느껴지지 않습니까?

실패를 모르는 남자 선택법!
「내 남자친구는 왼손잡이」 법칙

어째서 여성은 왼손잡이 남성에게 마음이 끌리는 걸까요?

여기서 기억해야 할 것은 몸의 좌우와 뇌의 좌우는 원칙적으로 반대 관계라는 점입니다.
따라서 왼손잡이 남성은 우뇌가 발달했습니다.
발달했다는 사실이 왼손잡이를 통해 반영된 것입니다.

그리고 두 번째로 생각해야 할 것은 우뇌는 남성 호르몬의 일종인 테스토스테론에 의해 발달한다는 점입니다.
요약하자면 왼손잡이 남성은 우뇌가 발달했는데, 그것은 테스토스테론 수치가 높기 때문입니다.
그것은 다름 아닌 생식 능력이 높다는 것을 의미하지요.

「내 남자 친구는 왼손잡이」에 감춰진 의미는… 내 남자 친구는 생식 능력이 높아… 인 것입니다.

초등학생이 반드시 읽어야 할 좋은 책 49권

각 학년별로 초등학생이 반드시 읽어야할 좋은 책을
선정하여 통합논술의 기본이 되는 '올바른 독서법'을
일깨워 줍니다.

교과서와 함께하는
초등학교 통합논술

초등1학년 | 값 12,000원 | 초등2학년 | 값 9,500원 | 초등3학년 | 값 11,000원 | 초등4학년 | 값 9,500원 | 초등5학년 | 값 9,500원 | 초등6학년 | 값 11,000원

♣ 혼자 할 수 있어요.

엄마가 책 읽는 방법을 가르쳐 주어도 좋아요.
독서지도하는 선생님이 가르쳐 주어도 좋답니다.
"초등 교과서와 함께하는 **통합논술 시리즈**"는
아이 스스로 독서할 수 있도록 꾸며진 책이에요.
엄마와 선생님은 요령만 가르쳐 주시면 된답니다.

♣ 교과서의 중요한 내용이 총정리되어 있어요.

각 학년별로 중요한 교과 내용이 함께 수록되어 있어요.
초등학생은 교과서 내용을 충실하게 공부해야합니다.
아울러 그와 병행한 독서가 대단히 중요하지요.
"초등 교과서와 함께하는 **통합논술 시리즈**"는
두가지 방법 모두 알려준답니다.

♣ 이 책은 훌륭하신 선생님들이 함께 쓰신 책이랍니다.

동화작가 선생님들이 쓰셨어요. 소설가 선생님도 쓰셨답니다.
국어 논술독서지도 선생님들도 함께 쓰셨지요.
"초등 교과서와 함께하는 **통합논술 시리즈**"는
엄마의 마음으로 모든 선생님들이 함께 꾸민 책이랍니다.

입소문을 통해 아는 분은 다 알고 계십니다!
올 한해 공인중개사 최고의 화제작!

1~2권 합본 | 이용훈 지음
3~4권 합본 | 이용훈 지음
5~6권 합본 | 이용훈 지음
용어해설 | 이용훈 지음

수험생 기본 필독서
만화 공인중개사

제목 : 만화공인중개사 쓰신 분에게 감사드립니다.

학원을 두 달 다녔어요. 근데 과연 그 숫자 외우기 그런 게 몇 문제나 나올까 생각을 했어요.
아니라는 생각이 드네요. 학원강의를 뒤로하고 서점을 갔어요. 내 머리에 가장 이해될 수 있는
책이 없나 하구요. 거기서 만화를 발견했어요. 무조건 세 번 봤어요. 3개월 걸렸어요. 문제집을 보라고
했는데 그건 시행을 못했어요. 근데 합격을 했네요.
어떻게 감사의 말을 해야 될지……
도서관에서 만화책 들고 다니니까 사람들이 비웃더라구요. 만화책으로 공인중개사를 공부한다고
미친 사람처럼 보더라구요. 근데 그거 다 감수하고 했던 내가 자랑스럽습니다.
어떻게 감사의 말을 해야 할지… 정말 감사합니다.
부디 행복하세요. 제 나이 41살에 좋은 스승을 만난 것 같습니다.
엎드려 감사드립니다.

—본사 홈페이지에 독자분이 올린 메일 中에서 발췌—